高校生の俺が
後輩エルフを
嫁にしたんだが、
どう愛でればいい？

「む、この彫像は……アルシエラか？」

神殿の柱は規則正しく並んでいるが、
そんな中でひとつだけ
通路の中央にそびえるものがあった。
根元に少女の彫像を抱いた、奇妙な柱が。

アルシエラの手は半分透けていて、
すでに触れられている感触すら曖昧になっていた。
「〝天使狩り〟の弾丸が
無駄になってしまいましたわね」
目を見開くリリスに、アルシエラは淡く微笑む。
「こういう消え方は、想定していなかったのですわ」

魔王の俺が奴隷エルフを嫁にしたんだが、どう愛でればいい？11

手島史詞

HJ文庫
884

魔王の俺が奴隷エルフを嫁にしたんだが、どう愛でればいい？
ザガン
本作の主人公。
幼いころとある魔術師に実験用として攫われ、逆に魔術師を暗殺してその財産と知識を手に入れた。
ネフィに一目惚れして買い取るが、初めて人に好意を持ったためにどう扱っていいのか悩んでいる。
ネフィ
白い髪を持つ珍しいエルフの少女。愛称はネフィ。魔力の高いエルフの中でも際立って魔力が高く、
“呪い子”として扱われていた。自分のことを「必要だ」と言ってくれたザガンに少しずつ好意を抱いていく。
FR

黒花・アーデルハイド

盲目のケット・シーの少女。かつて教会の裏組織<アザゼル>に所属しており、刀術に長ける。

現在は目の治療のため魔王城に逗留中。

シャックス

医療魔術に長ける男魔術師。かつてシアカーンの下にいたが離反した。

黒花と最近仲が良いが、そのため黒花の義父・ラーファエルにしばしば狙われている。

アルシエラ

夜の一族の少女。実は悠久の時を生きており、ザガンを<銀眼の王>と呼ぶ。 失われた歴史について把握しているが、何らかの理由で答えられない模様。

ビフロンス

少年にも少女にも見える性別不明の魔王。ザガンに撃破され呪いを受けた。現在は魔王シアカーンと共闘中だが目的は不明。

リリス

夢魔の姫。黒花、セルフィと幼馴染であり、現在はザガンの下に身を寄せている。夢の世界をコントロールすることに長けている。

シアカーン

魔王の一人で、黒花の故郷を滅ぼしたこともある希少種狩りの犯人。

先代魔王マルコシアスに粛清されたはずだが、生き残りビフロンスと共に暗躍している。

口絵・本文イラスト　COMTA

Contents

✡プロローグ

『――……ぱい――ザガ……い――もう、起きてください、ザガン先輩！』

『……ふぁ？』

聞き慣れた声の、しかし聞いたことのない呼び名に、ザガンはがばっと身を起こした。

目の前にいたのは、真っ白な髪《かみ》をした少女だった。

ツンと尖《とが》った耳に湖水のような紺碧《こんぺき》の瞳《ひとみ》。陽《ひ》の光に触《ふ》れたことがないかのような白い肌《はだ》。控《ひか》えめな唇《くちびる》は淡《あわ》い桃色《ももいろ》で、純白の髪を鮮《あざ》やかな赤のリボンで束ねている。華奢《きゃしゃ》な腕《うで》を体の後ろで組み、ザガンの顔を覗《のぞ》くようにかがみ込んでいる。

その容姿は紛《まぎ》れもなくザガンの知る少女なのだが、服装がまったく違《ちが》う。

まず、ほっそりとした首には彼女《かのじょ》が大切にしている首輪がない。

代わりに貴族が巻くようなタイとジャケットを身に着けている。ジャケットといっても肩幅《かたはば》は少女に合わせて狭《せま》く、男物という印象は受けない。左胸のポケットにはなにかの紋《もん》章が金糸で刺繍《ししゅう》されていた。

そこに真っ白なシャツと、丈《たけ》の短いスカートによってさらけ出された太ももがどこまでも眩《まぶ》しかった。特に太ももは普段《ふだん》の慎《つつ》ましい侍女《じじょ》姿では覆《おお》い隠《かく》されているがゆえに、衝撃《しょうげき》も凄《すさ》まじかった。

——え、なにこれ可愛《かわい》い？　じゃなくてなにがどうなっている？

愛《いと》しい少女の見慣れぬ格好は新鮮《しんせん》で狂《くる》おしいほどに可愛かったが、なにが起きているのか理解が追いつかなかった。

困惑《こんわく》するザガンに、少女はぷくっと頬《ほお》を膨《ふく》らませて睨《にら》んでくる。

『もう、勉強教えてくださるって言ったのに、どうして寝《ね》ちゃうんですか……』

『勉強？』

ザガンと少女の間には質素な机がひとつ置かれており、そこに薄《うす》っぺらい書物と線だけが引かれた白紙の書物が開かれている。そこにペンの一種らしき棒切れと、よくわからない軟質《なんしつ》の石ころが転がっている。

どうやら白紙の本に、書物の引用と解説を記している最中のようだ。これが彼女の言う勉強のやり方なのだろう。ザガンが居眠《いねむ》りをしていたせいか、少女は椅子《いす》から立ち上がっている。

周囲を見渡《みわた》してみると、古くさい木造の部屋だった。他に人の姿はない。目の前の机と同じものが数十台ほど並んでいる。全《すべ》て向きが揃《そろ》えられているようだが、背もたれの向きを見るとザガンは逆に座《すわ》って少女と向き合っていることになる。

それらを確かめていて、自分も見慣れない格好をしていることに気付く。

首にタイこそないものの、少女と合わせたような意匠《いしょう》のジャケットにズボン。似たような雰囲気《ふんいき》だと教会の礼服だろうか。騎士《きし》などの軍服にも似ている。いずれにせよ、同じ組織の制服のようなものに感じられた。

戸惑《とまど》いは隠せなかったが、ザガンは素直《すなお》に頭を下げる。

『え、あ、すまない。俺《おれ》は、寝ていたか？』

『そうですよ。先輩《せんぱい》が勉強見てくださるとおっしゃるから、わたし楽しみに……じゃなくて、頼《たよ》りにしてたのに……』

すっかりしょげてしまったように顔を曇《くも》らせる少女に、ザガンは狼狽《うろた》えた。

『ち、違うんだ！　俺だってネフィとの時間を楽しみ……というか俺がネフィとの時間を大切にしないはずがなかろう！』

思わず立ち上がってまくし立てると、少女はキョトンとしてまばたきをし、それから恥《は》じらうようにうつむいて胸のタイをいじり始めてしまう。

『ザ、ザガン先輩がそんなことおっしゃってくれたの、初めてです』

『え、あっ、その、すまない……』

『い、いえ！』

なんだかいたたまれない気持ちになって、ザガンも顔を覆った。

――あっれぇ？　おかしいな。出会ったばかりのころならともかく、最近はちゃんと自分の気持ちは言ってるつもりだったんだけどなあ。

困惑しながらも、ザガンは机の上の見慣れぬペンを手に取る。

『そ、それより、勉強をするのであろう？』

『は、はい……』

頷《うなず》いて、それから少女は困ったようにツンと尖った耳の先を赤くする。

『でもザガン先輩、それ、わたしのシャープペン……』

『はわっ？　す、すすすすまない！』

見知らぬ世界。見知らぬ服装の、愛しい少女。

なのにそれがおかしなこととは認識《にんしき》できず、それでもやはり普段とはまったく違うものなのだ。調子が狂ってどうしようもなかった。

そんなザガンの耳に、聞き慣れた声が届く。

「――……さま――ザガンさま――」

◇

「――ザガンさま、朝食のご用意ができました」

「はわあっ？」

「ひゃっ？」

思わず変な声を上げて、ザガンは立ち上がった。

目の前には驚《おどろ》いたように目を丸くするネフィの姿がある。

見慣れた侍女姿で、首にはリボンを結んだ無骨な首輪が嵌《は》まっている。ザガンが知っている、いつも通りのネフィだ。

思わず胸をなで下ろすザガンに、ネフィが首を傾《かし》げる。

「どうかなさいましたか、ザガンさま？」

「いや、変な夢を見たものでな……」

ずいぶんとおかしな夢だった。

ネフィが心配そうに表情を曇らせる。

「悪い夢だったのですか？」

「うーん、いやどちらかというと良い夢だったような……？」

むしろ新しい幸せを見つけたくらい衝撃的《しょうげきてき》な夢だったような気がする。

ただ、思い返そうとしても、手で掬《すく》った水のようにするするとすり抜《ぬ》けてしまい、どんな夢だったのかはもうわからなかった。

そんなザガンの様子に、ネフィが控えめに微笑《ほほえ》む。

「でも、珍《めずら》しいです。ザガンさまがそんなにぐっすりお休みになられているのは」

「うん？　言われてみればそうだな」

心なしか、普段より体が軽いような気がする。

「確かに夢を見るほど深く眠《ねむ》ったのは、前にネフィに膝枕《ひざまくら》をしてもらったとき以来のような気がする」

「ひうっ？　その、あのときはザガンさまになにかお返しがしたくて……」

「そういえばあのとき、礼を言っていなかった気がするな。あの膝枕はまさに夢心地《ゆめごこち》だった。感謝しているぞ、ネフィ」

いま思い返しても最高のお返しだったと思うので、ザガンは深々と頷いた。反面、ネフィはもう聞いていられないというように顔を覆ってしまうが。

それはそれとして、どんな夢だったろうか？

――なにか大切なこと、やらなければならないことがあったような……？

腕を組んで頭を捻《ひね》っていると、ネフィもようやく立ち直ったらしい。顔を覆う手を下ろして小さく首を傾げていた。

――あ、なんか思い出した気がする！

コホンとひとつ咳払《せきばら》いをしてから、ザガンは至極真面目《しごくまじめ》な声音《こわね》で言う。

「ああっと、ネフィよ」

「はい、ザガンさま」

「今日も惚《ほ》れ直すくらい心底可愛らしいぞ」

「ふえぁっ？」

素直な気持ちを口にしてみると、ネフィは顔を覆って頽《くずお》れてしまった。

「ど、どうした？」

「どうしたってその、あの……お言葉は嬉《うれ》しいのですけど、不意打ちでおっしゃられると心の準備が……」

指の隙間《すきま》からようやく瞳を覗かせると、ネフィは消え入るような声でつぶやく。

さすがにザガンも突拍子《とっぴょうし》もなかったかと反省した。

「いや、なんだか素直な気持ちを伝えなければならんような気がしてな。ネフィを見てまず心に浮《う》かんだ言葉を、そのまま口に出してしまったのだ……と、どうした？」

ネフィはもう、耳どころか額から顎《あご》の先まで真っ赤にして仰《の》け反《ぞ》っていた。まるで『褒《ほ》め殺《ごろ》しも過ぎれば暴力と化す』とでも言わんばかりである。

「そ、そういうことをおっしゃるんでしたらザガンさまだって……っ、あれ？」

なにを言おうとしたのか、愛する少女は果敢《かかん》に立ち上がろうとして――へなへなと腰《こし》が砕《くだ》けたように膝から崩《くず》れ落《お》ちてしまう。

愕然《がくぜん》として、それからネフィは懊悩《おうのう》するようにまた顔を覆った。

たとえるなら寸前で躱《かわ》したと思っていた一撃《いちげき》に致命傷《ちめいしょう》を与《あた》えられていたような感じだろうか。手の平の下の唇がずいぶん震《ふる》えるほど弛《ゆる》んでいるのを見ると苦しんでいるわけではなさそうだが、どうやら膝《ひざ》に力が入らなくなってしまったらしい。

「だ、大丈夫《だいじょうぶ》かネフィ？」

「……申し訳ありません。いま、ちょっとザガンさまのお顔を見ることが、できそうにありません」

蚊《か》の鳴くような声で、しかもぷるぷると震えながら訴《うった》える少女にザガンはただならぬ庇《ひ》護《ご》欲を掻《か》き立てられた。

ザガンはそんなネフィをひょいと抱《だ》きかかえる。

「はわわわっ、ザガンさまっ？」

「朝食なのであろう？　連れていってやるから無理はするな」

思えばここ最近、ネフィはずいぶんいろいろと積極的にがんばってくれていた。黒花《くろか》の目のことも神霊魔法《しんれいまほう》の修業《しゅぎょう》も、なによりザガンとのこともだ。

自分が不甲斐《ふがい》ないせいで恋人《こいびと》らしいことに関しては頼り切《き》りだったのだ。こういうときに支えてやれなくてなにが〈魔王〉か。

ネフィは観念したように、ザガンの胸にもたれかかる。

「もう……。今日のザガンさまには、敵《かな》いそうにありません」

「ならよりかかるがよい。俺はそう望んでいる」

自然と笑い返すと、ネフィは指の隙間からそっとザガンを見上げた。

「では、ひと言だけ」

「ふむ。聞こう」

全てを受け入れる慈父《じふ》のような微笑《びしょう》を以《もっ》て頷くが、その薄っぺらい余裕《よゆう》はただの一撃で粉砕《ふんさい》される。


「大好きです、ザガンさま」


「ぬうううううううううううっ！」

心臓にただならぬ衝撃を感じて、ザガンは片膝《かたひざ》を突《つ》いた。もちろん、ネフィは大事に抱《かか》えたまま。

いつも通りといえば、いつも通りの朝だった。

（くふう、朝食前から特濃《とくのう》の愛《め》で力ごちそうさまなのじゃあっ！）

……扉《とびら》の向こうで、困ったおばあちゃんが倒《たお》れて痙攣《けいれん》しているところも含《ふく》めて。

そして、それがこれから始まる事件の発端《ほったん》でもあった。

第一章 ✡ インドア派とアウトドア派は、ときとして絶望的にわかり合えない
『なにか用か？』

そこは無数の剣《けん》が突き立つ草原だった。

一年と少し前、大きな戦のあった場所だ。宿敵同士であるはずの魔術師《まじゅつし》と聖騎士《せいきし》、さらには賢竜《けんりゅう》までもが肩《かた》を並べて戦い、散っていった場所である。

そんな墓標の群れの中に、ふたつの人影《ひとかげ》があった。

どちらも目深《まぶか》にフードをかぶっていて顔はおろか体格、性別すら定かではない。

声を発した影は、背中を向けていた。

『用ってほどのことじゃないんだけど、まあ同じ〈魔王〉のよしみで忠告くらいはしてあげようと思ってね』

ふたつの影は、共に〈魔王〉の位にいる魔術師ということだ。

答えたのは、ねっとりとした甘《あま》い声だった。

甘い声は、しかし重たい声で告げる。

『その先に進んではならない。これはマルコシアスの言葉よ――《狭間猫《はざまねこ》》フルカス』

偉大《いだい》な先代〈魔王《まおう》〉の名に、フルカスと呼ばれた影はおかしそうに肩を揺《ゆ》らした。

『〈魔王〉ナベリウスともあろうものがずいぶんと異な事を言う。いや、こう呼ぶべきだったか――《魔工》にして《魔眼王》ナベリウス』

射貫《いぬ》くようなその声に、ナベリウスと呼ばれた影のフードがわずかにはだける。

甘い声の主の顔は、銀の仮面で覆われていた。魔法銀《ミスリル》である。

仮面の中央には横一文字の亀裂《きれつ》が走っており、その奥《おく》には奈落《ならく》のような闇《やみ》と紅玉のような光がひとつだけ浮かんでいた。

魔眼の一種だろう。〈バロールの魔眼〉〈王の銀眼《ぎんがん》〉〈纏視《てんし》〉、魔眼と名の付く力や魔術、義眼は数多くあれ、この瞳は格別だった。

優《すぐ》れた魔術師には二つ名が与えられる。だが、それは常にひとつだ。なぜなら二つ名とは己《おのれ》の究《きわ》めた分野を象徴《しょうちょう》して与えられるものだからだ。

ふたつの二つ名を持つ異色の〈魔王〉は、仮面の奥で紅玉の眼を細める。

他の種族ならなんでもないその仕草だが、《魔眼王》のそれともなれば魔力の弱い者ならば石化の呪《のろ》いを被《こうむ》るだろう威圧《いあつ》だった。事実、フルカスの足下《あしもと》にそよぐ草葉はひとたまりもなく塩の塊《かたまり》となり果て、ぽろぽろと崩れていく。

そんな眼差《まなざ》しを向けられながら、フルカスは何事もなかったように語った。

『ナベリウス、貴様は〈魔王〉になって何百年になる？』

『……さあ？　忘れちゃったわ。そんなものを数えるほど暇《ひま》じゃあないもの』

その答えを聞いているのかいないのか、フルカスは独り言のように続ける。

『我は五百年だ。〈魔王〉となって五百年だ。この世界に、我の踏《ふ》んでいない大地など残っていない。北の聖地も海底都市アトラスティアも天上のイーリスも、あの偉大な賢竜《けんりゅう》の膝元《ひざもと》ファスコミリオも、探求すべき未知などどこにもない』

慟哭《どうこく》の声に、ナベリウスはため息を返す。

『人の脳がなぜものを想《おも》い、空想できるのか。竜の吐息《とい き》がなぜ万物《ばんぶつ》を破壊《はかい》しうるのか。なぜ同じ根源を持ちながら魔力と霊力《れいりょく》は反するのか』

フードの中から甲冑《かっちゅう》に包まれた腕が伸《の》び、一本ずつ指を折る。

『なぜ、なぜ、なぜ？　解き明かされてない未知なんていくらでもある。それらに見て見ぬ振《ふ》りをして全てを知った気になるだなんて、〈魔王〉といえど思い上がりが過ぎるのではないかしら？』

魔術によって引き延ばされた寿命《じゅみょう》を以てしても、紐解《ひもと》ききれぬ未知と神秘の数々だ。これを否定することは、たとえ〈魔王〉であっても許せない。

怒気《どき》を孕《はら》んだナベリウスの言葉に、返ってきた答えは空虚《くうきょ》なものだった。

『——興味が、ない』

それは嘲笑《ちょうしょう》ではなく、嘆《なげ》きだった。

フルカスが、ようやく振り返《かえ》る。

『興味がないのだ。貴様はそれでよいのだろうな。魔術の中にいくらでも未知を見いだすことができる。正直、嫉妬《しっと》すら覚える。だが、我には興味を持てぬのだ』

慟哭するように空を仰《あお》ぎ、フルカスは言う。

『我はまだ見ぬ大地を求めて魔術を究めたのだ。なのに、この世界は狭すぎる。海の水平線の向こうも、見果てぬ空の彼方《かなた》も、瞬《また》く星の海さえも、閉ざされたこの世界では額の中の美食に過ぎん。もう、うんざりだ』

《魔工》ナベリウスと《狭間猫》フルカスでは、見ているものがあまりに違いすぎた。ナベリウスの言葉では、フルカスには届かない。

ため息をもらす。

『つくづく、あなたとはそりが合わないわね、フルカス』

『初めて意見が合ったな。我も貴様とだけは話が合わん』

無駄《むだ》と知りつつ、ナベリウスは同じ空を見上げて問いかける。

『……自殺と変わらないわよう？』

『かまわん。マルコシアスが没《ぼっ》して一年待った。義理を果たすには十分な時間だ』

『いまの筆頭はアンドレアルフスよ？』

『やつも姿を消した。マルコシアスならともかく、やつの喪《も》に服す義理はない』

それが、いまになって彼《かれ》が行動を起こした理由なのだろう。ナベリウスは何度目になるかわからないため息をもらした。

〈魔王〉筆頭アンドレアルフスが〈魔王〉シアカーンの粛清に出向き、そのまま姿を消してからひと月が経《た》とうとしていた。

――殺《や》ったのはシアカーンかしら？　それともビフロンス？

現状〈魔王〉でもっとも強大なのは誰《だれ》かと問われれば、アンドレアルフスだった。恐《おそ》らく他の〈魔王〉たちでもそう答えるだろう。年老いて、力の衰《おとろ》えた晩年のマルコシアスを越《こ》えていたのは紛れもない事実だ。

――ただあの人、人望はないのよねえ……。

なぜなら、魔術師は別に強くなりたくて魔術を学んでいるわけではないからだ。力を求めるのは本当に最初の数年くらいのものだ。他の魔術師にあっさり知識を略奪《りゃくだつ》され、自身の研究もままならない、最低限の力もないようなころくらいだろう。あいにくと魔術師にとって力は畏敬《いけい》を抱く功績たり得ない。

ゆえに、誰よりも強くある魔術に身を捧《ささ》げたアンドレアルフスは、魔術師からは共感を得られない。

それでも〈魔王〉相手に粛正《しゅくせい》を執行《しっこう》しうる力の持ち主として筆頭に選ばれたのだが、まさかわずか一年で返り討《う》ちに遭《あ》うとは。

――仮にも〈魔王〉なんだから、殺されたくらいで死にはしないと思うけれど……。表に出られなくなるほど弱体化させられたか、あるいは幽閉《ゆうへい》されたか。まさか本当に死んだのだとしたら、とんだ役立たずである。

ナベリウスですらこの結果には失望を禁じ得なかった。

『アンドレアルフスはいいけど、結界を越えるのならあの子が黙《だま》ってないわよう？』

その指摘《してき》に、フルカスがぴくりと肩を震わせる。

『アルシエラ――悪名高い結界の番人か』

先代〈魔王〉マルコシアスをして『アルシエラとだけは事を構えるな』とまで言わしめた化け物だ。結界の番人として、あの少女の力は〈魔王〉どころか賢竜オロバスにすら比《ひ》肩《けん》するとまで言われている。

――あれであの子、結構可愛いところもあるんだけどねえ……。

ただ、敵に回したくないのは事実だ。

それでも、フルカスは首を横に振る。

『問題ない。彼女も〝天使狩《が》り〟を手に取らねばならぬほど弱体化しているのだろう？　貴様にあれの修復を依頼《いらい》してきたのだから』

おっと、とナベリウスは仮面を押《お》さえた。

これだから〈魔王〉相手の会話は気が抜けない。世捨て人さながらのフルカスですら、これほどに抜け目《め》ないのだから。

『……いやらしい男ね。乙女《おとめ》の内緒話《ないしょばなし》を盗《ぬす》み聞《ぎ》きするなんて』

とはいえ、これでフルカスを引き留めるための材料は全て使い切ってしまった。

手詰《てづ》まり。そう思ったとき、なぜかフルカスは躊躇《ためら》うようにつぶやく。

『そういえば、あれだけ世界を渡《わた》り歩《ある》いて、一度もお目にかかることはなかったな』

『……なんの話？』

怪訝《けげん》に思ったが、フルカスは戸惑いを振り払《はら》うように頭《かぶり》を振って宙に浮かんだ。

『さらばだ〈魔王《まおう》〉ナベリウス。貴様の戯《ざ》れ言《ごと》は耳障《みみざわ》りだが、いい暇つぶしではあった』

『さようなら〈魔王〉フルカス。あなたの趣味《しゅみ》は理解できなかったけれど、お達者で』

そう告げると、フルカスの姿は空の中へと消えていった。

一年と数か月前、ビフロンスが魔神と名付けた存在が出現した、隙間の中へ。

『……ま、義理は果たしたわよ？　マルコシアス』

結局止められはしなかったが、最低限善処はした。

――ただ、聖剣《アザゼル》に続いて〈魔王の刻印〉まで失われると、さすがにマズいわよね……。

賢竜とマルコシアス、そして聖騎士たちがその命を以て守った封印《ふういん》。それはたった一年ちょっとで再び破られてしまった。

原因を作ったのはシアカーンか、それともビフロンスか、あるいはその両方か。

いまは小さな隙間からもれ出している程度のものだが、すでに〝扉〟は開かれてしまった。〝あれ〟にそう認識されてしまったのだ。もう、封印の崩壊《ほうかい》は止められない。

そこで〈魔王の刻印〉と聖剣がひとつずつ欠けたとなると、もう〝あれ〟を止める手立てはないだろう。この世界は滅《ほろ》びる。

だが、それもフルカスにとっては意味のないことだ。あれは絶望するほどこの世界に飽《あ》きてしまっているのだから。そしてナベリウスはそれを止める言葉を持たない。

いや、フルカスだけではない。アンドレアルフスがいなくなったことで、これまで黙っていた他の〈魔王〉たちもそれぞれの思惑《おもわく》のまま動き始めるだろう。

またしてもため息がもれる。フードをかぶり直して、空を見上げる。

『マルコシアス。この世界は、たった一年でなにか変わったと思う？』

彼らの命で長らえたこの一年少しに、なにか意味はあったのだろうか。

そう考えて、思い出すのはマルコシアスの〈刻印〉を継《つ》いだひとりの男の顔だった。

『……やれやれ。外を歩くのは億劫《おっくう》で嫌《きら》いなのだけれど』

それでも、もうすぐ終わってしまうこの世界で、確かめておきたいくらいの好奇心《こうきしん》を抱いて、仮面の〈魔王〉もその場から姿を消すのだった。

空の隙間から絶望のような叫《さけ》びが響《ひび》いて、そして誰の耳にも届くことなく消えていった。

◇

「はあ、なかなか問題が片付かんな……」

朝食後。玉座の間にてザガンはため息をもらしていた。

今日は寝覚《ねざ》めがよかったおかげか、頭もすっきりした気分だ。それゆえ状況《じょうきょう》を整理してみて、面倒《めんどう》くささでため息が堪《こら》えられなかったのだ。

「おや、ため息なんて珍しいですね、ザガンさん」

そう言ったのはキメリエスだった。

ここ一か月ばかりは、魔術の運用試験や訓練で彼に付き合ってもらっている。本日もその予定だったため、出向いてきたのだ。

「おっと、そろそろ時間か？」

「それもありますが、今日はゴメリさんを見ていないので、またなにかご迷惑《めいわく》をかけていないかと……」

ああ、とザガンは渋面《じゅうめん》を作る。

「ゴメリなら今朝も発作《ほっさ》を起こしていたから、ひとつ用事を申しつけておいた。帰ってくるのは明日《あす》になるだろう」

「遠出ですか？　それなら僕《ぼく》が行った方が速いと思いますが」

《黒刃《こくじん》》キメリエスに速さで追従できる魔術師はいない。せいぜい根本的に生物としてのポテンシャルが違うフォルくらいのものだ。

なのだが、ザガンは首を横に振る。

「あいつの方が向いてる用件だ。黒花《くろか》とシャックス絡《がら》みだからな」

「あー……」

キメリエスは全てを察したように目を細めた。

それからザガンは億劫そうに肩を竦《すく》める。

「それと最初の質問の答えだが、シアカーンと最初にことを構えたのは〈アーシエル・イメーラ〉のことだ。それから三か月も小競《こぜ》り合《あ》いを続けていればため息もつきたくなる」

ザガンとしてはさっさと殴《なぐ》って終わりにしたいのだが、ビフロンスが絡《から》んできたおかげで無駄に長引いてしまっている。

——あいつはもう殺そう。一度はチャンスをやったんだし、次はない。

生かしておいても毒にしかならない。

そこに、キメリエスが重たい声で付け加える。

「それと、〈アザゼル〉——ですか」

沈痛《ちんつう》な表情で、ザガンは頷き返した。

エルフの隠れ里《ざと》で見つけた手記にその名があったのが、始まりだった。〈アザゼル〉の名を追いかけ始めて、吸血鬼《きゅうけつき》アルシエラと出会い、旧友マルクを追えという手がかりを摑《つか》み、そしてその正体にたどり着いたとき、確かにそれは現れた。

大浴場完成の日、ザガンとバルバロスは哀《あわ》れな少女の体を奪《うば》った〝影〟と遭遇《そうぐう》した。アルシエラは返答を避《さ》けているが、あれは〈アザゼル〉で間違《まちが》いない。

――あれは自分の敵だと言っていたからな。

始末は自分でつけると言っていたが、ザガンはその手のトラブルを人任せで終わらせる趣味はない。

――事実、アンドレアルフスは失敗したようだしな……。

当てにしていたわけではないが、やはり物事は自分で解決せねばならないものらしい。しかし、聖剣は後継者《ステラ》に譲《ゆず》ったという話だが、〈魔王《まおう》の刻印〉は持っていたのだ。【天使告解】なくともあれが最強の〈魔王〉だったことに変わりはない。

――となると、やったのはビフロンスだろうな……。

最盛期のシアカーンは、アンドレアルフスと同等以上の武闘派《ぶとうは》魔術師だったという。だがそれでアンドレアルフスを倒すのはほぼ不可能だと、ザガンは考えている。

ザガンが勝てたのは、あれが殺し合いをしなかったからだ。

あの恐るべき〈魔王〉が、初めから殺すつもりで戦って勝てぬ相手はいない。負けたのだとしたら、戦ってもらえなかったからだ。

ビフロンスは自分の体を塵《ちり》のようなものに変えられる。ザガンにも正体はわからないが、魔術や魔術道具ではなく、そういう生物だと考えた方がいいのかもしれない。

あの塵に体内を侵蝕《しんしょく》されたら、まあアンドレアルフスでも負けるだろう。

当然のことだが、ビフロンスは幾度《いくど》となく交戦しているザガンにも同じことを仕掛《しか》けてきた。ただ、ザガンの目にはおぼろげにだがその〝塵〟が視《み》えていた。だから触れられる前に必死で殴っていたのだ。

ザガンは背もたれに身を預けて天井《てんじょう》を見遣《みや》る。

「どうにも、敵が多すぎてごちゃごちゃするな」

「頭を潰《つぶ》して終わりにできればよいのですけどね……」

苦笑《くしょう》しながら同意するキメリエスに、ザガンはふむと考える。

——問題が山積みだと思ったが、実際にはシンプルなのかもしれんな。

考えを整理しながら、ザガンは口を開く。

「いや、案外潰す頭はひとつでいいのかもしれんぞ。……いまなら、な」

「いまなら、というと？」

ザガンは一本ずつ指を立てながら言う。

「現状、俺の敵は三人。シアカーンとビフロンス、そして〈アザゼル〉だ」


アルシエラは〈アザゼル〉には関《かか》わるなと言ったが、もう遅《おそ》い。

こうしてザガンの前に現れ、襲いかかってきたからには始末する。あんなものを放置していて、ネフィたちとの平和な生活はあり得ない。

そこから、指を一本折って右手で二本、左手で一本指を立てる。

「このうち、シアカーンとビフロンスはつるんでいるわけだが、主導者はシアカーンだ。ビフロンスが主導者ならもっと胸くその悪い手段で来るからな。つまり、シアカーンが死ねばビフロンスも戦う理由がなくなる」

もちろん、ビフロンスはそんな理由がなくとも突っかかってくるだろうが、それは別件だし、相応の準備も必要になる。つまり、しばらくはおとなしくなるということだ。

キメリエスもそこに異論はないようで小さく頷く。

それから、左手で立てた指を突き出《だ》す。

「次に、あの〈アザゼル〉だ。対策は立てているが、正直いまはまだ勝てる気がせん。次に来られたら、不本意ではあるがアルシエラの手を借りねば仕方がないだろう」

「……ザガンさんが、そこまで言うほどの相手なんですね」

これまでザガンが『ひとりで勝てない』などと言った相手はいない。キメリエスも漆黒《しっこく》の体毛を震えさせた。

「だが、ここで疑問がある。やつはなぜ前に現れてからひと月も沈黙《ちんもく》している？　いや、そもそもなぜあのタイミングで来る必要があったのだ？」

「あのタイミング……？」

その意味を咀嚼《そしゃく》するように考え込むキメリエスに、ザガンはこう告げた。

「思うに、〈アザゼル〉はこの世界で自由に活動できるわけではないのではないか？」

キメリエスが目を見開く。

「確かに、そう考えれば一度しか現れていない理由は説明できますが、根拠《こんきょ》は？」

「ひとつはやつが〝アリステラ〟という哀れな娘《むすめ》の体を使っていたからだ。前に見たときは、あのガキに〈アザゼル〉みたいな化け物は憑《つ》いていなかった。なにかしらの方法で取《と》り憑いたから、あの夜は出現できたんだ」

具体的な方法はザガンにも明言できないが、それもビフロンスの仕業《しわざ》だろうとは思う。

「つまり、出現には依《よ》り代《しろ》のようなものが必要であると？」

「……ああ」

そしてその〝依り代〟は完膚《かんぷ》なきまでに破壊されてしまった。

ビフロンスが介入《かいにゅう》したことで辛《かろ》うじて命を繋《つな》いだようではあったが〝天使狩り〟は〈天《てん》燐《りん》〉と同種の兵器だ。あれで負わされた傷が癒《いや》されることはない。それこそ新しい体でも作らない限りは再起不能だろう。

――そんな目に遭わねばならんほど、救いようのないクズではなかった。

未《いま》だ心にくすぶる後悔《こうかい》。手を差《さ》し伸べたのに助けられないというのが、こうも後味の悪いものとは思わなかった。

それゆえに、ネフィやフォル、ネフテロスたちをそんな目に遭わせるわけにはいかない。

そこでキメリエスが当然の疑問を示す。

「ですが、彼女《かのじょ》は双子《ふたご》だったのでしょう？　その場合、依り代はもうひとつ残っているということになりませんか」

「……ひとつとは限らんがな」

デクスィアとアリステラ。シアカーン配下の双子だが、ザガンの昔馴染《むかしなじ》みであるステラが引き取った少女リゼットも同じ顔をしていた。これが偶然《ぐうぜん》などという都合のいい話はないだろう。

ステラには警告を送っておいたし、あの娘が傍《そば》にいるなら〈魔王〉ですらおいそれと手出しはできないだろう。

それを踏まえた上で、ザガンは言う。

「その疑問に答える前に質問なんだが、シアカーンのやつの目的はそもそもなんだ？」

「それは……」

黒花たち希少種を襲っていながら、シャックスの前では人を救うような真似《まね》をしていたという。やっていることがちぐはぐで二重人格を疑いたくなるほどである。

ザガンは言う。

「あの〝アリステラ〟だが、体の一部を残していった。そいつを解剖《かいぼう》してみたら、奇妙《きみょう》なことがわかった」

体の一部――引きちぎれた両腕《りょううで》である。

そんなものを弔《とむら》いもせずに平然と解剖できてしまうあたり、結局ザガンも魔術師ということなのだろう。

だが、得られた情報も大きい。

「あれは、どうやら人間ではないらしい。かといってホムンクルスのように不完全な生き物でもない。少なくとも、俺《おれ》の知るどの生物とも違《ちが》った。シアカーンオリジナルの魔術生命といったところだろう」

「魔術生命……ですか」

予期せぬ言葉に、キメリエスも目を丸くする。

「シアカーンは、その魔術生命を完成させるつもりなのではないのか？」

ふむと、キメリエスも頷《うなず》く。

「つまり、希少種狩りはその材料集めであったと？」

「ああ。そしてあの双子よりも完成度の低い失敗作が、〈アーシエル・イメーラ〉に湧《わ》いて出たあの影どもではないか？」

影という表現に、キメリエスが身を強張《こわば》らせた。

「それでは、まさか……」

ザガンは迷いなく頷いた。

「シアカーンが作ろうとしているのは、恐らく〈アザゼル〉だ」

〈アザゼル〉そのものがなんであるかは、まだ推論の域を出ない。

——まあ、ある程度の想像はつくが。

双子が消息を絶つ直前に接触《せっしょく》した人物は二名。片方はザガンも現場を目撃《もくげき》しているが、その前にもうひとり出会っている人物がいた。

そして、その人物が一時期奇妙な〝悪夢〟にうなされていた事実も、最近になってから耳にしたのだ。

確証のない可能性を根拠にするのは軽率《けいそつ》だが、最初に取り憑かれたのがあの少女だったとしたら、それと接触したことで双子も感染したと考えることができる。

——つまり、魔神と〈アザゼル〉は、同じものだ。

それから、ザガンは〈アーシエル・イメーラ〉の日を振り返るように言う。

「〈アーシエル・イメーラ〉の影どもは、殺された希少種たちの姿をしていた。理屈《りくつ》はわからんが、〈アザゼル〉を利用することで死者の蘇生《そせい》のようなことができるのかもしれん」

「では、希少種を殺しても、あとで生き返らせるつもりだと……？」

「そんなところだろう。まあ、それで殺された方は堪《たま》ったものではないがな」

そもそもそれで蘇《よみがえ》った存在が、本人である証明など誰にできよう。

キメリエスは頭痛を覚えたように頭を抱えた。

「あいつは……そんな馬鹿《ばか》げた幻想《げんそう》を追いかけているんですか」

「……？　なんの話だ？」

ザガンが眉《まゆ》をひそめると、キメリエスは慌《あわ》てて首を横に振った。

「いえ、なんでもありません。それより、そうなるとシアカーンは〈アザゼル〉さえ手駒《てごま》として使ってくるということではありませんか？　双子のもう片割れだって……」

「馬鹿を言うな。破壊されたとはいえ、ビフロンスがその〈アザゼル〉の検体を持ち帰ったのだぞ？　いまごろ大喜びで解剖している最中に決まっている。その貴重な予備をそう簡単に使い捨てるものか」

彼らがひと月もの間、沈黙している理由はそれだ。

シアカーンはデクスィアを使って、もう一度〈アザゼル〉を呼び出すことができる。だからこそ、慎重《しんちょう》に、大切に扱《あつか》う。不完全だろうと初めての成果を全力で守る。魔術師とはそういうものなのだ。そんな大切なものを、ザガンにぶつけて失うような真似などできるものか。

おぞましいものを見たように、キメリエスは身震《みぶる》いする。それから、まるで親しい者の正気でも願いたいかのようにつぶやく。

「シアカーンが、貴重な配下を治療《ちりょう》する可能性は……？」

「『生き返らせられるから皆殺《みなごろ》しにしてもいい』などと考えるような狂人《きょうじん》だぞ？　せいぜい〈アザゼル〉が完成したときに復活させてもいい程度にしか考えていないだろう」

むしろ、いまごろ丁重に拘束《こうそく》されて、姉妹共々絶対に死なないように保管されていることだろう。キメリエスも哀れむように顔を覆《おお》った。

ザガンは言う。

「……少し話が逸《そ》れたな。つまるところ、あちこちでバラバラに事件を起こしてくれているように見えて、シアカーンとビフロンス、そして〈アザゼル〉はひとつの線で繋がっている」

〈アザゼル〉の正体が魔神だと言うなら、最初に復活させようとしたのはビフロンスだ。そしてシアカーンは別の方法で復活させようとしていた。

だから、このふたりが手を組み、〈アザゼル〉が動き出したのだ。

「いま、全《すべ》ての事件を主導しているのはシアカーンだ。シアカーンを始末すればビフロンスもおとなしくなるし、〈アザゼル〉も止まる」

もちろんビフロンスとは決着を付ける必要があるし、一度動き始めた〈アザゼル〉が依り代を失ったくらいで封印されるかは怪《あや》しい。

それでも、シアカーンを倒せば事件自体は終息する。

——そのための手も打ってある。

あとはときが来るまでに、可能な限りの準備をするだけである。

なのだが、キメリエスはどこか諦観《ていかん》するようにつぶやいた。

「……そう、ですよね。そうするしか、ないんですよね」

「……？」

ザガンが再び眉をひそめると、キメリエスはいつも通り朗《ほが》らかに笑った。

「おっと、少し話し込み過ぎましたね。時間が押していますよ」

「む、それはいかん。今日も頼《たの》むぞ」

「はい」

〈魔王〉とその片腕《かたうで》は玉座の間をあとにするのだった。

◇

「ふわぁ……」

ザガン城厨房《ちゅうぼう》にて、大きなあくびをもらしたのはリリスだった。

深紅《しんく》の髪《かみ》は頭の左右で束ね、金色の眼を眠《ねむ》たそうにこする。腰《こし》からはコウモリのような小さな翼《つばさ》、臀部《でんぶ》からは先端《せんたん》の尖《とが》ったしっぽを生やした夢魔《サキュバス》、それもヒュプノエル王家の第一王女である。あいにくと、胸だけは平坦《へいたん》ではあるが。

夢魔らしく露出《ろしゅつ》の激しい衣装を着ているが、その上に真っ白なエプロンと頭には三角巾《さんかくきん》を巻いていた。

「寝不足《ねぶそく》ッスかリリスちゃん？　夜更《よふ》かしはよくないッスよ」

「アタシ、夢魔なんだけどっ？」

夢魔は本来夢の中に住まう種族であり、夜にこそ本領を発揮するのだ。こうして昼間に家事などをしている方がおかしい。

そんなリリスに、隣《となり》の人魚《セイレーン》がへらっと笑いかける。

セルフィである。ヒト族なら耳がある部位には水生生物のヒレを持ち、海のような碧《あお》の髪をしている。いまは二本の足で立っているが、本来は魚類の下半身を持つ少女だ。

幼馴染《おさななじ》みの少女はほがらかに笑って言う。

「でも、リリスちゃんが仕事中にあくびとか珍《めずら》しいッスね。なんかあったッスか？」

「別にそういうわけじゃないんだけど、まあちょっとね……」

鍋《なべ》をかき混ぜるお玉を止めて、セルフィが視線を返してくる。

「悩《なや》み事《ごと》があるなら聞くッスよ？」

「いや、悩み事というか、心配事……かしら？」

そう答えると、セルフィは納得《なっとく》したように頷いた。

「あー、黒花ちゃんたちが出発してからもう三日になるッスからねー」

リリスとセルフィ、そしてケット・シーの黒花は同郷の幼馴染みである。

黒花はリリスたちの知らないところで筆舌《ひつぜつ》に尽《つ》くしがたい苦難に見舞《みま》われ、先日――と言っても治療されてからもう二か月になるが――までは目の光さえも失っていた。

そんな黒花も、視力が回復して経過も問題なかったことから、本業に復帰した。治療中、〈魔王《まおう》〉の城に滞在《たいざい》してはいたが、彼女は本来魔術師と相反する組織である教会の司祭なのだ。

ただ、そんな黒花の護衛として行動を共にしているシャックスという魔術師がいるのだが、なんというかこれがまた絶望的に空気が読めない男なのだ。お互《たが》いまんざらでもなさそうではあるのに、どういうわけか毎回のように気持ちがすれ違っている。

そんなふたりでキュアノエイデスを離《はな》れているのだから、心配するなという方が無理な

話ではある。

——そっちはそっちで心配なんだけどね……。

頭痛がしてきて額を押さえるリリスに、セルフィがほがらかに笑う。

「大丈夫《だいじょうぶ》ッスよ！　黒花ちゃんはちょっと不運なとこあるッスけど、シャックスさんって結構身を挺《てい》して守ってくれる感じのおじさんじゃないッスか？　だったらあとは気持ちの問題ッスよ」

「その気持ちが問題だと思うんだけどっ？」

というかそんな男を好いてしまったのが最大の不幸のような気がするのだが。

シャックスの方は黒花をどう想っているのだろうか。これまで苦労してきた幼馴染みがさらに苦労しているのではないかと、リリスは平らな胸を痛めた。

「でもたぶん大丈夫だと思うッスよ？　ほら、シャックスさんって無類の猫《ねこ》好きじゃないッスか」

「え、そうなの？」

「そうッスよ？　ときどき中庭に野良猫《のらねこ》が入ってきたりすると、ものすっごい優《やさ》しい顔で餌《えさ》あげてたりするんスよ。それで黒花ちゃんがやってくるとまた真っ赤になってしどろもどろになってたりするッスよ？」

「それって女の子として見てるの？　猫として見てるの？」

恐らく、黒花も同じ疑問を抱《いだ》かされたのだろうと思う。

「あと、猫といえばネフィさんもザガンさんのとこ来るまで、猫って見たことなかったらしいッスよ？」

「ああ、確かに秘境の森に猫はいないでしょうね……――って、そうじゃなくて！」

リリスは頭を振《ふ》って声を上げる。

セルフィと話しているといつも話が逸れてしまう。

「ど、どうしたんスか急に？」

「いやその……最近、王さまってなんか妙《みょう》に疲《つか》れてるような感じしない？」

「そうッスか？　ネフィさんといるときは見てる方が恥《は》ずかしいくらい元気ッスけど」

「いやまあ、そりゃネフィさんといっしょのときはそうでしょうよ」

あの幸せそうな顔を見ると、つまらない心配をしている自分が馬鹿馬鹿《ばかばか》しく思えてくるのは事実ではある。

「そういうことじゃなくてさ、それって結局疲れてるのを忘れてるだけで、疲労《ひろう》が解消されてるわけじゃないでしょ？」

「んー、ザガンさんも魔術師《まじゅつし》さんなんだから、その辺りはちゃんとしてるんじゃないッスか？　疲労で倒《たお》れる魔術師とか聞いたことないッスよ？」

我らが王は魔術師の中でもさらに頂点に君臨する〈魔王〉なのだ。それが疲労で倒れるなどと、駆《か》け出しの魔術師でも失笑《しっしょう》ものだろう。

そんなことは百も承知だが、リリスはうつむいてしまう。


「でも、疲れてるような魔力の色なのよね……」


確かに表面上はそんな素振りは微塵《みじん》も見せないのだが、魔力までは誤魔化《ごまか》せない。

そうつぶやくと、セルフィも真面目《まじめ》な顔でリリスに向き直った。

「マジっすか？」

「うん……」

ザガンは恐ろしい〈魔王〉ではあるが、リリスのような非魔術師も配下として平等に扱ってくれる王でもある。ひと月前も大きな風呂《ふろ》がほしいとわがままを言ったら、城の裏に大浴場まで作ってくれた。

まあ、ネフィやその母君のオリアスが喜んでくれそうだから、という理由が一番だったようにも思うが、結果的にわがままを聞いてもらえたのは事実である。

だから〈魔王《まおう》〉に庇護《ひご》される身として、リリスとてなにか恩返しをしたいくらいには思っているのだ。

と、そこで厨房の扉《とびら》が開く。

「ごめんなさい。遅くなった」

入ってきたのは小さな少女だった。

目が覚めるような美しい翠《みどり》の髪。その隙間《すきま》からは無骨な角が突《つ》き出し、大きな瞳《ひとみ》は琥珀《こはく》色《いろ》。十歳《さい》ほどの幼い容姿をしてはいるが、その正体は竜《りゅう》にして〈魔王〉の娘である。

——珍しいわね、この子が遅刻《ちこく》なんて。

多忙《たぼう》なネフィが遅《おく》れることはままあるが、フォルの方はいつも時間に正確なのだ。なにか込み入ったことでもあったのだろうか？

そんな少女に、セルフィは親しげに手を振《ふ》る。

「あ、フォルお嬢《じょう》さん。別に大丈夫ッスよー」

「……いつも思うんだけど、フォルお嬢さまってここのお姫《ひめ》さまよね？　なんで普通《ふつう》に料理してるの？」

というかむしろこの場にいる全員が、王族だったり〈魔王〉の娘だったりする。さらに言うなら〈魔王〉の嫁《よめ》（？）のはずのネフィすらいっしょに厨房を駆け回《まわ》っていたりするのだが、本当になぜこんなことをしているのだろう。

「できることをやってるだけ。ご飯は少しでも美味《おい》しい方がいい」

あまり表情を動かす少女ではないが、黙々《もくもく》と料理のお手伝いをするフォルはリリスですら庇護欲を覚えるほど健気《けなげ》だった。

リリスは踏《ふ》み台《だい》を用意してあげながら微笑《ほほえ》みかける。

「でも、正直助かるわ。味付けはあなたとラーファエル殿《どの》、それとネフィさまのが一番だもの」

執事《しつじ》のラーファエルと侍女《じじょ》……というか〈魔王〉の嫁のネフィが多忙ということもあり、最近はフォルに頼《たよ》りっきりだった。

――でも最近、ネフィさまも厨房にいる時間が減ったわよね。

ただでさえ城の家事全体を監督《かんとく》しているのだ。そこに自身の魔術や魔法――でいいのだろうか――ハイエルフとしての勉強も増えたのだから、多忙なのも無理はない。ほとんど自分の時間などないだろう。

ザガンの疲労が目立つようになったのも、もしかするとそれも原因のひとつなのかもしれない。

踏み台によじ登ると、フォルはなんでもなさそうに首を横に振る。

「リリスもちゃんと上手になってる。自信を持っていい」

「そ、そうかしら？　ありがとう」

かつては竜ということもあって怯《おび》えもしたが、それだけにこの少女から褒《ほ》めてもらえると少なからず嬉《うれ》しくなってしまう。

ただ、今日は珍しくフォルの表情はどこか上の空というか、ぼうっとしているように見えた。遅刻してきたのもなにか関係があるのだろうか。

——なにか、悩みでもあるのかしら？

魔術師でもないリリスが役に立てるかは怪しいが、それでも声をかけてみようと思ったときだった。

「リリスは、さっきなんの話をしていたの？」

「え？　ええっと……」

逆に質問を返され、リリスは返答に戸惑《とまど》った。どの話だろうか。

「ああ、ザガンさんが疲れてるんじゃないかってリリスちゃんが言ってたッスよ」

「……リリスが？」

じっと琥珀色の瞳を向けられ、リリスはつい身を強張らせる。

「えっと、アタシにはそう見えるっていうか」

「……」

説明が曖昧《あいまい》だったせいか、怪訝そうな目を向けられリリスは焦《あせ》った。

「ほら、アタシは夢魔だから人の精気というか、魔力で健康かそうじゃないかとかって目に〝視える〟のよ」

夢魔は夢を操《あやつ》る。悪夢を見せることもできるが、本来は夢で相手の欲望を満たさせるのが目的である。そして、その代償《だいしょう》に精気を奪うのだ。

――この城、実は結構利用客も多いのよね。

リュカオーンからこの城にやってきて以来、リリスは夢魔としての活動もしていた。ザガン配下の魔術師たちの欲求を夢の中で解消させるのだ。

先ほどリリスがあくびをした原因の一端《いったん》も、ここにあった。

もちろん、ザガンからの許可は取ってある。

人間、毎日毎日ザガンとネフィや黒花とシャックスのような関係を見ていると、自分もそういう相手がほしくなったりするものだ。

そんな観客たちに理想の〝夢〟を見せるのが、夜のリリスの仕事である。

ただ、彼《かれ》らはなんというか一向に進展しないし、それを遠目に眺《なが》めていたいような奇妙な気持ちに駆られるので、城の住人が求める〝夢〟もなぜか健全というか、日がな一日街の広場で寄《よ》り添《そ》っているような微笑ましいものになっていたりする。

極悪非道《ごくあくひどう》の魔術師、それも〈魔王〉直属の配下たちがなんと平和な話だろう。

そのくせ、相手は一流の魔術師たちなので対価にもらえる精気の質も高い。若干《じゃっかん》、リリスもぼったくっているような変な罪悪感を覚えたりするくらいだ。

フォルは驚《おどろ》いたように目を丸くする。

「……失念していた。私とザガンだけだと思っていた」

「それって、魔力が〝視える〟こと？」

問いかけると、フォルは小さく頷く。

――魔力が〝視える〟と、なにか問題なのかしら？

フォルはうかがうような視線を向けてくる。

「セルフィや黒花も〝視える〟？」

「自分ッスか？　そういうのは全然ッスね。黒花ちゃんもそんな話聞いたことないから、見えないんじゃないッスかね？　というか普通は見えないッスよ！」

「……そう」

それから、余計に警戒《けいかい》を深めたようにリリスを見遣る。

「リリスは、どこまで〝視える〟？」

「どこまでって、その、元気かどうか、とか……？」

精力をもらうのなら、それはもちろん精力の強い人間の方がいい。だから質の善《よ》し悪《あ》しや大きさは見えるが、他になにかあるのだろうか？

首を傾《かし》げていると、フォルは拍子抜《ひょうしぬ》けしたようにまばたきをする。

「それだけ？　流れとか繋がりは？」

「繋がり？　ちょっとわからないけど……」

そう答えると、竜の少女はようやくホッとしたように胸をなで下ろした。

「変なことを聞いた。ごめんなさい」

「いや、別に大丈夫よ……？」

なんだったのだろう。

戸惑いを隠《かく》せないでいると、さすがにフォルも言葉足らずと感じたのか口を開いた。

「魔力の流れが〝視える〟というのは、魔術師として途方《とほう》もない才覚。持っているなら把《は》握《あく》しておきたかった」

「あー、そういう？　申し訳ないけど、夢魔として普通の力よ。まあ、王家としてそれなりに〝視える〟とは自負しているけれど、魔術の役には立たないんじゃないかしら？」

なのだが、フォルは真面目な声音《こわね》で言う。

「ザガンには、それが〝視えて〟いる。だから異例の早さで〈魔王〉になれた」

どうやら、それほどまでにすごい能力らしい。感心していると、セルフィがおかしそうに言う。

「じゃあ、銀眼《ぎんがん》の王さんにも〝視えて〟たんスかね？」

その言葉に、リリスは目を見開く。

――確かこうも呼ばれていましたわね――銀眼の王――

もうひと月前になるだろうか。大浴場の完成の日に、アルシエラがもらしたザガンの父親の名である。

ようやく、フォルがなにを気に懸《か》けていたのかわかった気がした。

――アタシたち三王家は、銀眼の王の直系だものね。

しかも銀眼の王は黒花の〈天無月《あまのむつき》〉の前の所有者だったという。その幼馴染みであるリリスたちに、なにかの手がかりや繋がりを求めていたのかもしれない。

とはいえ、リリスにはその手の力はなにもないので、肩《かた》を竦めて返す。

「それは銀眼の王にはそういう力があったかもしれないけど、千年も前のご先祖さまだもの。アタシたちには受《う》け継《つ》がれていないと思うわ……って、あれ？」

言っていて、なんだか矛盾《むじゅん》していることに気付いた。

セルフィが首を傾げる。

「どうしたんスか？」

「いや、銀眼の王って千年前の英雄《えいゆう》よね？　王さまのお父さんって……あれ？　おかしくない？」

ザガンがあれで見た目通りの歳——十八、九歳くらいだということはリリスも聞いたことがある。

「えー？　前の〈魔王〉さんだって一千歳くらいだったんだし、銀眼の王さんもそれくらい長生きなんじゃないッスか？　そうでなくたって竜とか何万年も生きるじゃないッスか」

「銀眼の王って魔術師じゃないしヒトでしょっ？」

「……代替《だいが》わりしたとは、考えないの？」

呆《あき》れるようなフォルの言葉で、リリスも我に返る。

「そ、そうか。そうよね……。いやでも、銀眼の王の称号《しょうごう》が誰《だれ》かに引《ひ》き継がれたりしたなんて話、聞いたことがないんだけど……」

一般《いっぱん》に伝わっていないとしても、三大王家の第一王女である自分が知らないというのは、さすがに考えられない。

――つまり……どういうことなのかしら？

考えがまとまらなくて混乱していると、フォルがちろりと視線を向けてくる。

「リリス、火を止めて。鍋が焦《こ》げる」

「あ！」

フォルから注意されて、リリスは慌てて鍋をかまどから下ろした。

あとは調理に集中していたこともあり、その話を続けることはできなかった。

――今夜、王さまの夢にでも聞いてみようかしら？

それがこれから始まる事件の引き金になるとは知るよしもなく、リリスはそう考えた。

◇

「――ごきげんよう。これからお仕事ですの？」

執務《しつむ》室《しつ》に入ると、そこに腰掛《こしか》けていたのは小さな少女だった。

左右で束ねた金色の髪と、月のような金色の瞳。夜を象徴《しょうちょう》するかのような黒のドレスに身を包み、その腕《うで》には不気味なぬいぐるみを抱《かか》えている。

その唇《くちびる》からは、鋭《するど》く尖った二本の牙《きば》が覗《のぞ》いていた。

陽光も意に介さぬ吸血鬼《きゅうけつき》の姿に、ネフテロスはため息をもらす。

「また、あんたなの？　私に張り付いたっておもしろいことなんてないと思うけど、アルシエラ？」

もうひと月になるだろうか。

ザガン城での大浴場完成の宴《うたげ》に呼ばれて以来、この少女はネフテロスに付きまとうようになっていた。なにが気に障《さわ》ったのか、それとも気に入られてしまったのか。

それでいて、具体的になにかをするようなこともない。まあ意図の読めない言動に振り回されはしているが。

アルシエラはなにがおかしいのか、クスクスと笑い声をもらす。

「ええ、おもしろくはないのですわ」

「ならお義兄《にい》ちゃんのところに帰ったら？　あんた、シアカーンとかに狙《ねら》われてるんでしょ。言っとくけど私、〈魔王〉相手にあんたを守れるほど強くないわよ」

そう答えると、なぜか微笑ましそうにアルシエラは目を細める。

「クスクス、おもしろくはありませんけれど、貴姉《あなた》を眺めているのは楽しいのですわ」

「……わけがわからないんだけど」

「わからなくてよいのですわ」

ザガンの城では散々振り回されているこの少女だが、ネフテロスの前では終始この調子である。

友好的なのか敵対的なのか、ネフテロスとしては気を許していいのかも判断がつかず、とにかく疲れる。

相変わらず、なにを考えているのかわからない顔でアルシエラは言う。

「近ごろはお加減はよろしいんですの？」

「体調のこと？　まあ、あんたが来てからはだいたい調子いいわね」

ザガン城大浴場完成の前後、ネフテロスは体調を崩《くず》していた。

――あのときのこと、よく思い出せないんだけど……。

リチャードの話では夢遊病のような症状《しょうじょう》まであったらしい。さすがに周囲にまで迷惑《めいわく》をかけていると感じて、ひとりではいないようにしていたのだが、その甲斐《かい》あってか最近は異常を感じることもなく快調である。

それはそれとして、執務椅子《しつむいす》は空けてもらわないと困るので、アルシエラを追《お》い払《はら》うように手を振る。

「とりあえず、そこはシャスティルの席よ。どいてくれない？　そろそろ執務も始まるんだから」

執務時間にこんなやりとりをしていたら、仕事が終わらなくなる。なのにアルシエラはそんな声など聞こえていないかのように、椅子から動く様子はない。

とはいえ、こんなやりとりをもうひと月も続けているのだ。さすがに遠慮《えんりょ》も警戒心《けいかいしん》も解けてくる。

ネフテロスは慣れた調子で別の椅子を運んでやった。

「ほら、こっちに座《すわ》ってちょうだい」

「……仕方ありませんわね」

「あとでいただきもののマカロン持ってきてあげるから、そんな顔しないの」

「……貴姉、もしかしてあたくしのこと近所の子供かなにかと思っていません？」

まあ、初めて出会ったころは不気味で得体の知れない相手とも思ったが、ザガンの城でその姿を見ればそんな警戒心など霧散《むさん》するというものだ。

——黒花たちのことも助けてくれたみたいだし。

きっと悪い相手ではないと思うのだ。少なくとも、敵意を抱かれているようには見えないのだし。

そうやって笑い返すと、アルシエラは調子が狂《くる》うと言わんばかりに苦虫をかみ潰《つぶ》したような顔をする。こういうところも可愛《かわい》いとは思う。

椅子ごとアルシエラを応接用のテーブルに運ぶと、彼女は澄《す》ました顔でテーブルのおかしを口に放《ほう》り込む。

「あたくし、マカロンよりも葡萄酒《ぶどうしゅ》をいただきたいのですわ」

「あんたの外見で葡萄酒なんて飲まれたら、こっちは悪いことでもさせてる気分になるもんよ？」

言いながらネフテロスが書類の整理を始めると、アルシエラは妖艶《ようえん》な笑《え》みを浮《う》かべる。

「葡萄酒がダメなのでしたら、貴姉の血でもよいのですけれど？」

不穏《ふおん》なひと言にネフテロスが顔をあげると、アルシエラは唇から二本の牙を覗かせ笑みを浮かべていた。

――なにかしらこの、誰かを見ているような既視感《きしかん》は……。

敵意がないのに攻撃的《こうげきてき》というか、紛《まぎ》らわしいというか……。

考えて、すぐに答えにたどり着いた。

だからネフテロスは肩を竦《すく》めて返す。

「別にいいわよ。私の血なんて飲んで美味しいのかは知らないけど」

アルシエラはきょとんと目を丸くした。

「あら、もっと嫌《いや》がってくれるものかと思いましたけれど？」

「あんたが怪《け》我《が》してるのは知ってるし、吸血鬼にとっては大事なことなんでしょ？　痛くしないなら、別にかまわないわよ。こっちは借りもあるし」

「っ……覚えていますの？」

その声には、鋭い警戒が滲《にじ》んでいた。

ネフテロスは眉をひそめて、顔にかかった銀色の髪をかき上げる。

「よくわからないけど、黒花のこと守ってくれてたんでしょ？　私は、あの子がいなくなるのは困るもの」

そんな黒花を守ってくれたのだ。ネフテロスにとっては十分、恩のある相手である。

「ふむ……。なるほど、なのですわ」

そう答えると、アルシエラは考え込むようにうつむく。どうやら彼女《かのじょ》が想定していた答えではなかったらしい。

アルシエラが黙《だま》り込んでしまったことで、ネフテロスも聞きたいことを問いかけようと思った。

——といってもこの子、普通に聞いても答えてくれないわよね。

なら、まずは当《あ》たり障りのなさそうな、それでいてアルシエラの関心を引けそうなところから攻《せ》めてみるべきだろう。

問いかけるべき言葉を整理してから、ネフテロスは様子をうかがうように問いかける。

「ねえ、私も聞きたいことがあるんだけど」

「なんですの？」

「あんた、お義兄ちゃんとは、以前から——リュカオーンで会う前から知り合いだったたんでしょ？」

その指摘《してき》に、アルシエラはすっと目を細めた。

これが警戒なのか感心なのかはわからないが、ひとまず興味を引くという初めの一歩は成功したようだ。

アルシエラは続きを促《うなが》すように言う。

「どうして、そう思うのですかしら？」

「だってあんた、あのときまた会えたみたいなこと言ってたじゃない」

——嗚呼《ああ》、本当に驚きましたわ。まさかもう一度貴兄《きけい》と会える日がくるだなんて——

海底都市アトラスティアで出会った彼女は、確かにそう言った。

あのときは言葉の意味がわからなかったが、ザガンの父親のことを聞いたいまなら理解できる。

アルシエラがザガンを〝銀眼の王〟と呼ぶのは、彼の父親と重ねているからであり、ザガン自身とも面識があったからに外ならない。

——もしかして、その〝銀眼の王〟って人のこと、好きだったのかしら。

そう思うのは邪推《じゃすい》というものだろうか。さすがに口には出さなかったが。

ネフテロスの指摘に、アルシエラは一瞬《いっしゅん》視線を逸らそうとするものの、それはそれで彼女の自尊心が許さなかったらしい。小さなため息とともに首肯《しゅこう》した。

「まあ、いまとなっては別に隠すようなことでもありませんものね。ええ、確かにあたくしは幼いころの銀眼の王さまを知っていますわ」

確信していたはずなのに、こうして本人の口から聞くとなんとも意外な気がしてならなかった。

この少女は、ザガンのいったいなにを知っているのだろう。

——質問を切り出す？　もうひとつくらい別の話を挟《はさ》んでみるべき？

少し迷ったものの、アルシエラから望む答えを聞き出すのは、簡単なことではない。もう少し揺《ゆ》さぶってからでなければ、煙《けむ》に巻《ま》かれるような気がした。

ネフテロスは次の手札を用意しながら、確かめるように語りかける。

「へえ？　じゃあ、もうひとつ聞いてもいい？」

「……聞かれたからといって、答えるつもりはありませんわよ？」

どうやらザガンとのことは相当聞かれたくないことらしい。珍しく言動にまで動揺《どうよう》を見せた少女に、ネフテロスは少し嬉しくなった。

だから、こんな迂闊《うかつ》なひと言を口にしてしまったのだろう。

「マルクって人にお義兄ちゃんを捜《さが》すように依頼《いらい》したのって、あんたなんじゃないの？」

ザガンの幼馴染みにして、兄貴分だった少年の名だ。

それでいてアルシエラと同じ〝天使狩《が》り〟の使い手。

その正体は教会のトップである教皇でもあったという。そんな男がなぜザガンの隣で浮《ふ》浪児《ろう》などしていたのかと言えば、どうやら何者かの依頼だったのだという。

なのだが……。

ピリッと、空気が張《は》り詰《つ》めた。

ネフテロスの頬にも、一筋の汗《あせ》が伝う。

――少し、踏み込みすぎたかしら……？

二百年前の話とはいえ、あの〈魔王〉アンドレアルフスを一蹴《いっしゅう》した相手である。本気で怒《おこ》らせたら、自分程度など造作もなくくびり殺されるだろう。自分とこの少女の間には、それほどの力の差がある。

関心を引く以前に、彼女を怒らせないのが大前提だったのだ。

そんなネフテロスの怯えた顔で我に返ったのか、アルシエラは深いため息をつく。それと同時に、張り詰めた空気も霧散する。

「……あたくしは、頼んだ覚えはありませんわ。向こうが勝手に〝約束〟にしただけですもの」

吐《は》き捨《す》てるような声に、ネフテロスも調子に乗ったことを反省した。

「……ごめん。ちょっと軽率《けいそつ》だったわ」

「別にかまいませんわ」

ぷいっと背《そむ》けたその顔には、まるで『自分も大人げなかった』とでも言うような自責の念が浮かんでいた。

そんな反応に、ついネフテロスも笑ってしまう。

「今度はなんですの？」

「ううん。別に悪い意味じゃないんだけど、あんたってなんかお義兄ちゃんとよく似てるわよね」

「……どこを見たらそう思いますの？」

あからさまに顔を背けるものの、その手はスカートの上でもじもじと指を絡《から》めている。どうやら、嫌だったわけでもないらしい。

――変なところで喜ぶのね、この子……。

ザガンの養女であるフォルにも、こういうところはある。

――そういえばこの子、フォルとは仲がいいのよね。

なにか通じるところでもあるのだろうか。ともかく、先ほどのお詫《わ》びもかねて、ネフテロスは持ち上げるように言う。

「そうね、さっきみたいな怒ったときの顔もそうなんだけど、厚意《こうい》がわかりにくいっていうか、優しくしてくれたのに紛らわしいみたいなところとか、そっくりだと思うわよ」

言っていて、これは本当に褒めているのかと自分でも疑問には思ったが、アルシエラは悪い気はしなかったようだ。得意げに金色の髪を指に絡めながら『もっと言ってもいいのですわ』と言わんばかりの瞳をちらりと向けてくる。

　これもザガンの養女のフォルを思い出す反応である。

「銀眼の王さまは、かなりわかりやすい方だと思いますけれど？」

「それ、最近になってからの話よ？　出会ったころとかすごかったんだから……」

　最近でこそネフィにも素直《すなお》な言葉をかけられるようになったし、他の魔術師たちとも誤解なく会話ができているように感じられる。

　しかしネフテロスと会ったばかりのころは、それはもうひどかったものだ。ある意味、執事のラーファエルの方がわかりやすかったくらいだ。

　そういった話をすると、アルシエラもさすがに渋面《じゅうめん》を作った。

「あたくし、そこまでわかりにくいつもりはないのですけれど……」

「そうかしら？　あんただって初対面のとき、すごかったわよ？　こっちはお義兄ちゃんが襲《おそ》われると思ったくらいなんだから」

　とある事故からザガンが幼い姿になってしまい、その解決法を求めて海底都市へと赴いたときの話だ。小さくなったザガンの後ろから迫《せま》り、血を吸うような素振りを見せた。おかげで、大人に成長したフォルと一悶着《ひともんちゃく》に発展してしまったのだ。

　まだ四か月前の話だというのに、ずいぶん昔のことに感じる。

懐《なつ》かしさを込めてその話を持ち出すと、アルシエラもおかしそうに笑った。

「あらあら、あのときは襲うつもりだったのかもしれませんわよ？」

妖《あや》しく微笑み、吸血鬼の少女はまたひとつテーブルの菓子《かし》を口に放り込む。

ようやく警戒を解いてくれたというか、機嫌《きげん》を直してくれたようだ。ネフテロスも懐かしむようにこう返した。

「あれ、本当は嬉しくてつい抱きしめちゃっただけなんでしょ？」

最初のころのザガンも、ネフィに対してよくそんな感じの態度を取っていたのだ。

「んぐっ――げほげほげほっ！」

ものの見事にアルシエラが咳《せ》き込んだことで、ネフテロスも慌《あわ》てて駆け寄り、その背中をさすってあげた。

不死者は呼吸もしていなければ心臓も動いていないはずだ。それでも相当動揺したらしく、咳き込むアルシエラの目元には涙《なみだ》まで浮かんでいた。

思い出話のつもりが、指してはいけない図星だったらしい。

「ご、ごめん、そんなに驚くとは思わなくて……」

「いえ、いいんですわ……」

平静を取《と》り繕《つくろ》うように顔を上げ、金色の髪《かみ》を振り払う。

それからじとっと批難するような眼差《まなざ》しを向けられ、ネフテロスは身構えた。

——さすがに、いまのは怒ったかしら？

先ほどのように空気が張り詰めるほどではないが、いまので機嫌をよくしろというのも無理な話だろう。

しっかり警戒して——ネフテロスは拍子抜けすることとなった。

「……？」

さぞや手厳しい悪態を放つのだろうと思ったアルシエラの唇から、言葉は発せられなかったのだ。

その瞳はなにかを訴《うった》えようとしているように見えるのだが、まるで声が出なくなったかのように口を開くだけだ。

見様によっては、衝撃《しょうげき》を受けて心が追いつかないかのようでもあった。

「…………」

「えっと……？　どうしたの？」

また機嫌を損《そこ》ねてしまったのだろうか。

先ほどのように怒《いか》りを買ったわけではなさそうだが、なんだか様子がおかしい。

ネフテロスが首を傾げていると、アルシエラは不意にぎゅっとぬいぐるみを抱きしめてうつむいてしまう。

ややあって、少女はようやく声を取り戻《もど》したかのようにつぶやく。

「……ええ、貴姉の言う通りなのですわ」

「どういうこと？」

アルシエラは押《お》し殺《ころ》すような声で、懺悔《ざんげ》でも捧《ささ》げるようにこう答えた。

「……抱きしめたかった。許されないとわかっていても、堪《こら》えられなかったのですわ」


「許されない……？」

あのとき、確かにザガンの方も驚きはしていたが、なにも許さないというほど頑《かたく》なな反応ではなかったはずだが。

ネフテロスの困惑《こんわく》に気付かなかったのか、アルシエラは独白を続ける。

「だってあのときの銀眼の王さまの姿は、あたくしが知るあ、あの子そのままで……本当に、懐かしくて、信じられなくて……。不死者のあたくしがこんなことを言うのは滑稽《こっけい》でしょうけれど、まるで奇跡《きせき》のようで……」

この言葉は、いったいどんな気持ちで紡《つむ》がれたのだろう。

ぬいぐるみを抱えて背中を丸めたその姿は、まるで独りぼっちの迷子のようで、あるいは国でも滅《ほろ》ぼす大罪でも背負ったかのように、心細そうで、泣いているように見えてしまった。

——この子と銀眼の王の間に、なにがあったんだろう……。

生まれてまだ一年かそこらしか経《た》っていないネフテロスには、想像すら及《およ》ばない。

ネフテロスとてネフェリアの複製《コピー》として生み出され、〈魔王《まおう》〉ビフロンスのおもちゃにされた過去がある。シャスティルという友人ができなければ、きっとネフテロスはとっくの昔に壊《こわ》れてしまっていただろう。

いまのアルシエラは助けてもらえなかった自分のような、それどころかもっと暗いところを独りぼっちで歩いてきたかのような、そんなか弱い少女に見えてしまった。

普段《ふだん》の飄々《ひょうひょう》とした姿は、そうしていなければ自分を保てないほど追い詰めているから、必死で取り繕っていた殻《から》だったのではないだろうか。

なぜなら、この少女は千年もの時間をひとりで生きて、恐《おそ》らくその千年前には並々ならぬ地獄《じごく》を生きたはずなのだから。

なんでもないひと言のつもりだったのに、ネフテロスはそんな守りの殻に亀裂《きれつ》を入れてしまったのだ。

「……」

かける言葉が思いつかなくて、ネフテロスは小さな吸血鬼の肩をそっと抱《だ》き寄せてあげるくらいしかできなかった。

だから、聞けなかった。

ネフテロスが本当に聞きたかったことを。

海底都市で初めて出会ったときのことを。

——ねえ、あれは、私に言っていたんじゃないの？


——それではごきげんよう、愛《いと》しの銀眼の王さま——そして、アザゼル——


この少女が残った命をかけて倒《たお》そうとする敵。ザガンが探《さぐ》っていた秘密。そして恐らく、なにか途方もなく〝よくないもの〟だ。

自分は、そんなものとなにか関《かか》わってしまっているのだろうか。

だからいま、この少女はネフテロスの傍《そば》にいるのではないだろうか。

問《と》い詰めたかったはずなのに、この姿を見てしまったらなにも言えなくなった。

どれくらいそうしていただろうか。

執務室の扉《とびら》が叩《たた》かれて、アルシエラは顔を上げた。

「――どうぞ、お入りなさい」

「あんたが言うの？」

まるで自分の部屋のような振《ふ》る舞《ま》いにネフテロスは唖然《あぜん》とするものの、どうやらもうアルシエラは落ち着いたらしい。

入ってきたのは少女と若い聖騎士《せいきし》の、ふたりだった。

緋色《ひいろ》の瞳《ひとみ》は凜々《りり》しく、同じ色の髪には蝶《ちょう》の髪飾《かみかざ》りが着けられている。身に着けているのは司教の法衣《ほうえ》で、その腰《こし》には大剣《たいけん》が下げられていた。

シャスティルだ。十二人の聖騎士長のひとりであり、この教会の指導者でもある少女である。

もうひとりの青年の名はリチャード。こちらは近衛も兼任《けんにん》しているため、洗礼鎧《よろい》に身を包んでいる。

入ってきたのはふたりだけだが、ネフテロスはシャスティルの足下《あしもと》に意識を向ける。

執務中に姿を見せることはないが、その足下に広がる影《かげ》の中には陰鬱《いんうつ》な顔をした魔術師《まじゅつし》が潜《ひそ》んでいるはずだ。

ネフテロスに気付くと、リチャードが笑いかけてくる。

「こちらにおいででしたか、ネフテロスさま……と、アルシエラ殿《どの》」

「お邪魔《じゃま》していますわよ」

何事もなかったかのようにアルシエラは微笑《ほほえ》み返す。

——……まあ、いいか。

この少女にはこんなふうに飄々としていてもらわないと、こちらの方が調子が狂ってしまう。

そうしてネフテロスも書類の整理に戻ろうと立ち上がると、クイッとローブが引っ張られた。見ればアルシエラが顔を向けないまま、裾《すそ》をキュッと摑《つか》んでいる。

それから、消え入るような声でつぶやく。

(先ほどのことは、ご内密に願う、のですわ)

どうやら先ほど取り乱したことのようだ。

「……はいはい」

そんな様子をどう見たのか、リチャードが苦笑《くしょう》をもらす。

「おふたりとも、ずいぶん仲良くなられたのですね」

「ええ、それはもう、血を吸ってもいいとまでおっしゃっていただく仲ですもの」

「血……？」

不穏な言葉に、リチャードが警戒を込めて腰の剣に手を置く。

それを、シャスティルがなんでもなさそうに止める。

すでに執務時間は始まっているため〝職務中〟のシャスティルである。慣れた調子でアルシエラ殿のわかりにくい冗談《じょうだん》だ。悪意はないから気にするな、リチャード」

反面、リチャードの方は未《いま》だに警戒を解いていいのか迷うように問い返す。

「……そう、なのですか？」

「いまのは『そういう冗談を言っても怒られないくらい仲良くなった』とか、そういう意味だろう」

「……よく、いまのひと言でそこまで意味を拾えますね？」

「ザガンやラーファエル殿と付き合いがあるとわかってくるよ。貴公も慣れろ」

無情なひと言にリチャードが頭を抱える。

「なかなか難しいことかと思います」

当然の言葉ではあるが、なぜかそこでアルシエラまでもが頭を抱えていた。

「……？　どうした、アルシエラ殿？」

「……いえ、貴姉から見ても、そう見えるものなんですの？　その、銀眼の王さまと似ているというか、わかりにくいというか」

ゆゆしき事態とでも言わんばかりのアルシエラに、シャスティルはきょとんとまばたきをする。それからひとつ頷《うなず》いてから、はっきりとこう言った。

「ああ。ザガンあたりと兄妹《きょうだい》なのではないかと疑うくらいには似ているぞ？」

その答えに、とうとうアルシエラが顔を覆《おお》った。

「えっと、今度はどうしたの？」

「……放っておいてくださいまし。多少、責任を感じているだけですの」

「そう……？」

いったいなにに対して責任を感じる必要があるのかはわからなかったが、ネフテロスは曖昧《あいまい》に頷いた。

——やっぱり、昔に会ってることと関係してるのかしら？

これだけ癖《くせ》のある性格をしているのだ。ザガンが幼いころに会っているのなら、無意識に影響《えいきょう》を受けていてもおかしくはない。

だが、迂闊に触《ふ》れていい話ではないのは、先ほどの会話で思い知った。

空想の域を出ない推測を頭の隅《すみ》に追いやり、ネフテロスも執務を進める。

それからしばらくして、ふと顔を上げたときにはもうアルシエラの姿はなくなっていた。

本当になにを考えているのかわからない少女である。

疑問には思いながらも、いまのネフテロスにはやるべき仕事もあるのだ。

いつの間にか不思議な吸血鬼の存在を記憶《きおく》の隅に追いやり、仕事に没頭《ぼっとう》するうちに昼を回ったころのことだった。

執務室の扉が乱暴に叩かれた。

「シ、シャスティル殿！　一大事でありますぞ！」

聞き慣れたやかましい声——なんとかの三馬鹿《ばか》の盾《たて》の男だ——が響《ひび》いた。

「なにがあった？」

ただならぬ様子に、シャスティルも険しい表情で立ち上がった。返事があったことで執務室の扉が開かれる。

「そ、それが……」

部屋に入ってきたのはやはり盾の大男だったが、妙《みょう》に歯切れの悪い口調で自分の背後を示した。

「フォル？」

大男の陰《かげ》に隠《かく》れていたのは——といっても大きさが違《ちが》いすぎてという意味だが——ザガンの娘《むすめ》である小さな少女だった。外出ということもあって、猫《ねこ》の頭を模したフードをかぶっている。

シャスティルとは犬猿《けんえん》の仲というか、フォルの方が一方的に毛嫌《けぎら》いしていたはずだが。

「しっぽ頭……ううん、シャスティルに、聞きたいことがあってきた」

「……なにかあったのだな？」

フォルの改まった態度に、シャスティルの表情も緊張《きんちょう》する。

「シャスティル、あのね——」

◇

その日、シャスティルは——いや、キュアノエイデス教会執務室は、未曾有《みぞう》の混乱に包まれた。

鈍《にぶ》い衝撃とともに、土煙《つちけむり》が上がる。

「大丈夫《だいじょうぶ》ですか、ザガンさん！」

そこはキュアノエイデス地下魔王殿《まおうでん》――そのさらに地底深くに存在する大空洞だった。ザガン城地下にも同様の大空洞が存在するが、こちらの方が広く、壁《かべ》や天井《てんじょう》への補強も行き届いている。

駆《か》け寄《よ》ってきたのは、獅子《しし》の顔を持った魔術師だった。その体躯《たいく》は鋼《はがね》のような筋肉に覆われており、単純な筋力ならザガンすら上回る巨漢《きょかん》である。

《黒刃》キメリエス――ザガンが右腕《みぎうで》として信頼《しんらい》する腹心だった。

瓦礫《がれき》の中から身を起こし、ザガンは首を横に振る。

「気にするな。避《よ》け損なった俺《おれ》が間抜《まぬ》けなだけだ」

頭からボタボタと血がこぼれ落ちるが、出血自体はもう収まっている。傷もあと数秒もすれば塞《ふさ》がるだろう。髪に残っていた血が落ちただけだった。

魔術師《まじゅつし》の中でも特に肉体強化に特化しているザガンならば、臓腑《ぞうふ》をえぐり取られても十数秒あれば再生できる。

とはいえ、銀色の瞳には薄《うす》くはない疲労《ひろう》の色が滲んでいた。

「……ザガンさん、やはり無茶《むちゃ》だと思います。うぬぼれに聞こえるかもしれませんが、ヒトの動体視力では魔術を使っても僕《ぼく》を捉《とら》えるのは難しいですよ」

「知っている。だからお前に頼《たの》んでいるんだ」

本来、魔術師の強さとは魔術の技量を指す。

だがそれは普通《ふつう》の力――〝暴力〟である必要はまったくないのだ。

たとえばなんでも斬《き》れる剣を持ち、光のように速く動ける聖騎士がいたとしよう。

魔術師がそんなものと正面から戦う必要はどこにもない。ひと息で絶命するような無味無色無臭《むしゅう》の猛毒《もうどく》を調合し、こっそり吸わせれば済む話だ。いやもっと単純に底なしの落とし穴を作って落とすだけでもいい。

それらを発想し、実行しうる知識こそが魔術師の実力なのである。

たとえばザガンが〈魔王〉になったとき、バルバロスがネフィを攫《さら》うという事件があった。

あのとき、もしもバルバロスがザガンなど無視して、逃《に》げに徹《てっ》していたらどうなっていただろう。空間転移が本領であるあの男を追い詰めることなど、誰《だれ》にできよう。それこそ同じ分野の〈魔王〉――《狭間猫《はざまねこ》》フルカスあたりでもなければ不可能だ。

これが魔術師にとっての〝力の差〟というものである。

ザガンが勝てたのはバルバロスがザガンとの〝戦闘《せんとう》〟による勝利に固執《こしつ》しており、ザガン自身もそれを理解していたから――つまり顔さえ見せればザガンの土俵に引きずり込めることがわかっていたからに過ぎない。

――だからこそ、俺はキメリエスを尊敬している。

魔術師とはそういった〝暴力〟が大した意味を持たない存在であるがゆえに、ザガンはキメリエスに敬意を払う。

この男が魔王候補に名を連ねていたのは、ザガンのような〝魔術喰《く》らい〟という一種の反則技《わざ》を持っていたからではない。本来なら魔術師として見向きもされない、純然たる力だけでそれほどまでに認められたからである。

言わば〝暴力〟という分野に於《お》いてザガン以上の玄人《プロフェッショナル》が、このキメリエスという魔術師なのだ。

――そんな魔術を専門にしているくせに、なんでこいつこんなに紳士《しんし》なんだろうな。

魔術師どころか、並みの聖騎士なんぞよりもよほど人格者である。

ザガンは立ち上がると、キメリエスに言う。

「すまんが、もう少しだけ付き合ってくれ。結局のところ、この手の技術は積み重ねでしか得られんからな」

そう頼むと、キメリエスは困ったように笑った。

「承知しました。でも、先に休憩《きゅうけい》を提案しますよ」

「……ふむ。貴様がそう言うのであれば、無視するわけにはいかんな」

疲労が溜《た》まっていないかと問われれば、ないとは答えられない。それで城に戻ってネフィにいらぬ心配をかけてしまったら本末転倒《ほんまつてんとう》である。

キメリエスの助言に素直に従い、ザガンは瓦礫の上にどっかりと腰を下ろす。

「休憩代わりにひとつ聞いてもいいか？」

「はい。なんなりと」


「お前が、それほどの力を得たのは、なんのためだ？」

ザガンと同じく、キメリエスの在り方は魔術師として異質なものだ。よほどの理由がなければその道を選ぼうとは考えないし、よほどの覚悟《かくご》がなければここまで辿《たど》り着《つ》くまで生きてはいない。

キメリエスが目を見開いた。

「……ふむ。いや、ただの好奇心《こうきしん》だ。話しにくいことなら答えなくてもかまわん」

ザガンが引き下がろうとすると、キメリエスは首を横に振った。

「いえ、ゴメリさんには内緒《ないしょ》にしていてもらいたいんですが、いいですか？」

「ああ。もちろんだ」

とはいえ、キメリエスがゴメリにも秘密というのは珍《めずら》しい話だった。

キメリエスは大きめの瓦礫のひとつに腰を下ろす。

「そうですね。最初に力を求めたのは、復讐《ふくしゅう》のためでした」

「なるほど、道理だな」

ザガンは頷く。

実にわかりやすく、共感できる理由だ。

「僕が小さいころ、ひとりの友達がいたんです。当時の僕はいろいろと思い上がった乱暴者で、友達は対照的にとても優《やさ》しい人でした。怪我をした人を見たら手当てをして、困ってる人がいたら助けて、それが当たり前のことだと言える、そんな男だったんです」

いまのキメリエスからは想像も付かないような話である。

——となると、そんな影響を与《あた》えたのはその〝友達〟か？

いずれにしろ、彼《かれ》の復讐《ふくしゅう》とやらに深く関わっているのは想像に難《かた》くなかった。

「でも……」

キメリエスがギリッと奥歯《おくば》を鳴らす。

「でも、そんなある日、僕の村は魔術師に襲われました。獅子獣人《ワーライオン》は本来、魔術を使わなくとも魔術師と対等に戦えるくらい、力のある種族です。それが、父も兄も、長老でさえも……生き残ったのは、僕と友達だけでした」

獅子獣人はすでに滅びたとさえ言われている希少種である。キメリエスの幼少時代ということは七、八十年くらい前のことになるだろうか。

ただ、そう語るキメリエスの瞳にあったのは、憎《にく》しみというより落胆《らくたん》だった。

「いい気になっていた自分がどれだけ無力なのか思い知らされて、悔《くや》しくて、情けなくて、何時間も泣いてました。でも、その友達がいてくれたから、僕は絶望しないで済んだんだと思います。だって……」

「村を襲ったのは、その友達だったんですから」

これにはザガンも目を見開いた。

「……なぜ、そいつはそんなことを？」

キメリエスは首を横に振る。

「わかりません。その日の朝だって、僕たちはいつものようにケンカをしたり、村の手伝いをしたりしてたんです。初めから村の内情を探るために、僕に近づいただけだったのかもしれません」

それは裏切りなどという生やさしい話ではないのだろう。

凄絶《せいぜつ》な過去とは裏腹に、語るキメリエスの声は空虚《くうきょ》なものだった。

「そのあと、僕は怒りのあまり理性をなくして何年か魔獣《まじゅう》として彷徨《さまよ》っていました。それをまあ、ゴメリさんに拾われて、魔術を習うようになったんです」

——そこでゴメリなのか。

正直、普段は本当に困ったおばあちゃんなのだが、真面目《まじめ》に生きていたころもあったということだろうか。

「魔術を覚えてからも、復讐は忘れられませんでした。というか、その友達とゴメリさんに勝つために僕は魔術を覚えたんですよ。でも、ゴメリさんはそんな僕の復讐心さえ問答無用で躾《しつ》けてしまって……鬱陶《うっとう》しくも思いましたけど、でも嫌ではありませんでした」

「う、うむ。なるほど……」

なんだか聞いていてこそばゆくなるような話だった。

ただ、そこでまたキメリエスは表情を曇《くも》らせる。

「でも、それから十年くらい経ったある日、ゴメリさんが倒れたんです」

――え、愛《め》で力が高まりすぎたとかそういうの？

喉元《のどもと》まで出かかったギリギリのところで言葉を飲み込み、ザガンは問い返す。

「……なにがあったのだ？」

「魔獣として暴れていた僕を止めてくれたのはゴメリさんです。でも、そのときゴメリさんも本当は重傷を負っていたんです。そのときにはもう、お師匠《ししょう》さまのオリアスさんでも治せないくらい悪化していて、なのに僕は戦うための魔術しか知らなくて……」

それから、キメリエスは顔を覆った。

「……そんなときでしたよ。僕の前に、もう一度友達が現れたのは」

未だ葛藤《かっとう》が晴れないように、キメリエスは言う。

「友達は言いました。自分ならゴメリさんを助けられると。でも代わりに復讐のための力を手放せと。僕は選ばなければいけませんでした。復讐か、ゴメリさんか」

それがいかなる力だったのかは気になるが、彼がどちらを選んだのかは、明白だった。

なぜなら、キメリエスの隣《となり》には、いまもゴメリがいるのだから。

「そのときに決めたんです。僕がいまの僕になれたのはゴメリさんのおかげだから、これからはゴメリさんを守れるくらい強くなろうって。それが、僕の戦う理由です」

「……なるほど、強いわけだ」

それは魔王候補にもなるわけだ。

ザガンは茶化《ちゃか》すように言う。

「その話、当のゴメリは知らんのか？」

「話してはいませんけど、たぶん気付いてるんじゃないかとは思います」

まあ、あのおばあちゃんはあれで元魔王候補である。それもバルバロスとどちらが優《すぐ》れていたか競《きそ》えるくらいの高位魔術師である。

致命傷《ちめいしょう》を負った自分が治療《ちりょう》された時点で、なにが起きたかくらいは推測できるだろう。

――ゴメリのやつがキメリエスのことになると妙に奥手《おくて》なのは、それが原因か。

自分のせいで復讐を諦めさせてしまった負い目があるからだ。

まあ、ザガンに言わせればそれを〝言い訳〟にしているだけだが、いずれにしろ半世紀以上経っているくせに自分の中で割り切れていないのだ。

そう考えて、ザガンはハッとする。

――うん？　いやでも、半世紀ってそんな長くもないのか……？

自分の五十年後に、ネフィと懇《ねんご》ろな仲になっている姿がまったく見えてこない。それどころか、百年経ってもいまのようにちょっとしたことで赤面したり悶《もだ》えたりしている光景しか想像できなかった。

キメリエスが首を傾《かし》げる。

「ええっと、ザガンさんが悩《なや》むような話でもないと思いますよ？」

「いや、うん。なんというか、我《わ》が身《み》を省《かえり》みているだけだ。気にしないでくれ」

「あー……はい」

なぜかものすごく納得《なっとく》されてしまい、ザガンは少し落ち込んだ。

それから、ふと気付く。

――ということは、その復讐相手の〝友達〟とやらはまだ生きているわけか？

それでいて頑なに〝友達〟という呼び方で名を明かさないことを考えると……。

ザガンは確かめるように言う。

「こいつは別に答えなくてもかまわんが、もうひとつ聞こう」

「なんでしょう？」

「その友達とやらは、もしかして〝シアカーン〟という名ではないのか？」

キメリエスは答えなかった。

だが、十分過ぎる答えだった。

ザガンは静かに立ち上がる。

「少し、おしゃべりに時間を使い過ぎたな。そろそろ帰らねば夕食の時間だ」

「……そう、ですね」

暗い声を返すキメリエスに、ザガンはポンと胸をたたき返す。

「俺は配下の希望にはできるだけ応《こた》える主義だ。お前が欲《ほ》しいのならシアカーンの首はくれてやってもいいし、お前が希望するなら命くらいは見逃《みのが》してやってもいい」

それはシアカーンの生殺与奪《せいさつよだつ》をキメリエスに委《ゆだ》ねてやるという言葉だった。

キメリエスは驚《おどろ》いたようにまばたきをすると、小さく笑った。

「やっぱり、あなたに付いてきてよかったです。我が王」

◇

「お帰りなさい、ザガンさま」

城に戻ると、ネフィが迎《むか》えてくれた。

――あれ、今日はフォルはいないのか。

いつもならここに娘のフォルもいるのだが、あの子にもいろいろやりたいことがあるだろう。

キメリエスの思い出話を聞き出していたら、ついつい時間が過ぎてしまった。訓練を再開するにも中途半端《ちゅうとはんぱ》な時間だったので早めに切り上げてきたのだが、それでタイミングが合わなかったようだ。

娘の顔を見られなかったのはやや残念だが、ネフィの愛らしい笑顔《えがお》に一日の疲労が瞬時《しゅんじ》に霧散《むさん》する。自分はきっとこの瞬間のために生きているのだろう。

――いや駄目《だめ》だ！　もっと前に出なければ！

幸せな時間ではあるが、五十年経ってもこのままなどネフィにもオリアスにも申し訳が立たない。なによりザガン自身が耐《た》えられない。

ならば、いまなにをすべきか。

――デートに誘《さそ》うしかあるまい。

前にデート――しかも誘ってくれたのはネフィの方である――をしたのは一か月も前のことである。

なのに〈アザゼル〉との戦いで己《おのれ》の未熟さを痛感したとはいえ、その対策と訓練でひと月もの間私生活を浪費《ろうひ》してしまっていた。

私生活とは、ネフィとの時間である。

……いや、もちろんフォルやオリアスのような家族との時間も私生活には含《ふく》まれるが、ネフィと平穏無事《へいおんぶじ》な時間を充実《じゅうじつ》させたいというのが、いまのザガンの出発点なのだ。

それはフォルたちのような家族が増えても変わらない。

いやむしろ家族が増えたからこそ、ネフィとの時間をなによりも大切にしなければならないのだ。己の幸福を後回しにしなければならないような関係など、家族とは呼ばないだろう。

そう、〈アザゼル〉やシアカーンやビフロンスなど関係ない。

ザガンはネフィと平穏に暮らしたいから、その辺の邪魔者《じゃまもの》と戦っているだけなのだ。そのせいでネフィとの時間が減るのでは、本末転倒である。

「ネフィよ！」

「はい、ザガンさま」

そうして、デートの誘いを切り出そうとして、ザガンが気付いた。

「む……？　少し顔色が悪いぞ。きちんと休んでいるか？」

「えっ？　あれ……？」

ザガンの指摘《してき》に、ネフィは慌てて自分の顔に触れる。

「申し訳ありません。顔に出るほどとは思ってませんでした……」

「謝《あやま》るようなことではない。それより、なにかあったのか？」

ついおろおろして問いかけると、ネフィは目を丸くして首を横に振った。

「いいえ、違うんです。……その、お母さまとの修業《しゅぎょう》は勉強になることが多くて、つい夜遅《よるおそ》くまで一日のまとめなどをしていたら寝不足《ねぶそく》になってしまって」

「むう、そうなのか」

まあオリアスとの関係が良好なら喜ばしいことなので、ザガンが注意するようなことではない。

ネフィは恥《は》ずかしそうに両手で顔を覆う。

「健康を保つ魔術は使ってみているのですが、気が抜けるとつい……」

「気にするな。それより、明日《あす》は少し休むがいい。ネフィが休んでも大丈夫なように人員も補充《ほじゅう》したであろう？」

最近、城の中ではあまり姿を見せていないが、アルシエラも家事はできる。

ネフィは恥じるように肩《かた》を落とす。

「そう……ですね。ザガンさまにご心配をかけるようでは本末転倒ですし、ちゃんとお休みすることにします」

これでネフィは自分の立場と周囲をきちんと理解してくれている。

ひとりで抱《かか》え込むことが周囲のためにならないどころか、マイナスになることもわかっている。仕方なさそうにそう応じるのだった。

それから、ネフィは「あ」と声を上げる。

「お休みはきちんと取りますが、ザガンさまは先ほどなにをおっしゃろうとされたんですか？」

さすがはネフィというべきか、そういうところも聞《き》き逃《のが》してはいなかった。

「ああっと……。実は体を動かしたせいか、かなり腹が減っていてな。今夜はがっつりしたものが食べたい」

いくらザガンでも、この状況《じょうきょう》で『明日デートに行こう』とは言えなかった。

「はい！　ではザガンさまの分は多めにいたしますね」

ザガンが食事の要望を出すことは珍しい――だって全部美味《おい》しいんだから仕方ない――ためか、ネフィは嬉《うれ》しそうに答えて駆けていった。

――やっぱりネフィの嬉しそうな顔は可愛《かわい》いな。

愛しい少女の背中が見えなくなるまで手を振って——ザガンは、がっくりと膝《ひざ》を突《つ》いた。

「ザ、ザガンさん、どうされたんですかっ？」

これにはキメリエスも動揺《どうよう》の声をもらす。

——駄目だ！　最近、ネフィとちっとも恋人《こいびと》らしいことができてない！

ネフィ成分が欠乏《けつぼう》して呼吸困難になりそうである。

こればっかりはいかなる魔術でも満たすことはできない。〈封書《ふうしょ》〉によってネフィの姿を映した絵を眺《なが》めることで一時的な処置は可能だが、抱きしめたり膝の上に座《すわ》らせたり頰《ほお》ずりしたり耳をいじってみたりしなければ根本的な解決にはならないのだ。

——嗚呼《ああ》……。次は街でお互《たが》いの服を見繕《みつくろ》い合おうと話してから、どれだけ経った？　二か月だぞ？　お前はなにをして生きてきたのだザガン！

己の不甲斐《ふがい》なさとネフィ恋しさに頭がどうにかなりそうだった。

なぜ自分がこんな苦しみを味わわねばならないのか。

「……すまん、キメリエス。俺はやはりシアカーンを殺すかもしれん」

「——ッ、彼がなにかを？」

シアカーンなんて魔術師が生きているから、ザガンとネフィは恋人らしい時間を楽しめないのだ。全部あいつが悪い。

もう、殺すしかない。

あとついでに、ビフロンスも面倒《めんどう》くさいことしてきそうだから殺しておこう。すでに聖都ラジエルでの新婚《しんこん》旅行（仮）のときのような前科もあるのだ。またデートの最中に邪魔してきたりしそうだし、間違《まちが》いのないように始末しておかなければならない。

そんなふうに悶える〈魔王〉は気付かなかった。

ネフィが去っていった厨房《ちゅうぼう》の陰から、リリスがじっと見つめていることに。

『――なら、僕が〝銀眼《ぎんがん》の王〟の名を継《つ》ぐよ』

銀色の瞳をした少年は、なんの躊躇《ためら》いもなくそう言った。

私には理解できなかった。

いや、信じられなかった。

それから、本当に申し訳なさそうに私を抱きしめてくれた。

『……これからきっと、アーシェの生きていく時間の中には、辛《つら》いときや苦しいときもあるだろう。なのに、僕はそのとき君の隣にいてあげることができない。だから……』

少年は私より先に死んでしまう。

ヒトを捨てて不死者にでもなれば永遠に生きることもできるかもしれないが、少年はそれを選ばなかった。

私だって、そんなことを求めることなどできない。

そんなことはわかりきった話だったのに、少年は私の予期せぬ言葉を返してきたのだ。

私は、震《ふる》える声で返す。

その意味がわかっているのかと。

『うん。だから僕が〝銀眼の王〟になるんだ。僕の墓に名前はいらない。この世界で〝銀眼の王〟の名が語られる限り、僕は君たちといっしょにいられるから。それが、僕が君たちに残してあげられるたったひとつのものだから』

この少年は、世界を救った英雄《えいゆう》だ。

私に比べれば短い時間だとしても、その残った人生を栄光の中で過ごすことができるはずだった。

なのに、彼はその全《すべ》てを捨てて〝銀眼の王〟の名を継ぐという。

『いっしょに物語を考えよう、アーシェ。みんなが夢中になるような冒険譚《ぼうけんたん》を。だって〝銀眼の王〟は伝説の英雄なんだから。そうだ！　悪い竜《りゅう》退治なんてどうかな。それで、君はそれを助けてくれるお姫様《ひめさま》の役だ』

子供みたいに無邪気《むじゃき》に、少年はそう話す。

私は、すぐには答えられなかった。

なにか言おうとしたら、たぶん涙《なみだ》を堪《こら》えられなくなるから。

だから、私は精一杯《せいいっぱい》笑って返す。

竜を悪役にしたらオロバスが怒《おこ》る、と。

『おっと、オロバスを怒らせるのは怖《こわ》いな。じゃあ、オロバスは僕といっしょに戦う仲間にしよう。実際、僕はオロバスの背に乗って戦ったんだから、嘘《うそ》じゃないだろう？　悪い竜の名前は……そうだな、マルバスとかどうだい？』

それから、私たちはたくさんの物語を考えた。

互いにまだ子供で、他愛《たあい》のないありがちな物語ばかりだったと思う。

それでも、ふたりで命を込めた物語だった。

『君に全てを押《お》しつけてしまうことを、どうか許してほしい』

それから少しあとのことだ。少年は、最後の最期《さいご》のときまで、申し訳なさそうにそう言っていた。

私はなにも変わらぬ姿のまま、首を横に振《ふ》る。

ちゃんと愛してもらったと。

たくさんのものを残してもらったと。

だからあなたはもう心配しなくても大丈夫だと。

上手に笑えたかは、わからない。

それでも、少年は私の頬に触れてこう言った。

『ザガンとリリスを、頼む』

それが、最期の言葉だった。

◇

そこで、アルシエラは目を覚ます。

ザガン城地下の大空洞。アルシエラが〝天使狩《が》り〟の整備と弾薬精製に借り切っている空間だ。自分がここを占領《せんりょう》しているせいか、近頃《ちかごろ》は主のザガンの方がここを離《はな》れて魔王殿にこもっていることが多い。

「……また、夢ですの」

最近、よく昔の夢を見る。

腹部に触れると、またどす黒く濡《ぬ》れている。いよいよ、死期というものが近くなってきているようだ。

　さすがに、いまさら死に対して恐怖《きょうふ》など抱《いだ》けるものではないが、懐《なつ》かしい記憶を思い出すことが多い。不死者として千年もこの世に在り続けてきたのだ。これはずいぶんと気の長い、走馬《そうま》灯《とう》のようなものなのかもしれない。

　——生きていれば、きっと——

　彼もまた、アルシエラにそう言った者のひとりだ。

　自分はその言葉に馬《ば》鹿正直《かしょうじき》に答えて、千年も〝生きた〟のだ。そろそろ楽になってもいいころだろう。

　しかし、とアルシエラは微《び》苦笑《くしょう》する。

「でも、そうですわね。きっと、悪いものではありませんでしたわ」

　だって、この千年の間、アルシエラは決して独りではなかったのだから。

　それから、思い出したようにクスクスと笑う。

「ええ、そうでしたわね。貴姉《あなた》もでしたわね、アザゼル」

　決して、孤独《こどく》ではなかったのだ。

　——あの子とも、もう一度会うことができましたし……。

　銀眼の王との約束も、十分果たせただろう。

　自分の死地も決めてある。

あとはそれまでの準備と、残りは余暇《よか》だ。

千年の人生の最後の余暇ともなると、本当にすることがない。思いつく限りの暇《ひま》つぶしをやり尽《つ》くしてしまうくらいには、長い時間なのだから。

せいぜい部屋の片隅《かたすみ》で、楽しそうな家族をぼんやり眺めるくらいだろうか。

——案外、人間の晩年なんてそんなものなのかもしれませんわね。

あいにくと、自分はこんな幼い姿ではあるが。

テーブルの上には二挺《ちょう》の〝天使狩り〟と、その空の薬莢《やっきょう》が転がっている。

この〝天使狩り〟の弾丸《だんがん》は特別製で、アルシエラにしか作ることができない。日にせいぜい十数発、ひと月かけてようやく三百と少し作れるかどうかという代物《しろもの》である。それでいて、毎日付きっきりで弾薬を作っているわけにもいかない。

三か月前の〈アーシエル・イメーラ〉の日、一度は〈シュテルン〉と〈モーント〉の弾丸を使い切ってしまった。それから時間をかけて弾丸を作り直しはしたものの、数はようやく千に届くかどうかといったところである。

この体がそのときまで保たなかったとしても、この〝天使狩り〟は残る。誰かが手に取ってくれれば、ザガンの力になれるだろう。

ため息がもれる。

「たった千発……」

〈アザゼル〉を相手に、たったこれだけの弾丸でどこまで戦えるだろうか。

現在、個として最強の力を有するのはアルシエラである。うぬぼれではなく、弱体化したいまでも十三人の〈魔王〉くらいなら単騎《たんき》で全員屠《ほふ》れる程度の力はある。

なのに、それでも足りない。

ほんの少しのときを稼《かせ》ぐ程度にしか戦えないだろう。

ザガンに散々これは自分の戦いだと大口を叩《たた》いておきながら、最後には彼らに託《たく》すしかないということだ。なんという体《てい》たらくか。

あるいは、このあたりが個としての力の限界なのかもしれない。

どの道、アルシエラは千年前の残滓《ざんし》、陽炎《かげろう》に過ぎないのだ。選ぶのは、いまを生きる者であって、自分ではない。

――それでなにも語れないというのも、無責任な話ですけれど……。

そこで、またアルシエラはクスクスと笑う。

「ええ、ええ、アザゼル。貴姉の仰《おっしゃ》るとおりではありますけれど、オロバスが亡《な》くなってしまった以上、仕方がありませんわ」

そこで、階段を降りる足音が響《ひび》く。

ややあって、大空洞に現れたのは幼い少女だった。

「お帰り、アルシエラ」

「ただいまなのですわ、フォル」

アルシエラにとってはなんとも数奇《すうき》な関《かか》わりを持つ少女である。

初めて会ったときはずいぶん嫌《きら》われた。それでも恩人でもあるオロバスの娘《むすめ》でもあり、銀眼の王の息子《むすこ》であるザガンの養女であり、そして……。

どれも事実であり、しかしどれも適当とは言いがたい関係。

それでもひとつだけ選ぶとしたなら――

――〝友達〟……ということになるのですかしら？

まさかこの時代でそんなものを得ることになるとは、人生というものは本当にわからないものである。

「今日は早かった。なにかあった？」

いまは夕方で、そろそろ晩餐《ばんさん》の支度《したく》が始まっているころだろうか。

ちょうど、魔王殿から帰ってきたザガンをネフィが出迎《でむか》えているころである。

――なのに銀眼の王ではなくあたくしのところに来たということは、ふたりには聞かれたくない話でもあるのですわね。

普段《ふだん》なら、このフォルだって父に抱きつきに行っているはずだった。

それでいて、同じく城を留守にしていながら今日はアルシエラも戻《もど》るのが早かった。いつもなら戻るのは夜になってからで、日中は教会に入《い》り浸《びた》っていたのだ。

アルシエラは肩を竦《すく》めて返す。

「あの子と話していて、痛いところを突かれたから逃げ帰《かえ》ってきたのですわ」

フォルは言葉の意味を吟味《ぎんみ》するように頷《うなず》いてから、ゆっくりと口を開く。

「ネフテロスのこと？」

「クスクス、さて、どうですかしら？」

別に隠《かく》すようなことでもないのだが、はぐらかすように答えてしまうのはもう癖《くせ》のようなものだ。

アルシエラのそういう性格もわかっているのだろう。フォルは空いている椅子《いす》のひとつを運んでくると、アルシエラの隣にちょこんと腰《こし》をかけた。

「お父さまの名前が聞こえた」

「あら、口に出ていましたかしら」

うっかりしていたと、アルシエラは口を押さえる。

とはいえ、聞かれてしまったのなら仕方がない。

「そうですわね。少し懐かしんでいたのですわ」

「聞きたい。お父さま《パパ》の話」

ザガンのことを父と呼ぶようになったいまでも、オロバスはフォルにとって大切な親竜なのだ。オロバスと交流のあったアルシエラがその名をこぼしたとあれば、聞きたがるのは当然の反応だった。

「貴姉が期待するほど面白《おもしろ》い話ではありませんわよ？」

「それでも聞きたい」

こうなるとフォルもなかなか頑固《がんこ》のようだ。

――まあ、そんなわがままを聞いてやりたいという、銀眼の王さまの気持ちも汲《く》んであげたいところなのですわ。

アルシエラは当《あ》たり障《さわ》りのない範囲《はんい》で答えることにした。

「そうですわね……。千年前の生き残りには、それなりの役割があったのですわ」

「アルシエラがなにかの番人という話？」

「……あら」

フォルが自力で気付いたのか、それともザガンが見抜《みぬ》いたのか。アルシエラがそれを話したことはないはずだが……。

――どちらにせよ、いずれ答えに辿り着かれてしまうのでしょうね……。

とはいえアルシエラもオロバスも、いまや過去でしかないのだ。重要なのは、答えを知った彼らがなにを選ぶかだろう。

アルシエラは小さく頷いてから口を開く。

「その通りなのですわ。あたくしはもの言わぬ番人。語る言葉は夢物語。現世《うつしょ》と交わらぬ傍観者《ぼうかんしゃ》なのですわ」

役者ですらなく、舞台《ぶたい》に立つ権利すらない者だ。

まあ、傍観者のわりには、もうずいぶんとがっつり関わってしまっているような気もするが、まだ許される範囲だろう。少なくとも、ザガンたちの行動を誘導《ゆうどう》するようなことはしていないのだから。

そしてようやく、フォルの最初の質問に答える。

「オロバスの役目は伝道師。なにも語れぬあたくしに代わって、千年前の真実を語るべき者だったのですわ」

だが、一年と数か月の戦いで倒《たお》れてしまった。

――あの戦いで、世界の力を使い果たすわけにはいかなかった。

だから、すでに力を失いつつあったマルコシアスや、全盛期を過ぎた聖騎士《せいきし》長たちしかれば戦いに参加しなかった。他の〈魔王〉や、まだ成長できる若い聖騎士長たちを温存しなければならなかったのだ。

その穴を埋《う》めるために賢竜《けんりゅう》が動いたのだが、彼ですら生き残ることはできなかった。

オロバスを失ったことで、この時代の者が千年前の真相を紐解《ひもと》くことは非常に困難になってしまった。だから、しぶしぶアルシエラが答える羽目になっているのだ。

フォルが困ったような顔でアルシエラを見上げる。

「アルシエラは、お父さまのこと、怒ってる？」

「あたくしが？　どうしてまた……？」

「だって、お父さまはアルシエラを助けるはずだった、のでは？」

健気《けなげ》な少女に、アルシエラはそっと頭を撫《な》でてやった。

「それは違《ちが》いますわ。だってこの千年の間、あたくしは十分過ぎるほどあの方に助けていただきましたもの」

唯一《ゆいいつ》の心残りがあるとすれば、ついぞその恩を返すことができなかったことだろう。

「本当に、立派なお方だったのですわ」

「……聞いてもいい？　アルシエラにとって、お父さまはどんな存在だった？」

漠然《ばくぜん》とした質問に、噴《ふ》き出《だ》しそうになってしまった。

「そうですわね……。説明が難しいのですけれど、たとえるなら保護者ですかしら？」

「保護者？」

「ええ。あの時代、身寄りのない子供が多かったのですわ。同じくらい、復讐《ふくしゅう》なんかのために戦いたがる子供も。オロバスはそんなあたくしたちに戦い方を教えてくれた恩師であり、生きるための術《すべ》を教えてくれた親みたいなものだったのですわ」

ほうっと吐息《といき》をもらし、フォルが琥珀色《こはくいろ》の瞳《ひとみ》を輝《かがや》かせて身を乗り出す。

「それから？」

「そうですわね。ひと言でいうなら、厳しい方、でしたかしら。死にたがるような戦い方をすると、とにかく怒られましたわ。まあ向こうは自殺の方法を教えたつもりはないでしょうから、当然ですけれど」

「お父さまが怒ったところ、想像できない」

もしかすると、フォルの前ではオロバスは寡黙《かもく》な親竜だったのかもしれない。

「そうですの？　心臓が止まるくらいの大声で怒鳴《どな》りつけられたのですわ。まあ、いままではその心臓も本当に止まっていますけれど」

吸血鬼流《きゅうけつき》の冗談《じょうだん》だったのだが、フォルはくすりとも笑わなかった。まあ、少し難しすぎたのだろう。

「本当にガミガミうるさくて、当時のあたくしはきっと嫌われているのだと思っていたのですわ。でも……」

「なにかあったの？」

続きを聞きたがるフォルに、アルシエラはいかにも渋々《しぶしぶ》といった様子で答える。

「……あたくしが、とても大切な〝友達〟を助けられなかったとき、でも泣き方も思い出せなくて途方《とほう》に暮れていたら、隣に立ってただ大丈夫《だいじょうぶ》だって、もう大丈夫だから泣いてもいいんだって、頭を撫でてくれましたわ」

誰《だれ》もが偉大《いだい》な賢竜と崇《あが》めるオロバスだが、アルシエラにとっては口うるさくて優《やさ》しい、ただのおじさんだったのだ。

もっとも、千年後にその娘からも同じように慰《なぐさ》められることになるとは、思いも寄らなかったが。

——……大丈夫。いまはもう、大丈夫——

フォルにそう言って抱きしめられてから、もう二か月も経《た》っていた。

アルシエラは苦笑《くしょう》する。

「別におもしろくともなんともない話なのですわ」

「そんなことない。私はお父さまの話が聞けて嬉しい」

「……貴姉は本当によい子ですわね」

頭を撫でてやると、フォルは怖《お》ず怖ずと問い返す。

「アルシエラとお父さまは、どんなところで暮らしてた？」

「あら、聞いていないんですの？」

確かに聞く機会はなかったかもしれないが、気付いているものかと思っていた。

そんな反応に首を傾げるフォルを、アルシエラはおかしそうに見つめながら、こう答えた。

「魔王殿《まおうでん》ですわ。千年前にオロバスやあたくしたちが暮らしていたのは」

最初はただの洞窟《どうくつ》だったのだが、アルシエラたちが住み着くようになってから地上の建物を地下に引きずり込んだ。天使から身を隠すには、地下の方が都合がよかったのだ。

それが、いまの魔王殿だった。

ガタリと、フォルは立ち上がった……というより、椅子から飛び降りた。

「行ってみたい」

「いまからですの？　そろそろお夕飯の時間ですわ」

「うー……」

これでもこの少女は食事の支度も手伝っているのだ。

アルシエラも家事は担当しているのでフォルの代わりくらいはしてあげられるが、いっしょに行くとなると難しいだろう。

しょんぼりと肩を落とすフォルに、アルシエラは笑いかける。

「なら、ご飯のあとに行くのですわ」

「夜更《よふ》かしはダメ。ザガンに叱《しか》られる」

魔術師のくせに妙《みょう》なところで生真面目《きまじめ》な少女だった。

「なら、明日にするのですわ」

「うん！」

素直《すなお》な反応を見せてくれる少女に、アルシエラは微笑《ほほえ》ましそうに問いかける。

「聞きたかったのはそんなことなんですの？」

「え？」

「なにか銀眼の王さまとネフィ嬢《じょう》に聞かれたくない話でも、あったのではありませんの？」

オロバスの話で忘れてしまっていたのだろう。

大サービスで聞いてあげたのだが、アルシエラは次の瞬間それを後悔《こうかい》することになる。

「……そうだった」

恥ずかしそうに頬《ほお》をかくと、フォルは至極真面目《しごくまじめ》な顔でこう言った。

「アルシエラの、恋バナが聞きたい」


かくて、アルシエラの新たな受難が始まった。

◇

「──ぬうぅっ！　なんじゃこの強大な愛《め》で力の高まりは！」

騒《さわ》いでいるのは捻《ねじ》れた角を持つ魔人族《まじんぞく》の魔術師だった。

キュアノエイデスから西に馬車で一日ほどの距離《きょり》にある鉱山都市オリヒオ──その名の通り、鉱山の街に黒花《くろか》とシャックスはいた。

表向きは教会の勢力下にあるが、石を掘《ほ》るなら人の手より魔術の方が圧倒的《あっとうてき》に早い。それでいて、この鉱山からは魔術師にとって価値の高い鉱石が取れる。

その結果、鉱夫の大半が魔術師という、教会と魔術師の癒着《ゆちゃく》が著《いちじる》しい街が生まれた。

通常、この手の鉱山都市には鉱夫たちのための宿場、そして彼《かれ》らが小銭《こぜに》を落とすための賭場《とば》や娼館《しょうかん》などが並ぶものだ。

しかしここには魔術のための薬剤《やくざい》や人造生命《ゴーレム》の核《かく》、魔術道具、果ては魔道書までもが並んでおり、魔術師向けの店であることを隠す気すらないありさまである。

そんな都市の寂《さび》れた酒場に入ってみると、この困ったおばあちゃんがそんなことをわめいていたのである。

頭痛がしてきて、黒花は額を押さえる。

「あの、なんであなたがここにいるんですか……？」

問いかけてみるが、ちっとも聞こえていないようだ。困ったおばあちゃんはがっくりと膝を突く。目立つから本当にやめてもらいたかった。

《妖婦《ようふ》》ゴメリ――このふざけた言動とは裏腹に、〈魔王〉ザガンが左腕《ひだりうで》とまで評価する腹心である。普段は老婆《ろうば》の格好をしているが、いまは美女の姿をしていた。真面目《まじめ》なときはその姿だというが、とうていそうは見えない。

酒場のど真ん中で他の客への迷惑《めいわく》も気に留めず、ゴメリはふらふらと立ち上がる。

完全に狼狽《ろうばい》していてまったく周囲が見えていないようだ。

若い姿をしていれば——黙《だま》っていればだが——紛《まぎ》れもない美女ではあるので、近くのテーブルにいた魔術師らしきチンピラがそっと尻《しり》に手を伸《の》ばす。

「——ぴぎぃっ？」

痴漢《ちかん》だが、指が届く前にその体が床《ゆか》にめり込む。まるで巨大《きょだい》な手の平にでも押し潰《つぶ》されたかのようである。

——これ、あのときのキメラにお兄さんが使った魔術……？

〈魔王〉ビフロンスが差し向けた異形のキメラを、ザガンは軽く手を振っただけで叩き潰してみせた。それを、このゴメリは手を振るどころか視線すら向けずにやったのだ。

こんな変人ではあるが、魔術師としては超がつくほど一流なのだった。

非魔術師の黒花でもわかるようなことである。魔術師ともなれば、目の前のおばあちゃん（美女）がどれほど規格外の相手か理解できないわけがない。

（あの角とイカれた言動……やべえ、こいつ《妖婦》ゴメリだ）（くそ、なんでこんなところに？　やつの根城はキュアノエイデスだろ）（目を合わせるな。なにされるかわかんねえぞ！）（いやだ！　こいつの近くにいたら変態と間違われるぅっ！）

畏怖《いふ》というより関わりたくないといった様子に思えるが、周囲の客たちがどよめいて距離を取る。

残念なおばあちゃんは、未《いま》だにぶつぶつとなにかをつぶやいていた。

「この方向……まさか、ザガン城か？　じゃがこの愛で力は王のものではない。いまあの城にこれほどの愛で力を持つ者など……っは！　まさかアルシエラ嬢か？」

「アルシエラさま？」

少々聞き捨てならない名前に、黒花は思わず反応してしまった。

その声で我に返ったのか、美女のおばあちゃんはようやく椅子のひとつに座り直す。同じテーブルについていた客が慌《あわ》てて逃《に》げていった。

「くっ、考えてみればあの性癖《せいへき》の塊《かたまり》みたいな幼女に、恋バナのひとつもなかったはずがない！　もっと注意深く観察しておくべきだったのじゃ。どうしてみんな妾《わらわ》のいないところでそんな愛で力を滾《たぎ》らせるのじゃあっ！」

……ちっとも正気に戻ってなどいなかった。

黒花はため息をもらす。

――シャックスさん、早く帰ってきてくれないかなあ。

現在、黒花とシャックスはこの街である調査をしている最中だった。このおばあちゃんがなんでここにいるのかは知らない。

黒花は教会側の、シャックスは魔術師側の聞き込みをしていたため、二手に分かれて行動していたのだ。

見ての通り、このオリヒオは魔術師が幅《はば》を利《き》かせている街だ。教会の存在は建前程度でしかなく、得られる情報も大した量ではなかった。それゆえ黒花の聞き込みはすでにひと通り終わっていた。

それで合流場所の酒場に戻ってきてみたら、このおばあちゃんが騒いでいたのである。

ひとまず関わり合《あ》いになりたくなかったので、黒花は奥《おく》のカウンター席に腰をかける。

「ミルクひとつお願いします」

「……嬢ちゃん、ここは酒場だぜ？」

どうやら酒を注文しなければならないらしい。

――お酒って、苦くて好きになれないんだけど……。

当然、酒の名前などわからない。荒《あら》くれ者《もの》が集まるような店であるため、メニューのようなものも見当たらない。

仕方なく、黒花は店主に言う。

「じゃあ、なにか飲みやすそうなのをお願いします」

初心者向けの酒などあるのかとは思うが、店主は特に迷う様子もなくジョッキに金色の液体を注ぐ。麦酒《エール》のような色だが、泡《あわ》は立っていない。蒸留酒《ブランデー》の一種だろうか。あいにくと見ただけでは種類まではわからない。

そこに、今度は大きなスプーンで大胆《だいたん》に蜂蜜《はちみつ》を投下してかき混ぜる。

──そんなに蜂蜜入れなくても……。

なんだか子供扱《あつか》いされているようで文句を言いたかったが、もしかするとそういうお酒なのかもしれない。黒花は店主がかき混ぜるのを黙って見守った。

「……ほらよ。夏梅酒《なつうめしゅ》だ」

目の前に置かれたジョッキに顔を近づけてみる。においを嗅《か》いでみると、甘《あま》いような酸《す》っぱいような独特な香《かお》りだった。

──あ、これ故郷の里で嗅いだことある……かも？

なんのにおいかと言われれば答えられないが、ときどきこんな香りが漂《ただよ》っていたような記《き》憶《おく》がある。

なんだか懐かしくて、頭の上の三角の耳がピクピクと震えてしまう。酒の善《よ》し悪《あ》しなどさっぱりわからないが、この香りは好みだった。

試《ため》しに口をつけてみようとしたときだった。

「――妾には蒸留酒《ブランデー》を頼《たの》むのじゃ！」

発作《ほっさ》は治まったのか、遠慮《えんりょ》の欠片《かけら》もなくゴメリが隣《となり》に座ってきた。

「……あの、なにかご用でしょうか？」

「きひっ、愚問《ぐもん》じゃのう。妾がこんなところに来る理由などひとつしかなかろう？」

「ストーキングですか？」

「王の使いじゃと言うに……」

存外にまともな答えが返ってきて、黒花は面食らった。

――だったらもう少し真面目に振る舞《ま》ってもらいたいんですけど……。

一応、ザガン城でちょくちょく顔は合わせていたが、どうにも慣れる気がしない。会うたびに愛で力がどうしたとか言って、いまのように騒いでいるのだ。仲良くしろと言われても無理な話である。

そんな黒花を肯定《こうてい》するように、ゴメリは深々とうなずく。

「まあ、そなたが言うような目的も否定はせぬがのう！」

「そこは否定してもらえませんか？」

ゴメリの前にもジョッキが置かれるのを待って、黒花は問いかける。

「それで、どういったご用ですか？　シャックスさんならまだですけど」

「それじゃよ。まったく、あの男は見所があるかと思えばなんたる様《ざま》じゃ。このような街で女子《おなご》をひとりで歩かせるなど、攫《さら》ってくれと言っているようなものであろう？」

思わぬ言葉に、黒花は声を荒らげた。

「そ、それは！　あたしが二手に分かれた方が効率的だって言ったからで……」

「だとしても、じゃ。いくらそなたの腕《うで》が立つと言っても、そなたは希少種でここは魔術師の街であろう」

「あ……」

ただの猫獣人《ねこじゅうじん》なら魔術師も見向きしないが、黒花はケット・シーと呼ばれる希少種で、しかもヒトと猫《ねこ》の両方の耳を持つ〝四つ耳〟なのだ。教会と〈魔王〉ザガンの庇護《ひご》下にあるとはいえ、危《あや》うい身であることに変わりはない。

――もしかして、それで守りにきてくれたのかな？

事実、ゴメリの奇行《きこう》のおかげで、黒花に近づこうとする者は皆無《かいむ》である。心配されたのだと考えると、あの奇行にも文句が言えなかった。

だが、シャックスの責任ではないので黒花は怖ず怖ずと言い返す。

「あたしの判断が軽率《けいそつ》だったのは認めますけど、それはシャックスさんが悪いわけじゃないです」

「ふん。どうであろうな」

ゴメリは腹立たしそうに目を細め、黒花を見遣《みや》る。

「ではこの三日間、あやつがそなたになにをしたか申してみるがよい」

「それは、結構いろいろ助けてくれましたよ？　移動中だってあたしの尻尾《しっぽ》とか見えないように上着というかローブを貸してくれましたし、夜とか寒くて震えてたらマントをかけてくれたんですから。それに……」

「ふむふむ！　それで？」

瞳を爛々《らんらん》と輝かせるゴメリは、ポタポタと鼻血を垂らしていた。

「……あの」

「む！　これはいかん。愛で力が高まりすぎたようじゃ。いや、妾のことは気にするでない。もっと惚気《のろけ》を……じゃなかった、話を聞かせるのじゃ」

「…………」

どうにも上手《うま》く乗せられてしまったようで、黒花はじとっとにらみ返した。

なのだが、ゴメリはそんな批難の眼差《まなざ》しなど気にも留めず顔を近づけてくる。

「それで、ローブを借りたじゃと？　そこのところ、もっと詳《くわ》しく聞かせるのじゃ」

「た、ただ借りただけです！　別にやましいことなんてなにも……」

「いいや重要なことじゃ！　あやつがローブの替《か》えなんぞ持ち歩いておるのか？　いやない！　ならば着ているローブをそのまま借りたということではないのか？」

「別にいいじゃないですか！　それは少し汚《よご》れてましたけど、そんなの……」

「んんーっ、彼シャツきたー！　それでダボダボの袖《そで》を持て余して『ん、でもシャックスさん、これちょっと大きいです』とか『シャックスさんのにおいがします』とか言ったときのあやつの反応を聞かせるのじゃ」

セリフの一言一句まで言い当てられ、黒花は思わず立ち上がった。

「――――ッ、なんで知ってるんですかっ、見てたんですかっ？」

怒鳴ってから、ハッとする。これだけ大声を出しているのだから、それはもう店中の客から注目されていた。

思わず赤面していると、ゴメリはさらにトドメを刺《さ》すようにつぶやく。

「え、本当に言っちゃったの？」

「～～～～っ」

いたたまれなくなって、黒花は倒れ込むようにカウンターに突《つ》っ伏《ぷ》した。

「いや、違うのじゃ。冷やかしたかったわけではないのじゃ。妾、そういうアプローチなればあざとく愛で力を高めて、あの朴念仁《ぼくねんじん》にも有効じゃと助言したかったのであってじゃな……」

——やめろこんなときに優しくするな！

泣きたくなって震《ふる》える黒花の肩《かた》に、ゴメリはポンと手を乗せる。

「これだけは言わせてほしいのじゃ。……ナイス愛で力。そなたは美しい」

——やっぱり魔術師《まじゅつし》なんて嫌いです！

心の中で罵倒《ばとう》するも、もはや声に出す気力は残っていなかった。

そのころになって、ようやくシャックスが戻ってくる。

ひょろりとした長身なのに猫背《ねこぜ》で妙に小さく見える。鳶色《とびいろ》の髪《かみ》はボサボサで無精髭《ぶしょうひげ》も生やしており、どうにも冴《さ》えない外見をしている青年だ。

「……おいおい、こいつはなんの騒ぎだい？」

とうてい答える気になれず、黒花がカウンターに突っ伏しているとゴメリがさも愉快《ゆかい》そうに言う。

「なに、おぬしらのここ数日の進捗《しんちょく》を聞かせてもらっただけじゃ。実に美味であった、とだけ言わせてもらおうかのう」

「ゴメリの姐《あね》さん、あまりクロスケをからかうのはやめてくれ。剣《けん》なんか持ってたって、こいつは普通の女の子なんだぜ？」

「ふぅっ……んんっ」

心臓を殴打《おうだ》されたかのような衝撃《しょうげき》に、黒花の口からうめき声がもれる。

――だったらちゃんと普段から女の子扱いしてください……いや、あれ？　でもローブとか貸してくれたし、よく考えたらちゃんと女の子扱いされてる？　え、あれ？

いまさらながらそんなことに気付いてしまい、黒花は自分の顔が真っ赤になるのを自覚した。

突っ伏していて本当によかった。

「おぅ……。黒花嬢、耳真っ赤じゃが、大丈夫かの？」

ちっともよくなかった。

そこにシャックスが割って入る。

「その辺にしてくれ。……それで、なんだってゴメリの姐さんが？　定時連絡《れんらく》にしてはずいぶんと大げさじゃねえか」

そうなのだ。これでもこのおばあちゃん、〈魔王〉の片腕《かたうで》なのだ。それが直々に動くというのは、結構な大事である。

なのだが、ゴメリはなんでもなさそうに笑う。

「なに、おぬしらが出発してから三日になる。そろそろなにか摑《つか》んで助力が必要になるころであろうと、王からの指示じゃ」

黒花とシャックスが追っているのは、シアカーンとビフロンスの行方《ゆくえ》である。

移動だけで一日かかっているため、実際に調査ができたのは本日も含《ふく》めて二日だ。

たった二日ではあるが、それぞれ教会《シャステイル》と〈魔王《ザガン》〉による連盟の指示で動いているため、驚《おどろ》くほど簡単に情報が集まった。オリヒオが教会と魔術師が癒着した街であることも大きい。ここには双方《そうほう》の情報が余すことなく集まるのだ。

シャックスがボサボサの頭をかきながら嘆息《たんそく》する。

「……相変わらず、うちのボスは恐《おそ》ろしいもんだな」

「きひっ、評価されておるのじゃ。素直に喜んだらどうじゃ？」

「あー、いや、恐ろしいってのは、見てもいないのにこっちの状況《じょうきょう》を全部見透《みす》かしてることだよ。ゴメリの姐さん、どうしてキメリエスの旦那《だんな》じゃなくて、あんたがよこされたと思うんだい？」

はて、とゴメリは首を傾《かし》げる。

「なるほど、確かに伝令には足の速いキメリエスめの方が向いているはずじゃな」

黒花にもシャックスの言いたいことがわかったような気がした。

「……あたしたちが手がかりを掴むまで、身元は伏《ふ》せておいた方がいい。でも、痛くもない懐《ふところ》を探《さぐ》られた魔術師たちは、そろそろ邪魔者《じゃまもの》を始末したくなる」

暗部にいたころは、逆にそうやって標的をおびき出したりもしていたのだ。

そう言うと、シャックスは褒《ほ》めるようにそっと黒花の頭を撫でてくる。

大きくて、あったかくて、でも指先はぼろぼろで、なんとも言えない気持ちになる手だった。動揺《どうよう》した気持ちが毛繕《けづくろ》いでもされるように落ち着いていくのを感じる。

「となると、俺《おれ》たちと接触《せっしょく》する使いは、目立つ方がいい。《妖婦》ゴメリが〈魔王〉ザガンの腹心だってのは有名な話だし、そんなことも知らないもぐりなら敵対しても大した障害にはならないからな」

事実、このおばあちゃんは黒花と接触する前から騒ぎを起こしていたのだから。

つまり、そうやって黒花たちがザガンの関係者ないし協力者であることを、突きつけたわけである。

こんなところで小《こ》銭稼《ぜにかせ》ぎをしている魔術師たちに、ザガンの怒《いか》りを買ってまで黒花たちを襲《おそ》うような者はいないだろう。

なのだが、ゴメリは呆《あき》れたようにため息をもらす。

「おぬし、そういったことには頭が回るのに、どうして朴念仁なのかのう」

「なんでここで叱られるのかわからねえんだがっ？」

悲鳴を上げながらも、シャックスはゴメリを押《お》しのけて黒花との間に座《すわ》る。どうやら立ち直れない黒花のために、壁《かべ》になってくれたらしい。

それから、黒花の前に置かれたジョッキをひょいと取り上げる。

「あと、こいつにこんなもん飲ませるのはやめてくれよ。クロスケにはまだ早い」

「……むー」

またしても子供扱いである。

せめてもの批難にうめき声を上げてやるが、シャックスには伝わらなかったらしい。不思議そうに首を傾げられてしまった。

そろそろ客たちも黒花たちから他に関心を移したようで、酒場にも喧噪《けんそう》が戻る。

それを見計らって、シャックスが切り出した。

「――魔力《まりょく》を辿《たど》れないならものの行方を辿れ――ボスの読みは正しかったよ。確かにここ三か月の間に、一部の魔術道具が大量に買《か》い占《し》められていた」

黒花とシャックスが探っていたのはシアカーンとビフロンス、ふたりの〈魔王〉の居所だった。

〈魔王〉相手ともなると、魔術での追跡《ついせき》はほぼ不可能らしい。特にビフロンスはそれで一度痛い目を見ているため、対策されてしまったのだという。それゆえ、こうして数か月もの間、膠着《こうちゃく》状態にあるのだ。

そこでザガンは魔術以外のアプローチで追跡することにした。


——魔術は無からなんでも作り出せるような、都合のいいものではない——


ビフロンスとシアカーン、〈魔王〉がふたりともなれば魔術道具や触媒《しょくばい》も相応の蓄《たくわ》えがあって然《しか》るべきだ。場合によっては製造施設《しせつ》だって整っているだろう。そうなると年単位での籠城《ろうじょう》だって考《かんが》え得《う》る。

だが、矛盾《むじゅん》するようだが外部となんの接触もなく何か月も稼働《かどう》し続けるかといったら、そうでもないらしい。

単純な攻撃《こうげき》や強化の魔術なら魔力だけで行使できるだろうとも、合成生物《キメラ》や人造人間《ホムンクルス》の生成となれば触媒や薬剤といったものも必要になる。

それらを自前で精製、維持《いじ》していこうとすれば膨大《ぼうだい》な魔力が必要になり、ひとつの街くらいの施設が必要になるのだ。それを十全に稼働させるにはまた人手が必要になり、その人手を維持するために物資も必要となる。そもそも魔術師だろうと人間には違いない。生物は生きている限り食事は摂《と》るし、ゴミも出す。

そして彼らは息を殺して嵐《あらし》が過ぎるのを待っているわけではなく、なにかしらの行動を準備、あるいはすでに起こしている。

となれば、どこかで必ず〝補給〟を行っている。

ザガンが目を付けたのは、そこだった。

真面目な話になったことで、黒花もようやく顔を上げる。

「〈魔王〉なのに、魔術師らしからぬ視点ですよね」

「ああ、なんて言ったかな。ボスはタピ＝オカとかいう品を仕入れるのに交易を始めただろう？　そこで気がついたらしい」

タピ＝オカ・ジュース欲《ほ》しさに自分たちの計画が見破られたのだと知ったら、ビフロンスとシアカーンはどんな顔をするのだろうか。黒花でも少し同情した。

「買い付けは、複数の地域で行われていたようですが、購入《こうにゅう》した物資の運搬《うんぱん》には教会のルートが使われていたようです。少量ならともかく、大量の商品となれば表の交易路を頼《たよ》らざるを得ませんから」

この辺りは魔術師の欠点というものだ。彼らは良くも悪くも個として突出《とっしゅつ》してしまうため、協力関係というものが生まれにくい。加えて技術を秘匿《ひとく》したがる傾向《けいこう》も強いため、交易や商談という分野には向いていないのだ。

そうなると物流や水、食料などのライフラインは表の教会が支配することになる。〈魔王〉とてその交易路を頼るしかないのだ。

ゴメリはふむと興味深そうに目を細める。

「ものはなんだったのじゃ？」

「霊薬《エリクシル》だよ。薬としても使えるが、主な用途《ようと》はホムンクルスなんかの保存液だな」

開発したのはホーエンハイムという、古い時代の魔術師である。魔術の中でも錬金術《れんきんじゅつ》と呼ばれる分野を確立した魔術師で、ホムンクルスなども彼の発明だと言われている。当然、教会からは血も涙《なみだ》もない悪魔《あくま》のように伝えられている。

なのだが、奇妙《きみょう》なことに教会はこの忌《い》まわしい薬剤を薬として扱っている。

理由は存外に俗物《ぞくぶつ》的なことで、民衆にまで効果が知られている薬なので、いくら規制しても密輸や密造——魔術師が作っているのだから密造もなにもないが——が横行して、撲《ぼく》滅《めっ》できないからである。

それゆえ、密輸で勝手に取り引きされるよりは教会側で〝商品〟として扱った方がマシ、ということになったらしい。

ゴメリが首を傾げる。

「エリクシル？　そういえば〈アーシエル・イメーラ〉のときに、ホムンクルスの出来損《できそこ》ないが徘徊《はいかい》しておったようじゃのう」

その出来損ないの中に、黒花の母もいた。

──笑って生きるって、あのとき決めたんです。

それでも、母の最期《さいご》がまぶたの裏から消えることはない。

思わず自分の腕を握《にぎ》り締《し》めると、そこにシャックスがなにも言わずにそっと手を重ねてくれる。……少しだけ、気持ちが楽になったような気がした。

ゴメリがふむと唸《うな》る。

「エリクシル自体は珍《めずら》しいものでもない。それを分散させて買い付けたということは、向こうもこの筋で追われることは想定しておったということかのう？」

「いや、そうとは限らないと思うぜ。単純に、ひとつの店舗《てんぽ》で用意できるような量じゃないって理由の方が大きいと思う」

シャックスの言葉に、ゴメリも目を丸くする。

「そんなに大量なのかえ？」

「ああ。仮にホムンクルスを作ったとしたら、万単位で作れるだろうぜ。まあ、そんな大量のホムンクルスを作るような施設なんて〈魔王〉でも用意するのは難しいだろうけどな」

「万じゃと？」

　これにはゴメリも唖然《あぜん》とする。

　とはいえ、一万ものホムンクルスを生み出すのも操《あやつ》るのも、たやすいことではないだろう。それが〈魔王〉であってもだ。加えてシャックスが言うような製造の問題もある。ホムンクルスの材料にはなるが、ホムンクルスそのものを作ることはないだろう。

　シャックスが頭の後ろで手を組み、背もたれに寄りかかる。

「ボスはシアカーンには自分以外の〈魔王〉を敵に回しても戦える算段があるはずだと言った。聞いたときはまさかと思ったが、これだけの物資を集めているところを見ると、あながち間違《まちが》いじゃないのかもしれない」

　それでいて、いまのシアカーンたちの状況を考えるに、それほどの物資を目くらましのために買い占めたとは考えにくい。

「ホムンクルスそのものではないと思いますが、なにかしらの兵の準備を始めていると見て間違いないと思います」

〈魔王〉の挙兵など前代未聞《ぜんだいみもん》である。数十名もの配下を持つザガンでさえ異質だと言われているのに、万の兵を持つ〈魔王〉などが現れれば教会でも歯が立たないだろう。

ゴメリは情報を整理するように考え込むと、やがて口を開く。

「仮にそれが事実なれば、協力関係にあるのはシアカーンとビフロンスのふたりだけではないのかもしれんのう。少なくとも、もうひとりくらい〈魔王〉がいなければ、運用に足る魔力には届かぬ――……ああ、なるほど」

言ってから、三人は頭を抱《かか》えた。


「それで、アンドレアルフスか」


「だろうな」

「そう考えるべきでしょうね」

〈魔王〉アンドレアルフスが消息を絶ってから一か月。ザガンも返《かえ》り討《う》ちに遭《あ》ったものと判断している。

――あの恐ろしい〈魔王〉が、負けた……。

アンドレアルフスが時間を止め、聖剣《せいけん》の真の力を扱いこなすという反則じみた力を揮《ふる》う姿は黒花も目撃《もくげき》している。ザガンが正面から挑《いど》んで、ああも血を流したことなど初めてのことだった。

それが倒《たお》されるなど、いったいなにが起きたのか。

少しの沈黙《ちんもく》を挟《はさ》んで、シャックスが言う。

「そんなわけで、俺たちは物資の運搬を妨害《ぼうがい》しようと思う」

「却下《きゃっか》じゃ。おぬしらの役目はシアカーンとビフロンスの居所を摑むことであろう？」

「そんなこと言っても、放っておくわけにはいかないじゃないですか」

黒花も加わってそう言うと、ゴメリは呆れたように首を横に振《ふ》る。

「だから、王は妾を差し向けたのであろう？」

「「あ」」

——本当に、お兄さんはどこまで読んでいたんでしょうか。

あの城……いや、キュアノエイデスにいると、本当にネフィともだもだしている微笑ましいお兄さんだというのに、敵に回すとこれほど恐ろしいのだ。

ゴメリは立ち上がる。

「やれやれ。夜の間には城に戻《もど》れるかと思ったが、これは少し遅《おそ》くなりそうじゃな」

こきこきと肩を鳴らすゴメリに、黒花は気まずくも真摯《しんし》な瞳《ひとみ》を向ける。

「……その、お気を付けて」

「きひ、そなたこそ励《はげ》むのじゃぞ。帰ったら濃厚《のうこう》な惚気を期待しているのじゃ」

「惚気るようなことが起きると思いますか？」

冷淡《れいたん》な声に、おばあちゃんも沈痛《ちんつう》そうな表情を浮《う》かべる。

それからじとっとシャックスを睨《にら》む。

「行く前に確認《かくにん》しておくが、おぬし部屋はどうしておるのじゃ？　まさかとは思うが黒花嬢といっしょではなかろうな」

「勘弁《かんべん》してくれよ。そんなことをしたらラーファエルの旦那に殺される」

黒花はひくっと顔を引きつらせる。

——それはまあわかりますけど『勘弁してくれ』はないんじゃないですか？

確かに義父のラーファエルが少しだけ過保護を拗《こじ》らせているのは事実だが、これでは黒花の傍《そば》にいるのは嫌《いや》だとでも言っているようではないか。

ゴメリは胡乱《うろん》げな視線を返す。

「はて？　眠《ねむ》る黒花嬢にマントを貸したのではなかったのかえ？」

「えっ、いやその、それは初日に宿が取れなかったから仕方なくというか……」

途端《とたん》にしどろもどろになりながらも、シャックスは毅然《きぜん》として言う。

「言っておくが、俺はクロスケみたいな子供に手を出すほど落ちぶれちゃいないぞ？」

　プチッと、頭の中でなにかが切れた音がした。

「――もう！」

　思わず、カウンターを叩《たた》いて黒花は立ち上がった。

「なんでシャックスさんはいつもそうやって人のことを子供扱いするんですか！」

　あれだけ優《やさ》しくして、守ってくれたくせに、黒花の好意にまったく気付いていないなどとは言わせない。

　薄々《うすうす》でも気付いているくせに、知らない顔をしてこんな酷《ひど》いことばかり言うのだ。許せるものか。

　別に泣きたくなどないのに、目の前が涙でにじんでしまった。

　どうやら、いつになく酷い顔をしているらしい。その顔を見て、さすがのシャックスもギョッとして狼狽《うろた》え始める。

「ち、ちょっと待て。違《ちが》うぞ？　いまのは言葉の綾《あや》というか……」

「た、たわけ、ほら早う謝《あやま》らぬか。妾は悪くないからの？」

「そりゃねえだろ姐さん！」

この期《ご》に及《およ》んで腫《は》れ物《もの》扱いとは、ずいぶんお荷物に見られたものである。

黒花はシャックスに遠ざけられたジョッキを乱暴に摑む。勢い余ってだいぶこぼれてしまったが、知ったことか。

「あたしは子供なんて言われる年じゃないし、お酒だってもう飲めます！」

「あ、バカそれは――」「それはいかんのじゃー！」

駄目《だめ》な魔術師《まじゅつし》ふたりは止めようとするが、黒花はすでにジョッキに口を付けていた。

こぼしたせいで半分くらいの量になっていたこともあり、本当にひと息で全部飲めてしまえた。

ただ、黒花は忘れていた。

自分が、たぐいまれな不運体質であるということを。

――……？　なんか、変な味……。

大量の蜂蜜が入っているおかげで甘くはあるが、菓子《かし》のような甘さとは違う。梅かなにかと言っていたが、梅らしい味はしない。大人はこういったものを美味《おい》しいというのだろうか。味はよくわからなかったが、飲んだからどうというほどでもなかった。

「これで――」

言いかけて、目の前がぐにゃりと歪《ゆが》んだ。

「はひ……？」

頭の奥がじんじんとして熱かった。いや、頭だけではない。胸が、腹の下が、体中が熱かった。

立っていられなくてへたり込むと、シャックスが慌ててその背中を支える。

「――っっっ？」

触《ふ》れられた瞬間《しゅんかん》、悪寒《おかん》が走った。

……いや、悪寒とは少し違う。電流のように激しい感覚なのに、むずがゆいような、もっと触《さわ》ってほしいような、いままで感じたことのない感覚である。

「なにやってんだ！　吐《は》け！」

「にゃにをしょんにゃ……うにゃ」

吐けと言われて吐けるほど、黒花は器用ではないのだ。

しかし、ろれつが回らない。

ゴメリも頭を抱えてジョッキを取り上げる。

「これは迂闊《うかつ》じゃったのう。妾が飲んでしまうべきじゃった」

「いや、姐さんのせいじゃない。俺がちゃんと説明しておくべきだったんだ」

また子供扱いされてしまうが、さすがにこの様では反論もできない。酒の一杯《ぱい》でこんなことになってしまう黒花は、確かに子供だったらしい。

なのだが、次にシャックスが口にしたのは予想と少し違う言葉だった。

「酒が飲んでみたかったのなら今度教えてやる。だけど、これはマズいんだ」

「はにゃ……？」

沈痛そうな表情で、シャックスはこう言った。

「夏梅ってのは、マタタビのことなんだよ」

黒花には、なにを言われたのかわからなかった。

――マタ、タビ……？

それが猫の好物であることくらい、黒花でも知っている。粉末にしたり絞《しぼ》り出《だ》したり、はたまた実のまま食したり、いろんな調理法があるらしいが、マタタビを摂取《せっしゅ》した猫は酩《めい》酊《てい》してしまうのだという。

猫獣人やケット・シーも例外ではないようで、思い返してみれば故郷の村で栽培《さいばい》されていた。ただ、大人の嗜好品《しこうひん》らしくて子供はマタタビの木に近づくのも禁止されていた。

それもあって、実際に食べたことはなかったのだが……。

「うぅ……っ、はあ……はあ……っ」

もれた声は自分のものだと思いたくないくらい、妙《みょう》に艶《つや》っぽくあった。

もはや座っていることすら困難で、シャックスにすがりついてしまう。

心臓が早鐘《はやがね》を打っていて、呼吸が荒くなってしまう。息をするたびに頭の中がじんじんする。いや、それよりも問題なのは下着だ。失禁したわけではないと思うのだが、なんというか立ち上がれないような有様になっている。

本当に、これは酩酊状態と呼ぶのだろうか？

涙で潤《うる》んだまま見上げると、シャックスは珍しく顔を真っ赤にして狼狽えた。

「ほわわっ、お、おちっ、落ち着けクロスケ？」

おろおろするシャックスを見かねたように、ゴメリが前に出る。

「はあ……。おぬしはもう黙《だま》っておれ。よいか、黒花嬢《じょう》。落ち着いて聞くのじゃよ」

そう前置くと、黒花のヒトの方の耳に顔を近づけ、小声でこう囁《ささや》いた。

（夏梅酒は妾たちにはちょっとした珍味《ちんみ》じゃが、猫族には発情させる効果があるのじゃ）

頭の中が真っ白になった。

――発、情……?

つまりなんだ? いまのこの異変は、そういうことなのか?

呆然《ぼうぜん》とする黒花の肩を、ゴメリはポンと叩く。

「まあ、なんじゃ。これで誰《だれ》もそなたを子供扱いできなくなったのう。きひひっ」

「――qあwせdrfgtyふじこっ?」

言葉にならない悲鳴を上げると、ゴメリはシャックスの背中を押す。

「ではな! 妾《わらわ》には王から賜《たまわ》った任務があるゆえ、ここで失礼するのじゃ! あとで詳細《しょうさい》報告求むのじゃ!」

「やかましいっ! というかクロスケどうすんだよ!」

「……部屋なら二階があるぜ」

まあ、この手の酒場の二階は宿を兼用《けんよう》しているものだ。

そしてそれが〝そういう〟事情のためのものであることくらい、黒花も知っている。

もう楽しくって仕方がないという顔で笑うゴメリ。真っ赤になってオロオロするシャックス。痴話《ちわ》ゲンカならよそでやれと言わんばかりの渋面《じゅうめん》を作る店主。

それらがぐるぐると回って、だんだん目の前が暗くなっていく。

――もう、どうにでもなれ!

そして、黒花は意識を手放すのだった。

◇

「――アルシエラの、恋《こい》バナが聞きたい」

黒花の窮地《きゅうち》を知るよしもなく、アルシエラもまた試練に直面していた。

その事実をまだ認識できていないのか、フォルの言葉にアルシエラはふむと首を傾げる。

果たして〝コイバナ〟とはなんぞや？

――こいばな……濃《こ》い花？　いえ、鯉鼻《こいばな》？　若い子たちの流行の言葉ですの？

千年もリュカオーンに引きこもっていたせいか、たまに最近の言葉がわからないときがある。これもそのひとつだろうか？

考えてもわからなかったので、アルシエラは問い返す。

「こいばなとは、どういったものなんですの？」

「恋のお話。好きな人とのこと」

そう説明されて、ようやくアルシエラは頷《うなず》く。

「ああ、なるほど。恋愛《れんあい》のことですのね…………へあっ？」

ちょっとここ数世紀くらい出したことのない声がもれた。

フォルはただならぬ期待のこもった眼差しを向けてくる。

「うん。アルシエラがどんな恋をしたのか、知りたい」

「ふ……ふふ、不死者に言い寄っても結ばれることはありませんのよ。そもそも、こんな容姿のあたくしに、言い寄る殿方《とのがた》がいたとお思いですの？」

不死者の体は死体なのだ。抱《だ》いても冷たく、子も成せない。抱けもしない、しかも幼い容姿のくせ歳《とし》だけはかさんでいる女に言い寄る男など、相当歪んだ性癖《せいへき》の持ち主である。

たいていはこの答えで上手く躱《かわ》せるのだが、フォルは微塵《みじん》もそんな隙《すき》を与《あた》えぬように否定する。

「――いたのは知ってる」

「……そういえば、そうでしたわね」

この少女にだけは、知られてしまったのだ。

――まあ、確かに銀眼《ぎんがん》の王さまの前では答えられないことですけれど……。

多少は動揺したものの、アルシエラは仕方なさそうな苦笑《くしょう》を返す。

「不死者になってから、誰ともそういった仲にならなかったのは本当ですわよ？」

もったいぶった答えに、それでもフォルは気を悪くした様子もなく考え込む。

「どうして？　魔術師ならいっしょに生きることだってできる」

純粋《じゅんすい》な反応に、アルシエラはそっと頭を撫《な》でて返す。

「フォル、貴姉《あなた》の周りにいる魔術師は相当な変わり者ばかりなのですわよ？」

本来、魔術師は徹頭徹尾《てっとうてつび》己《おのれ》のことしか考えないのだ。誰かを愛することなど、まずあり得ない。

とはいえ、千年の間にひとりもそんな変わり者がいなかったわけでもない。

哀《あわ》れんでくる人はいた。

あるいは本当に愛してくれた人もいた。

そんな彼《かれ》らの存在まで否定してしまうのは、いくらアルシエラといえど傲慢《ごうまん》というものだろう。

懐《なつ》かしむように、アルシエラは頷いた。

「……でも、そうですわね。確かにそんな声をかけてくれた者もいましたわね」

「そういう話でもいい。聞きたい」

フォルも〝本命〟を話してくれるとは思っていないのだろう。上手く乗せられた気はするが、アルシエラは仕方なくひとつだけ話してあげることにした。

「そうですわね……では、幽霊船《ゆうれいせん》の話などはいかがかしら?」

「幽霊船?」

「ええ。もう何百年前になるかしら。リュカオーン近海で争った様子もないのに、乗組員が行方不明になる事件があったのですわ」

フォルは小首を傾げる。

「魔術師?」

「クスクス、結論を急《せ》いてはいけないのですわ」

人差し指を立てて唇《くちびる》に当て、ふと既視感《きしかん》を覚える。

――リリスが独りぼっちになったときにも、よくこんなふうに話していましたわね。

せいぜい数年前。アルシエラにとっては懐かしむほど昔のことではないはずなのに、ずいぶんと前のことのような気がする。

そんな感傷を心の隅《すみ》に追いやり、もっと懐かしい話を続ける。

「あのとき、当時のネプティーナの娘《むすめ》まで行方不明になったことから、あたくしも助力を求められたのですわ。まあ、することもなくて退屈《たいくつ》していたところでしたから、少しだけ付き合って差し上げることにしましたの」

フォルが意外そうに目を丸くする。

「ネプティーナって、セルフィのおうち？」

「ええ。あの子はずいぶんと変わり者に育ってしまいましたけれど」

魔術師の巣窟《そうくつ》にいながら、まるで周囲の空気を読まない。それでいて、ときおり妙に穿《うが》ったことを言う。

――そういうところ、〝あの方〟にそっくりですわ。

容姿も性格もまったく違うはずなのに、そういった言動と〝歌〟である。ある意味では、三王家の幼馴染《おさななじ》みの中であの娘をもっとも注意して見守る必要があるのかもしれない。

まあ、いまは関係ない話だ。アルシエラはコホンと咳払《せきばら》いをして続ける。

「ネプティーナの娘ともなると放っておくわけにはいきませんでしたから、あたくしはその幽霊船に乗り込むことになったのですけれど、まずその船自体も行方不明になっていましたから捜《さが》すのにずいぶん苦労したのですわ」

そこでフォルも疑問を覚えたらしい。首を傾げた。

「吸血鬼《きゅうけつき》は、海の上は平気？」

「そう、そこなのですわ」

不死者の中でも吸血鬼は最上の存在ではあるが、その実弱点だらけでもあるのだ。まず陽《ひ》の光に弱い。力の弱い者ならひとたまりもなく灰になるだろう。

そして流れる水の上を渡《わた》れない。海などもっての外なのだ。

「あたくし、これでも真祖《しんそ》に分類されますから灰になったりはしないのですけれど、船というのは吐き気《け》を覚えるくらいには苦手なのですわ」

思い出すだけで頭が痛くなる。

そんな反応を見て、フォルはなにか閃《ひらめ》いたようにポンと手を叩く。

「聞いたことがある。人間は船の揺《ゆ》れで気分が悪くなったりする」

「船酔《ふなよ》いといっしょにするのはやめていただけませんっ？」

「違うの？」

「…………」

そう言われると、なんだか自信がなくなってしまう。

「ま、まあ、とにかく船はなんとか見つけたのですけれど、中に侵入《しんにゅう》してからあたくし少し弱ってしまいましたの」

と言っても船ごと消滅《しょうめつ》させる程度はあったのだが、注意力は下がっていた。生死不明のネプティーナや乗組員を捜すのは骨が折れるような状態だったのだ。傍《はた》から見てもふらふらで、相当酷い有様だったのだろう。

——きっと、あの子にもそんなふうに見えたのでしょうね……。

アルシエラは他人と積極的に関《かか》わる質《たち》ではなかったが、それでも千年もあれば数え切れないくらいの誰かと巡《めぐ》り合う。

そんな中で、あの少年の顔はいまでもよく覚えていた。

「そんなときでしたわ。あの少年と出会ったのは」

「船の中で？　生き残りがいたの？」

全員いなくなったという話と矛盾すると言いたいのだろう。当然の疑問に、アルシエラはクスクスと笑った。

「ちょうど嵐の夜だったのですわ。もしかするとあの幽霊船が嵐を呼び寄せていたのかもしれませんけれど、不運なことに船から放《ほう》り出されて漂流《ひょうりゅう》している子がいたのですわ」

「それを助けてあげた？」

「向こうにしてみれば、さぞや迷惑《めいわく》だったでしょうけれどね」

フォルはきょとんとしてまばたきをした。

「助けたのに、どうして？」

「それは拾われた先は、現在進行形で乗客が消失している幽霊船だったのですわ。海を漂流していた方が、いくらかマシだったと思いません？」

さすがに見捨てるのは後味が悪かったから拾ったのだが、拾ってからアルシエラも救命ボートでも出してやればよかったと反省したくらいである。

フォルは釈然《しゃくぜん》としない顔をしていたが、続きを促《うなが》してくる。

「どんな子だったの？」

「十五、六くらいの男の子でしたわね。よほど長い航海の最中だったのか、それとも密航者だったのかずいぶん汚《よご》れた顔をしていましたわ。それでも青い瞳が綺麗《きれい》で、磨《みが》いてマナーを教えてあげればそれなりに光りそうな素質はありましたわね」

「ふうん」

恋バナに興味を示したわりには、別に男の子に興味があるわけではないらしい。この年ごろの女子とはこういうものなのか、どうでもよさそうな反応だった。アルシエラ自身はそういった時期とは無縁《むえん》だったため推《お》し量《はか》れない話だが。

――まあ、この子が異性に興味を持ち始めたら大変なことになりそうですわね。

お父さんとおじいちゃん、もしかするとおばあちゃんまでもが大激怒することになる。

それに恋愛をするとしたら、相手は人なのか竜《りゅう》なのかも問題だ。なぜなら竜はすでに絶《ぜっ》滅《めっ》を危惧《きぐ》されており、彼女《かのじょ》が最後の一頭である可能性まで指摘《してき》されているのだから。

友人としていろいろ思うところがなくもなかったが、アルシエラは続ける。

「助けたのはいいものの、あたくしには行方《ゆくえ》不明者を捜すという仕事がありましたからそのまま探索《たんさく》に入ったのですけれど、その少年もいっしょに付いてきてしまったのですわ」

「普《ふ》通《つう》の人間？」

「ええ。ですけど見た目では向こうの方が年上でしたからね。一所懸命《いっしょけんめい》エスコートしようとする姿が可愛らしかったのですわ」

懐かしんで頷いていると、フォルはさも不思議そうに首を傾《かし》げた。

「雄《おす》なのに可愛《かわい》いの？」

「雄でも可愛いことがあるのですわ」

「よくわからない。番《つが》いになるなら強い個体の方がいい。可愛いは強さの反対では？」

想像以上に初心《うぶ》な反応で、アルシエラもふにゃりと顔を緩《ゆる》めてしまいそうになった。

「クスクス、竜《最強の種族》としては正しい感性なのですわ。ですけれど、たとえばネフィ嬢は銀眼の王さまの強さに惹《ひ》かれて番いになったのですかしら？」

「……っ、たぶん、違う」

素直《すなお》な少女に、アルシエラはそっと頭を撫でてやった。

「そういうことですわ。相手のどこを愛《いと》しいかと思うかなんて、人それぞれですもの。それでいて、なぜそこを好きになったか、本人にもわからない。それが恋というものなのですわ」

「……恋愛というのは、複雑すぎる」

渋面を作るフォルに、アルシエラはとんでもないというように首を横に振った。

「まさか。この世界でもっともシンプルな概念《がいねん》のひとつなのですわ」

「そうは思えないけど……」

「いいえ。シンプルだから曲げられず、ときとして世界を救いも滅《ほろ》ぼしもするほどの力になってしまう。人が持ち得る最高にして最悪の感情が、この恋というものなのですわ」

アルシエラは見てきたのだ。

――恋によって世界が滅びる様も、救われる様も。

だから、アルシエラはいまでも信じている。

世界を救えるのも、変えられるのも、いまを生きる者だけだと。生きて、恋をすることができる者だけだと。

考えることに疲《つか》れたように、フォルは背もたれに身を預ける。

「……それで、結局幽霊船はどうなったの？」

「ああ、犯人はあたくしと同じ吸血鬼だったのですわ。少し特殊《とくしゅ》な魔術《まじゅつ》道具を手に入れて天狗《てんぐ》になっていたのですわ」

　語ってからため息をもらす。

「恐《おそ》らくネプティーナの王も気付いていたのでしょうね、性格の悪いこと」

　同じ吸血鬼でアルシエラの相手になる者などいない。起こした事件とは裏腹に、最後はあっけないものだった。

「セルフィのご先祖は助かった？」

「あたくしの目の前で、死者が生者の命を奪《うば》うことは敵《かな》いませんものよ」

　そう締《し》めくくって、アルシエラはそっとフォルの頭を撫でてやる。

「貴姉はまだ恋に恋している段階なのですわ」

「……？　恋に恋？　よくわからない」

「いずれわかるときが来ますわ」

　そのときは大変な騒《さわ》ぎになるだろう確信があるが。……主に周囲が。

　アルシエラはテーブルに放置したままの〝天使狩《が》り〟を片付け、立ち上がる。

「さて、おしゃべりはここまでなのですわ。そろそろ夕食の時間なのでしょう？」

「うん……」

ふたり揃《そろ》って、食事の支度《したく》をサボってしまったことになる。埋《う》め合《あ》わせに片付けくらいはしなければラーファエルに叱《しか》られてしまう。

それから、フォルはじっとアルシエラを見つめて言う。


「次は、アルシエラの本当の恋の話、聞かせてくれる？」


アルシエラは目を丸くして、それから苦笑した。

「……素面《しらふ》で語るのは、少々荷が重いのですわ」

それは千年という人生の中でも、あまりに大きすぎる話なのだから。

そんなアルシエラの顔を見て、フォルは驚《おどろ》いたような、それでいてようやく見たかったものを見たように瞳を輝《かがや》かせた。

「そう……。人は、恋をするとそういう顔をするの」

「――っ」

「あ、赤くなった」

あの親《ザガン》にしてこの子《フォル》ありというか、親子そろってとにかく振り回《まわ》してくれる。

苦虫をかみ潰《つぶ》したように顔をしかめて、それからふと結末まで語らなかった物語を思い返す。

その後、ついぞ再会することのなかった少年。彼はどう生きて、どう死んだのだろう。

――貴兄《きけい》の行く末に、光があったことを。

名も知らぬ少年の、五百年前の人生を偲《しの》んで。

◇

夕食後。玉座の間にてザガンは眉間《みけん》をもんでいた。

――この手の訓練は目に来るな……。

このひと月ばかり、キメリエスと行っている訓練である。夕方のように吹《ふ》き飛《と》ばされて肉体的なダメージを受けることもあるが、あの《黒刃《こくじん》》を目で追っているのだ。視神経がズタズタにされていくような感覚だ。

――しかし、欠点を知って放置するなど愚者《ぐしゃ》の怠慢《たいまん》だろう。

ザガンの敗北は、ネフィやフォルたち家族の平穏《へいおん》の終焉《しゅうえん》を意味する。欠点を克服《こくふく》し、強くならなければならないのだ。

「疲れているようだな、我《わ》が王よ」

執事《しつじ》のラーファァエルだった。

「いや、大したことはない。……そう見えるか？」

「さて、普段《ふだん》の様子はそうは見えぬが、それは疲れた人間がやる仕草というものだ」

「……なるほど。気をつけよう」

魔術で疲労《ひろう》を癒《いや》してはいるのだが、仕草というものには注意が足りなかった。精神の方が追いついていないのかもしれない。

――これではネフィに叱られてしまうな。

休めと言った本人が疲れた姿をさらしているのでは世話もない。今夜はザガンもきちんと睡眠《すいみん》を取るように心がけよう。

それから、ザガンはラーファァエルを見遣《みや》る。

「それで、なにか用か？」

こんな時間に、わざわざラーファァエルが訪ねてくることはない。なにか用があるようだ。

そう問いかけると、ラーファァエルが珍しく表情を曇《くも》らせる。この城の住人でなければ修《しゅ》羅《ら》のごとき形相にでも見えることだろう。

「ふむ。それがだな……」

ラーファァエルが答えかけたところで、玉座の間の扉《とびら》が叩かれた。

――誰かは知らんが、あとにしてもらうか。

しかしザガンが答える前に、ラーファエルは横に避《よ》けて道を空ける。どうやらあとの方がよさそうだ。

「入れ」

ザガンがそう答えると、入ってきたのはオリアスだった。

こんな時間に珍《めずら》しい客がふたり目である。

「……取り込み中だっただろうか？」

「いや、かまわん」

とはいえ、向こうもなにやら口ごもるようにラーファエルを気にする。どうやらこちらも人に聞かれたくない部類の話なのかもしれないが、自分の用を後回しにしてくれたラーファエルに席を外せとも言いたくない。

どうしたものかと思案していたところだった。

今度はバサバサと玉座の間にコウモリの群れが入ってきた。

「……アルシエラか？」

「あらあら、これは出直した方がよろしいですかしら？」

コウモリは寄り集まって少女の体を紡《つむ》ぎ上げる。

カツンと踵《かかと》を鳴らして地に降りると、吸血鬼の少女は白々しくスカートの裾《すそ》を持ち上げて腰《こし》を折った。

それから、いつもの不気味なぬいぐるみを抱きしめて玉座の後ろを見遣る。

「もっとも、お邪魔《じゃま》虫はあたくしだけではなさそうですけれど」

視線を向けられて、玉座の影が液体のように蠢《うごめ》く。

「……チッ、別に盗《ぬす》み聞《ぎ》きするつもりはねえよ。つうか、誰が好き好んでこんなところに来るかよ」

影からぬっと顔を出したのは、やはりというべきかバルバロスだった。

だらしなく伸《の》ばした黒髪《くろかみ》。目の下には隈《くま》が広がる不健康そうな顔。首には無数のアミュレットが提《さ》げられている。

どうやら、こちらもなにか用――というより、報告だろうか――があるらしい。

そこに、またしても大きな足音が近づいてくる。

「おや、みなさんもうお集まりでしたか」

最後に現れたのは、キメリエスだった。

キメリエスは玉座の間に足を踏《ふ》み入《い》れると、背後の扉を示す。

「閉めましょうか？」

「……おいおい。ってことはなんだ？　ここにいる連中はみんな同じ用件ってわけか？」

バルバロスの言葉に、オリアスが肩《かた》を竦《すく》める。

「ふむ。どうやら、そういうことらしいね」

ザガンは玉座に背中を預け、ゆっくりと膝《ひざ》を組んだ。そして玉座の間に集まった五人を順に見つめていく。

元聖騎士長《せいきしちょう》にしてザガン城執事ラーファエル。

〈魔王《まおう》〉の一角にしてネフィの母でもあるハイエルフのオリアス。

〝天使狩り〟の使い手にして最強の吸血鬼アルシエラ。

元魔王候補にして唯一《ゆいいつ》ザガンと対等に殴《なぐ》り合える魔術師《煉獄《れんごく》》バルバロス。

同じく元魔王候補にしてザガンがもっとも信を置く右腕《みぎうで》《黒刃》キメリエス。

ネフィとフォルを別とすれば、ザガン陣営《じんえい》に与《くみ》する者の上位五人が全員集まったことになる。

果たして、これだけの者たちが顔色を変えて集まるとはなにが起きたのか。

ザガンは最大限の警戒《けいかい》を込めて問いかける。

「聞こう。なにがあった？」

五人はそれぞれの出方をうかがうように顔を見合わせる。

そこで最初に口を開いたのは、オリアスだった。

「では、すまないが私の話からいいだろうか。その件とは別に、話しておきたいことがあるものでね」

改まった様子で、オリアスは口を開く。

「ザガン、君には世話になったが、そろそろここを去ろうかと思ってね」

この言葉には、ザガンも目を見開いた。

もちろん、オリアスは客であって配下ではない。〈魔王〉としての立場もある。彼女なりの事情というものはあるのだろうが、このタイミングというのは想像しなかった。

「急な話だな。なにか問題か？」

「そういうわけではないのだが……」

ここでは話しにくい理由なのか、オリアスは口ごもる。

少し考えて、ザガンは言う。

「貴様はネフィの母親だ。ここを己《おのれ》の城と思ってくれてかまわんし、面倒《めんどう》が起きているなら力になる程度のことはするつもりだが？」

オリアスは目を丸くした。それから小さく苦笑して首を横に振《ふ》る。

「そういったことではないのだよ。この城の者たちにもよくしてもらっている。問題も起きていない」

「なら、なぜだ？　ネフィたちとも上手《うま》くいっているものと思っていたが」

その言葉に、オリアスはため息をもらす。

「そう、そこなのだよ」

「どういうことだ？」

オリアスは胸を押《お》さえると、積年の苦悩《くのう》を吐露《とろ》するようにこう言った。

「娘ふたりと孫が可愛すぎて、これ以上は心臓が耐《た》えられそうにない」

衝撃《しょうげき》の告白に、玉座の間は騒然《そうぜん》となった。

この〈魔王〉はいったいなにを言い出すのだ。

バルバロスなどはまるで言葉の意味がわからないとばかりに、額から汗《あせ》すら伝わせている。

ザガンは嘆《なげ》かわしいと言わんばかりに左手で顔を覆《おお》うと、残った右手で叱咤《しった》するようにビタッとオリアスに指先を突《つ》きつける。

そして〈魔王〉の威厳《いげん》さえ込め、こう言い放った。

「――わかる！」

「わかんのかよ……」

しかし不幸なことに、そこで疑問を唱えたのはバルバロスひとりだけだった。

ラーファエルは深々と同意するように頷き、アルシエラは同情と共感を込めた眼差《まなざ》しを向けている。キメリエスでさえ『あー、それは仕方ないですよね』とでも言わんばかりに目を細めている。

もちろんオリアスの気持ちは痛いほどよくわかるが、だからと言ってそのまま見送るわけにもいかない。

ザガンは気を落ち着けるように頭《かぶり》を振って、もう一度口を開く。

「だが、落ち着けオリアス。その気持ちは我が身《み》につまされる思いだが、考えてもみてほしい。ここで貴様がそんな理由で帰ってしまったら、残されたネフィやフォル、ネフテロスはどう思う？　みんな自分がなにかしたんじゃないかって責任を感じるぞ」

「ぬう……ッ、それは……なるほど、問題だね」

「……なあ、それって〈魔王〉がふたりして真面目《まじめ》に話すようなことなの？」

バルバロスがなにやらぼやいているが、気に留める者はいなかった。

オリアスは嘆くように天を仰《あお》ぐ。

「ザガン、君は常にこのような衝撃を受けながら生きているのかね」

「ああ。だが恐れるな。それは歓喜《かんき》から来る動悸《どうき》だ。嬉《うれ》しさと苦しさがごちゃまぜになっているだけなのだ。驚いて手放してよいものではない」

「……君は、本当に強いのだな」

「もしそうだとしたら、ネフィのおかげだ。引いては貴様のおかげということになるな」

敬意を込めてそう言うと、バルバロスが『その話、長い？』と言わんばかりに鼻をほじり始める。あとで殴っておこう。

オリアスは観念したように頭を振った。

「そう、だね。もう少しだけ、がんばってみるとするよ。つまらない愚痴《ぐち》を聞かせてしまった。許してほしい」

「気にするな。俺《おれ》にも経験はある」

〈魔王〉として友情を確かめていると、今度はバルバロスが口を開く。

「そっちはもういいよな……？　こっちも先に済ましておきたい話があるんだが」

「言ってみろ」

バルバロスがわざわざ顔を出してまで言うことである。

——まあ、こっちは想像がつくが。

ザガンが促すと、バルバロスは怒《いか》りの滲《にじ》んだ瞳《ひとみ》をアルシエラに向けた。

「そこの吸血鬼だよ。毎日のように教会をうろつかれるのは迷惑だぜ？」

アルシエラはぬいぐるみを抱き寄《よ》せて口元を隠《かく》すと、さも愉快《ゆかい》そうに笑った。

「クスクス、魔術師《まじゅつし》が困るようなことではないと思いますけれど？」

「いいや迷惑だぜ。だってお前——」


「あのエルフ女にちょくちょく殺気を向けてやがるじゃねえか」


これには、しんっと場が静まり返った。

バルバロスはがしがしと頭をかきむしりながら続ける。

「おかげで四六時中ポンコツがピリピリしてて困んだよ。あいつが気を張ったあとポンコツ悪化させせんの知ってんだろ？　そのフォロー、誰がすっと思ってんだ」

後半の問題はどうでもよかったが。

批難を向けられたアルシエラが怪訝《けげん》そうな顔をする。

「惚気《のろけ》ですの……？」

「はっ、はーーーッ？　なんで惚気とかになんだよっ？」

「え、だって……」

助けを求めるような目を向けられ、ザガンも困ったように視線を逸《そ》らす。

「あー、まあ、その、なんだ。そういう話は、シャスティルとふたりでしてもらえると助かる」

「ザガン、てめえまでなに言ってんのっ？　べ、べべべ別に俺はポンコツと付き合ってるわけでもなんでもねえしっ？　そういう話とかしねえしっ！」

ラーファエルがぎしりと左腕《ひだりうで》の義手を軋《きし》ませる。

「……いまの貴様、シャックスめと同じ顔をしているが？」

「俺はあそこまで鈍感《どんかん》じゃねえっ！」

こんな男からも鈍感扱《あつか》いされているあたり、シャックスはもう駄目《だめ》かもしれない。黒花の苦労も偲ばれるというものである。

わめきちらすバルバロスの隣《となり》で、キメリエスも見ていられないように顔を覆う。

「ゴメリさんが出張中でよかったですね」

「キメリエス、お前味方じゃなかったのかよっ？」

「大丈夫《だいじょうぶ》です。味方ですからゴメリさんには秘密にしていますよ」

「そこじゃねえっつってんだろうっ！」

まあ、すっかりおもちゃにされていることには同情するが、これをゴメリに見られたらこの程度の騒ぎではすまないだろう。

とはいえ、バルバロスの話を冗談《じょうだん》と笑えない者がひとりいた。

「その話、詳《くわ》しく聞かせてもらおうか」

「なんであんたまで俺をおもちゃにすんのっ？」

「……いや、うちの娘の話の方だが」

すごく気まずそうに言われて、バルバロスは黙《だま》り込んだ。床《ゆか》の染《し》みを見つめる空虚《くうきょ》な瞳は『いっそ殺せよ』と語っている。ちょっと真面目なことを言っただけでこの扱《あつか》いは、ザガンでも少し可哀想《かわいそう》に思った。

しかしオリアスは冗談ですますわけにはいかない。

「まあ、当人に直接尋《たず》ねるべきだったね」

そう言って、今度はアルシエラに紺碧《こんぺき》の瞳を向ける。

オリアスにとっては娘が命を狙《ねら》われているわけである。当然のことながら、鋭《するど》い警戒とともに威圧的《いあつてき》な魔力《まりょく》が膨《ふく》れ上《あ》がった。

「くぅ……っ」

あまりの圧力に、直接瞳を向けられたわけでもないはずのバルバロスとキメリエスが後《あと》退《ずさ》る。このふたりがこうなのだから、気の弱い者なら絶命していることだろう。

それほどの殺気をぶつけられながら、アルシエラはそよ風でも楽しむように小首を傾げて返す。

「あらあら怖《こわ》いこと。か弱い吸血鬼に〈魔王〉がそのような殺気を向けては、恐怖《きょうふ》で死んでしまいますわ」

「……そういった冗談は、好みではないな」

アルシエラの足下《あしもと》で床が陥没《かんぼつ》する。

それでいて、夜色のドレスにはささくれひとつ起きないのだから、やはりこの吸血鬼は尋常《じんじょう》な存在ではないと思い知らされる。

とはいえ、このままだと玉座の間が壊《こわ》されてしまう。

『――その辺りにしろ、ふたりとも』

パンッと軽い音を立てて、オリアスの魔力が弾《はじ》けた。同時に、アルシエラもたたらを踏んでよろめく。

言葉に魔力を乗せてぶつけたのだ。

それから、まずはアルシエラを睨《にら》み付《つ》ける。

「貴様はそのつまらん挑発《ちょうはつ》をせんと会話もできんのか、アルシエラ？」

「クスクス、それは誤解というものですわ銀眼の王さま。ほんの冗談ですのに……」

「お前、それ冗談って伝わらないから本当にやめた方がいいぞ？」

「んなっ？」

ザガンが真顔でそう告げると、さすがに堪《こた》えるものがあったらしい。アルシエラは絶句していた。

「あとオリアス。こいつがネフテロスを殺すようなことはないから安心しろ」

「……そう言い切れる根拠《こんきょ》は？」

当然の疑問に、ザガンは頷《うなず》き返す。

「まず、こいつがネフテロスの傍《そば》にいる理由だが、〈アザゼル〉とやらを始末するためだ」

「――銀眼の王、どうか、その名前をみだりに口になさらないでくださいまし」

「……お前もしつこいな」

「これは〝お願い〟なのですわ」

いつになく改まった表情で言われ、ザガンもふむと一考した。

「まあ、いいだろう。要はネフテロスに取《と》り憑《つ》いているかもしれないそいつの始末が目的であって、ネフテロスを狙っているわけではない」

「ネフテロスごと殺さない理由にはならないと思うがね？」

「殺さない。というより、できない。そもそもこいつは生きている者を手にかけない誓《ちか》いを自分に課しているらしいからな」

アルシエラが殺したのは、シアカーンがけしかけた〝影〟どもと〝アリステラ〟だけだ。あの〝影〟たちはそもそも死者で、〝アリステラ〟はすでに生きているとは言えない状態だった。

そこまで告げると、アルシエラは渋面《じゅうめん》を作って頭を抱《かか》えた。

どうやら図星だったようだ。その反応に説得力を感じたのか、オリアスもいくらか柔《やわ》らかい態度で問い返す。

「それでも彼女がその〝敵〟を始末しようとしているのは事実なのだろう。ネフテロスもろとも殺さざるを得なくならない保証はないと思うがね」

「いいや、殺さんよ。簡単に殺せるだけの力があったのに殺さず助けて、あげくの果てに力まで失ってこんなところに転がり込む羽目になってまで守った相手だぞ？」


ずっと疑問だったのだ。

海底都市アトラスティアで、ネフテロスが戦った相手——フォルを襲《おそ》って暴走させた犯人——とは誰《だれ》だったのか。本人はアルシエラだったような気がすると言っていたが、その通りだったのだ。

ただ違《ちが》ったのは、アルシエラがフォルを襲ったのではなく、ネフテロスがフォルを襲ったという点だ。

恐らくネフテロスの意識は夢でも見ているようなものだったのだろう。そこでフォルが襲われたという事実と、交戦相手がアルシエラだったということから、アルシエラがフォルを襲ったと認識《にんしき》したのだ。

「それをいまさら殺すくらいなら、恥《はじ》を捨てて他に助けを求めるだろう」

ざっくざっくと図星を突いて掘《ほ》ってやると、さすがにアルシエラも批難がましい目を向けてきた。

「……フォルから聞いたんですの？」

「ふむ、フォルには話したのか？　状況《じょうきょう》証拠《しょうこ》から判断したのだがな」

この反応から察するに、なるほどフォルはそのことを覚えていて、だから真っ先にアルシエラと打ち解けたのだろう。

オリアスは衝撃を受けたように目を見開いた。

「その傷は、ネフテロスを助けたせいで受けたものだったのかね」

「あら、自分のミスを他人のせいにするほど、あたくし恥知《はじし》らずではありませんわよ？」

しかし、否定もしなかった。

ややあって、オリアスは深々と頭を下げる。

「娘《むすめ》を守ってくれた恩人に、あらぬ疑いを向けた。許してほしい」

「……貴姉《あなた》が気にされることではありませんわ」

ふたりが和解してくれたのを見て、ザガンは内心胸をなで下ろした。

オリアスには言わなかったが、アルシエラがネフテロスを殺す可能性はあったのだ。

事実〝アリステラ〟のことは救えないと判断して始末したのだから。

万が一ではあるが、ネフテロスがそこまで深刻であった可能性はゼロではなかった。

――そうでなくともネフテロスにはもう、時間がないのかもしれん。

それゆえに皺寄《しわよ》せを受けることになったのが、シャスティルなのだ。

シャスティルなら間違《まちが》いなくネフテロスを守るし〝天使狩り〟も一撃《いちげき》くらいなら凌《しの》いでくれる。それは一瞬《いっしゅん》の時間稼《かせ》ぎにしかならないかもしれないが、一瞬あればザガンが助けに行ける。シャスティルの影には必ずバルバロスがいるのだから。

ともあれ、これでようやくオリアスたちも落ち着いたようだ。

——だが、本題はこれではないのだろう？

さて、果たしてこの五人が集まってきた理由とはなんなのか。

ザガンが言葉を待っていると、それぞれ出方をうかがうように沈黙《ちんもく》する。ラーファエルでさえ緊張《きんちょう》しているように見える。

ややあって、最初に口を開いたのはラーファエルだった。

「ふむ。では最初に来た我から話すとしよう」

「聞こう。なにがあった？」

ラーファエルは静かに息を整えると、ザガンに視線を向ける。

「王よ、どうか気を落ち着けて聞くのだ」

まさかラーファエルがそんな心の準備を求めるほどの事態とは思わず、ザガンも目を見開いた。

身構えてしっかりと頷くと、ラーファエルはこう告げた。

「フォルが、恋愛《れんあい》に興味を持っているようだ」

ザガンは我が耳を疑った。

しかしこの場に集まった全員が、オリアスやアルシエラ、キメリエス、バルバロスでさえもが沈痛《ちんつう》そうに頷くのを見て、聞き違いでないことを理解してしまった。

握《にぎ》り締《し》めた肘乗《ひじの》せが枯《か》れ木《き》のように爆《は》ぜ割れる。

「なっ、なんだとぉおっ？」

玉座の間が――いや、ザガン城が震《ふる》えるように鳴動する。

ザガンとオリアス、ふたりの〈魔王〉が威嚇《いかく》し合う衝撃さえ封《ふう》じ込めた結界が、ザガンの怒りに耐えきれず悲鳴を上げているのだ。

「フォルはまだ十歳《さい》（人間換算《かんさん》）だぞ？　それに言い寄る破廉恥漢《はれんちかん》がいるというのか。いますぐ連れてこい。挽肉《ひきにく》に変えてやる！」

バルバロスが『あれ？　なんか前に俺こんなキレ方されなかったっけ？』と戸惑《とまど》いの表情を浮《う》かべながらも頷く。

「相手なんか知らねえが、事実だぜ。昼過ぎだったかな。教会までポンコツを訪ねてきて、恋《こい》バナを聞かせろだとか言いやがった。おかげでポンコツがポンコツから戻《もど》らなくなっちまった」

それはもう悲惨《ひさん》なことになったのが目に浮かぶ。

「僕《ぼく》も帰ってくるなりゴメリさんとの馴《な》れ初《そ》めを聞かれて、ザガンさんに話したのと同じことをもう一度話すことになりました」

キメリエスまでもが仕方なさそうに肯定《こうてい》する。

「私の方は昼前だったね。なかなか返答に窮《きゅう》してしまい、食事の支度を遅刻《ちこく》させてしまったよ」

オリアスの恋バナというとネフィの父親だろうか？　それはそれで気になるが、いまはそれどころではなかった。

最後にアルシエラがため息をもらす。

「つまり、身の回りでまともに恋をしたことがありそうな者に、片《かた》っ端《ぱし》から問いかけたのですわね」

「恋？　お前がか？」

ザガンが驚愕《きょうがく》すると、アルシエラもさすがに不服そうな顔をした。

「あたくしも元は人ですのよ？　恋のひとつくらいはしたことがありますわ」

「想像がつかんのだが……」

「大恋愛《だいれんあい》でしたのよ？」

クスクスと妖《あや》しく微笑《ほほえ》む吸血鬼《きゅうけつき》に、ザガンは胡乱《うろん》げな視線を返す。

「で、それをフォルに話したのか？」

「えっ！　いや、それはちょっと……」

肝心《かんじん》なところでこの様の少女に、いったいどんな恋愛ができたというのか。

それはさておき、ザガンは両手で顔を覆った。

「馬鹿《ばか》な……。では、フォルにも好きなやつができたというのか？」

いったいどこの虫けらがうちの娘を拐《かど》かしたというのか。

フォルと接触《せっしょく》しうる相手といったらうちの配下たちだろうか。キュアノエイデスの住人だろうか。万が一にも三馬鹿あたりだった日にはただ殺すだけでは済まされない。

とにかく、見つけ出して殺す必要がある。

いや、捜《さが》すまでもない。フォルに言い寄った形跡《けいせき》のある虫を一匹《ぴき》残らずこの世から消してしまえばいいのだ。魔術師も一般人《いっぱんじん》も関係ない。巻《ま》き添《ぞ》えになった者にはもう運命だと諦《あきら》めてしまう他ないが。

ザガンの全力を以《もっ》てすれば実に簡単な作業だ。

そして、それゆえに問題だった。

――娘に虫がつくのは許せんが、それを殺して娘から嫌《きら》われるのも耐えられん！

悲しいかな〈魔王《まおう》〉は激昂《げきこう》しても、それによっていかなる結末が訪《おとず》れるか冷静に理解できてしまった。

なんだこれは。なぜ自分がこんな苦しみを味わわなければならないのだ。

心の底から慟哭《どうこく》していると、アルシエラが見かねたように口を開いた。

「あの、銀眼《ぎんがん》の王さま？　たぶん、まだそこまで深刻な話ではないと思いますわよ？」

「どこが深刻ではないというのだ。シアカーンを殺しても世界は終わると告げられたようなものだぞ！」

「貴兄にはネフィ嬢《じょう》がいらっしゃるでしょうっ？」

「嫁《よめ》と娘は別だ！」

もちろんネフィと幸せになることがザガンの最優先事項《じこう》ではあるが、娘の存在というのはなんかこう、理屈《りくつ》で語れるものではないのだ。

城を粉砕《ふんさい》せんばかりに動揺《どうよう》の魔力を放出させるザガンに、ラーファエルやオリアス、アルシエラは一理あると言わんばかりに頷いていた。

「ザガンさん、落ち着いてください！　フォルお嬢さんに特定の相手はいないかもしれないということです」

「……ほ、本当か？　慰《なぐさ》めで嘘《うそ》を言われても俺は嬉しくないぞ？」

「そんなに動揺しているザガンさん、初めて見ましたよ……」

言われてみればその通りだ。自分の力でどうしようもない問題というのは初めてのことなのだから、当然ではあるが。

そんな中、ひとり他人事《ひとごと》のようにバルバロスが鼻で笑う。

「はっ、よくそんなしょうもないことで大騒《おおさわ》ぎできるな」

「……貴様が十年後に同じセリフを吐《は》けるか見物だな」

「は、はああっ？　俺はガキなんか作ることとなんてねえし？」

そのガキを作る相手に誰を想像したのか問《と》い詰《つ》めたくはあったが、いまのザガンにその余力はなかった。

自分の口がひゅうひゅうと異音を発しているのに気付いて、過呼吸に陥《おちい》りそうなことを自覚する。ザガンは魔術で脈拍《みゃくはく》を制御《せいぎょ》しなければならなかった。

魔術を駆使《くし》して平静を取り戻すと、ザガンはようやく顔を上げる。

「それで、フォルに相手ができたわけではないというのは、どういうことだ？」

答えたのはアルシエラだった。

「恋《こい》をしたのではなく、恋をしている貴兄らに興味を持ったのだと思うのですわ」

「それは、どういうことだ……？」

「フォルは相手の些細《ささい》なことで一喜《いっき》一憂《いちゆう》している銀眼の王さまとネフィ嬢を、一番傍で見ているのですわ。他の恋人たちもそういったものなのか、果たしてなぜそんな気持ちを抱《いだ》くのか、そういうことに興味を持ったのだと思うのですわ」

そう言って、なにを思い出したのか眉間を押さえる。

「あたくしが話したことよりも、話すあたくしのことを観察していたようでしたし……」

「……あー、うん。それはまあ、なんかすまん」

下手にザガンがからかうよりも、よほど恥《は》ずかしい思いをしたのだろう。

まあ、確かにネフィを膝の上に座《すわ》らせたり頬《ほお》ずりしたりしているところをフォルに目撃《もくげき》されたのは、十回や二十回ではない。

それで興味を持たれたのだと言われたら、ぐうの音も出なかった。

ラーファエルも頷く。

「言われてみれば、我が話した内容にも興味を持っているのかいないのか、よくわからぬ反応をしていたな」

「……そういえば、お前はなんと答えたのだ？」

「二十年ほど昔のことを話した。お互《たが》い立場も違えば年も離《はな》れていたゆえな。おもしろい結末にはならなんだが、恋と呼べなくもない感情を抱いたことがあったのだ」

──え、なにそれ聞いてみたい。

喉元《のどもと》まで出かけた言葉を、ザガンはなんとか飲み込んだ。

これを言ってしまったらゴメリといっしょである。それだけは魔術師と言えど人としていろいろとマズい。だが、動揺が収まってきたこともあり、好奇心がこみ上げた。

平静を装って、ザガンは問いかける。

「ああっと、どんな相手だったのか、聞いてもかまわんか？」

少しの沈黙のあと、ラーファエルは短くこう答えた。

「……緋美花という名の女だった」

それがリュカオーン特有の名前だったことで、ザガンは察した気がした。

──え、〝娘〟ってまさか、そういう……？

ザガンは気を落ち着けるように頭を振る。

「では確認《かくにん》するが、フォルは恋愛の話を聞きたがっているだけで、好きな相手ができたわけではないのだな？」

それぞれ確信を持っている者もいれば半信半疑の者もいるようだが、首肯《しゅこう》してくれた。

ザガンは心底安心したように胸をなで下ろし、微笑《びしょう》した。


「では、俺は配下や街の者どもを殺さなくてよいのだな？」


必ず後悔《こうかい》するとわかっていても、そうせざるを得ないところだった。

「……ザガンさんが思いとどまってくれて本当によかったです」

なんだかキメリエスから呆《あき》れられてしまったような気がするが、関心を向ける余裕《よゆう》はなかった。

バルバロスが納得《なっとく》のいかない様子で鼻を鳴らす。

「いや、だったらなんでポンコツのところに来るんだよ。意味わかんねえだろ」

——それはいま一番おもしろおかしいふたりがお前らだからだろう。

そう思ったのはザガンだけではないだろう。己以外の全員から諦観《ていかん》のような生暖かいような眼差しを向けられるが、バルバロスが気付くことはなかった。

それから、念のために聞いてみる。

「では、お前はなぜフォルがシャスティルに相談したと思っているのだ？」

「あ？　そりゃ魔術師連中には聞きにくかったからじゃねえの？」

当然だろうと言うような答えに、ザガンたちは微妙《びみょう》な表情を返した。

ともかく、バルバロス以外のみんなはフォルのことを心配して集まってくれたらしい。

ザガンはどっかりと背もたれに身を預け直す。いつの間にかボロボロになっていた玉座はパラパラと崩《くず》れ落《お》ちるが、いまはどうでもいい。

「ひとまず、いまは何事もないことを祈《いの》って見守るしかない、か」

「いつまでも何事もなかったら、それはそれで心配ではありませんの？」

「…………」

アルシエラの無情なひと言に、ザガンはまたしても頭を抱えて背中を丸めるのだった。

――あれほど愛らしい我《わ》が娘の魅力《みりょく》を理解できんような愚者《ぐしゃ》ばかりなら、それはそれで滅《ほろ》ぼした方がいいような……いや、だがしかし！

世界を滅ぼすべきか真面目に考え込んでいると、バルバロスがふと思い出したように口を開いた。

「そういや、あのロリガキなんだっていまごろそんなことに興味持ちやがったんだ？　ザガンとエルフ女の間柄《あいだがら》なんぞ、この城に来たときから見慣れてるはずだろ？」

「言われてみれば、確かにそうだな……」

バルバロスにしてはもっともな指摘《してき》である。ここ最近というか、昨日今日になにか変化でもあったのだろうか。

キメリエスが、なにか嫌《いや》な心当たりでも思い立ったように顔をしかめる。

「……そういえば、今日はゴメリさんがいないんですよね？」

「ああ。朝食のあとに黒花たちのところへ向かわせた」

「……孫が私のところへ来たのは、その直後ということになるな」

オリアスの、認めたくないような声がさらに空気を重くする。

「「「…………」」」

――またあのおばあちゃんか！

ゴメリ不在のうちにいちゃいちゃしようと思っていたのを見透《みす》かし、それを引っかき回そうとフォルに良からぬことを吹《ふ》き込んだのだ。

オリアスが沈痛そうな表情で頭を下げた。

「うちの馬鹿弟子《ばかでし》が、本当にすまない……」

「いえ、ゴメリさんのあの性格は元からです。オリアスさんのせいではないと思います」

「ああ。俺も釘《くぎ》くらい刺《さ》しておくべきだった。すまん」

なにやらゴメリと関《かか》わりのある者たちは全員責任を感じて、誰からともなく頭を下げ合うのだった。

「ザガンもそうだが、キミにも気苦労をかけてばかりで本当にすまないな」

「それこそ、いつものことですから……」

キメリエスの疲《つか》れたような声が、どこまでも哀愁《あいしゅう》を漂《ただよ》わせていた。

こうして、第一回ザガン家家族会議は閉幕したのだった。

本日の議題はそれで全《すべ》てだったようだ。話が済んだ者たちはそれぞれの場所へと戻っていき、玉座の間にはザガンひとりが残される。

そこで崩壊《ほうかい》した玉座の間を修復して、ザガンはまたため息をもらす。

――疲れた。なんというか、とにかく疲れた。

あの短時間で何度動揺させられたことだろう。本日の寝覚《ねざ》めは本当によかったのに、訓練とはまったく関係ないところで妙《みょう》に疲れてしまった。

――いつかみたいに、またネフィに膝枕《ひざまくら》してもらいたいな……。

そんなことを妄想《もうそう》しながら、ザガンは睡魔《すいま》に身を委《ゆだ》ねるのだった。

『――……っぱい――……ザガ……ぱい……――ザガン先輩《せんぱい》』


ネフィの呼び声。遠慮《えんりょ》がちに額に触《ふ》れるような感触《かんしょく》で、撫《な》でられているのだと気付く。

目を開くと白い頬《ほお》をほのかに赤くした少女の顔がある。服装は侍女姿《じじょ》ではなく、なにかの礼服のよう――ああ、そうだ昨夜の夢で見た服装だ――で、その向こうには陽光の透《す》ける大樹がそびえていた。ネフィは木の幹に背中を預けて座っているようだ。

周囲に視線を向けてみると、石……というより石灰《モルタル》かなにかだろうか、あまり見慣れない素材で建てられた建物が見える。

どうやら、なにか大きな建物に隣接《りんせつ》した広場のようだ。

そして頭の後ろにはなんだか柔らかい感触。この安らぎに満ちた感触には覚えがある。

――ネフィの膝枕、久しぶりだな……。

ちょうどこの膝枕を恋しく思っていたところだったので――

『――って、ほわっ？』

ようやく我に返って、ザガンは飛び起きた。

やはりというか、ザガンもあのときの夢と同じ礼服のような格好をしている。やはり丈《たけ》の短いスカートなので、真っ白な太ももが眩《まぶ》しい。

ネフィは恥じらうように口元を押さえ、ザガンを見上げた。

『す、すみませんザガンさ……先輩、驚《おどろ》かせるつもりでは……』

『い、いや大丈夫だ！　俺こそすまん。いつの間にか寝《ね》ていたようだ』

『あ、謝《あやま》らないでください。わたしだって先輩の可愛《かわい》い寝顔に見入っってて――ひうっ』

なんだか聞き捨てならない言葉を聞いたような気がするが、ふたりであわあわと言いつくろっていると、ネフィが悲鳴のような声をもらした。

『どうした？』

『あう、いえ、少し足がしびれてしまって……』

どうやらよほど長時間膝枕をしてくれていたらしい。前後の記憶《きおく》がまったくないが――それでいて不可思議なことにそれを疑問に思えないが――ザガンは慌《あわ》てて手を差し出す。

『だ、大丈夫《だいじょうぶ》か？』

『はい……。うぅ、前にしたときは、こんなことにはならなかったんですが……』

『玉座の間では恒常的《こうじょうてき》に癒《いや》しの魔術も発動しているからな』

『なるほど、それで平気だったのですね』

頷き合って、ふたりは同時に首を傾《かし》げた。


『前にしたとき……？』

『玉座の間……？』


なんだろう。なにかが凄《すさ》まじくかみ合っていないはずなのに、別にそうでもないような気がするのは……。

困惑《こんわく》しながらも、いまはネフィを助けなければならない。

『ひとまず足を伸《の》ばすといい。血の巡《めぐ》りが戻ればしびれも抜《ぬ》ける。……できるか？』

『や、やってみます――ひゃっ？』

『わわわっ』

足を動かすネフィを支えようとしたのだが、動揺のせいか上手《うま》く力が入らなかった。そのままふたりで倒《たお》れ込んでしまう。

ザガンはネフィを抱きしめたまま仰向《あおむ》けに転がっていた。つまり、ネフィはザガンの上に乗っかっていることになる。

見る見るうちに、ツンと尖《とが》った耳の先までもが真っ赤に染まる。

『はわわっ、すみません、ザガン先輩』

『い、いいいいいや、大丈夫だ。大丈夫だぞ？』

ネフィは慌てて退《ど》こうとするが、まだ足がしびれているのだろう。上手く動くことができなかった。

『む、無理はしなくていいぞ？　その、俺は大丈夫だし、嫌な気はしてないから！』

というかただでさえ柔らかくて温かくていいにおいがするのに、そのネフィに密着したままもぞもぞ動かれたらザガンの理性が打《う》ち砕《くだ》かれてしまう。

やがてネフィも諦めたらしい。力尽《つ》きたように、ザガンの胸に体を預けた。

『こんなところ、先生に見つかったら叱《しか》られちゃいます』

『う、動けないのだから仕方なかろう。それにラーファエルではないのだ。オリアスがこんなことで怒《おこ》るものか』

『そ、そうですよね。お母さまですし』

『『……あれ？』』

言っていて、またしてもふたりとも首を傾げる。

オリアスはネフィの母で、学校の先生でもあったか？　ラーファエルも執事《しつじ》で先生だった……はずだ。いや、それで合っているのだろうか？

なにかが著《いちじる》しく間違っているはずなのに、それがなんだかわからなかった。

そこで、ネフィがハッとしたように声を上げる。

『あ、あの……あのっ、ザガン先輩！』

『む、どうした？』

重大な秘密に気付いてしまったかのように、ネフィは緊張した表情でこう言った。

『その……どうして、わたしはよしよしされているんですか……？』

わからないことを考えても仕方がないので、腕《うで》の中のネフィを抱きしめて頭を撫でていたのだった。

真っ白な髪《かみ》は柔らかいのに撫でると滑《すべ》らかで、しかもほのかに甘《あま》い香《かお》りまで漂わせている。目の前にそんなものがあるのに撫でないでいるのは、〈魔王《まおう》〉といえど容易なことではない。だから撫でるしかないのだ。

ザガンは至極真面目《しごくまじめ》な表情で首を傾げる。

『いかんか？』

『いえ、ダメじゃないですけど……その、恥ずかしい、のですが』

『気にするな。誰も見ていない』

たぶん、きっと誰も見ていないはずだ。

頑《かたく》ななザガンに観念したのか、ネフィも抵抗《ていこう》をやめてされるがままに撫でられる。それから、なにを思い出したのか小さく笑い声をもらした。

『どうした？』

『ふふ、いえ。なんだかこういうの、久しぶりな気がして……』

『あー……。確かに、〈アーシエル・イメーラ〉からずっとバタバタしているからな……あれ、クリスマスだっけ？』

『クリスマスじゃありませんでしたっけ？』

『うん……？　いやでも、クリスマスって別にアルシエラと関係ないよな……？』

そもそも〝クリスマス〟とはなんだ？　聞き覚えはないはずだが、知っていて当然のもののように感じている。

『…………』

何度目だろうか。さすがにザガンも違和感《いわかん》を無視できなくなっていた。

ネフィもなにか思うところがあるのだろう。怖《お》ず怖ずと口を開く。

『……あの、ザガン先輩』

『……なんだ？』

警戒《けいかい》を込めて問い返すと、ネフィは気を落ち着けるように深呼吸をしてからこう言った。

『……そもそも〝先輩〟って、どういう意味でしたっけ？』


ザガンとネフィは身を起こした。

『ネフィも、やはり変だとは思っていたわけだな？』

『はい……。でも、なぜかそう呼ぶのが自然なような気がして……』

『気にするな。俺《おれ》も違和感を覚えたのはつい先ほどだ』

それになんというか、すごく呼ばれ心地《ごこち》がよかった。普段《ふだん》から呼んでもらっても大歓迎《だいかんげい》なくらいである。聖騎士《せいきし》は〝我が輩《わはい》〟とか〝同輩〟とかいう呼び方をしたりするから、そっちの用語なのかもしれない。

ネフィはキョロキョロと周囲を見渡《みわた》す。

『ええっと、ここはどこなのでしょうか？』

『わからんが、俺たちは勉強とやらをしようとしていたな。となると、ある種の学《まな》び舎《や》のようなものと考えるのが自然だろう』

学び舎となると貴族の嫡子《ちゃくし》などの集まるところであって、ザガンにはまったく関わりのなかった場所である。教会が主導しているところが多いので、キュアノエイデスにもあるにはある。

実際には見たことがないが、きっとこういうところなのだろう。

――そういえば、フォルも学び舎に行こうと思えば行ける年だったな……。

あまりにも魔術師《まじゅつし》と関わりがなくて失念していたが、娘も興味があったりするのだろうか。恋愛にも興味を持つようになったようだし、本人にその気があるなら考えてみてもいいかもしれない。

ネフィは短いスカートを持ち上げてみる。

『では、この格好もそこのものなのでしょうか？』

『お、恐《おそ》らくな』

この短いスカートで裾《すそ》を持ち上げたりすれば太もも以上のものが見えそう……で、見えないくらいになってしまうので、ザガンは激しく動揺した。

『……あっ、これはそのっ』

そんなザガンの反応で、ネフィも自分の行動の危《あや》うさに気付いたのだろう。見る見る耳の先が赤く染まっていった。

気を落ち着けるため深呼吸をしながら頷いて、ネフィの格好を改めて確かめる。

まじまじと見つめられて、ネフィが恥じらうように頬を赤く染めた。

『ど、どうなさいました？』

『いや、ネフィはそういった服装も似合うのだな。いつもと違って実に新鮮《しんせん》だぞ』

『そ、そういうことをおっしゃるのでしたら、ザガンさまだって凛々《りり》しくてすごくお似合いですよ？』

お互い胸を押《お》さえて身もだえし、肩《かた》で息をもらす。

『そ、それでこれはいったいどうなっているのでしょうか？　幻影《げんえい》とは、少し違うようですが』

足下《あしもと》の草花にも後ろの大樹にも触れることができるし、前の夢ではペンなどにも触れることができた。幻影ではないだろう。

もうひとつ付け加えると、目の前のネフィも夢の産物ではなく恐らく本人だ。この状況に違和感を抱いているし、ザガンの感性と第六感がそうだと確信しているから、間違いないだろう。

となると……。

『ふむ、この感覚は〝夢〟であろうな』

『夢……ですか?』

『ああ、夢の中というものは大抵《たいてい》の矛盾《むじゅん》や不条理にも、疑問を抱かないからな。それにものに触れることもできる』

そもそも、今朝目を覚ましたときは紛《まぎ》れもなく〝夢〟だと認識していたではないか。

――違和感を抱けたのは、これが〝明晰夢《めいせきむ》〟という段階に変わったからだろうな。

ネフィと接していたからか、それとも二度目だからか、いまはこれが夢であるとはっきり認識している。普通《ふつう》の夢とは異なる状態である。

ネフィは考え込むように首を傾げる。真っ白な髪がしゃらりと胸元《むなもと》に伝い落ちた。

『つまり、ここはわたしの〝夢〟であって、ザガンさまの〝夢〟でもあるということでしょうか?』

『うむ。俺の〝夢〟とネフィの〝夢〟が繋《つな》がっているということだろうな』

夢の中で他者と明確に意思の疎通《そつう》ができるというのも、奇妙《きみょう》な感覚ではあるが。

――そんなことができそうなのは、ひとりしかおらんな。

犯人に心当たりはあるが、ではなぜこんなことをしたのか。

少し考えて、ザガンはごろんとその場に寝転《ねころ》がった。

『まあ、せっかくの夢だ。くつろがせてもらうとしよう』

『いいのですか？』

『ああ。ネフィも疲れがたまっていたのであろう？　ゆっくりさせてもらえ』

これは攻撃《こうげき》ではなく、奉仕であるとザガンは受け取った。

ならば応《こた》えるのが王たる者の務めだろう。

『あとで、なにか褒美《ほうび》を取らせてやらねばな』

何気なくつぶやくと、それでネフィもわかってくれたのだろう。

『ふふふ、ちゃんと覚えていられるとよいですね』

『……まあ、夢だからな』

どんなに良い夢も、悪夢も、目が覚めれば忘れてしまう。それが夢というものだ。明晰夢といっても覚えていられるとは限らない。

そう考えて、ザガンはハッとした。

――夢の中なら、なんでもできるのでは……？

普段なら恥ずかしくてできないようなあんなことやこんなこと、大胆《だいたん》なことでも、夢の中ならやっても許されるのではないだろうか？

そもそも魔術師など自分本位で他者など顧《かえり》みない悪党ではないか。

それにザガンとて青年男子として人並みの劣情《れつじょう》くらいは持っている。これだけ可憐《かれん》な少女と恋人関係になれたのに、触れてみたいという欲求を覚えなかったわけではない。

というか四六時中ネフィのことしか考えていないのだ。夢の中なんだし、あちこち触《さわ》ったり抱きしめたり頬ずりしたりしてみたい。

かくて、ザガンは己《おのれ》の欲望を解放した。

『…………』

草の上に転がったまま、ザガンはそっと腕を伸ばす。

ネフィに向かって、ではなく自分の横に向けてである。状況《じょうきょう》としては寝転がったと思ったら急に片腕《かたうで》だけ大の字になったようなものだ。

『こ、これは……』

恐らく誰《だれ》が見ても意味がわからないだろうが、ネフィだけはハッとしたように息を呑《の》んでいた。

——ネフィならわかってくれる、はず！

ここにバルバロスあたりがいれば『わかるか馬鹿』と全力で指摘してくれただろうが、あいにくと夢の中なのでザガンとネフィのふたりきりである。

当のネフィはというと、ただならぬ決断を迫《せま》られたかのように硬直《こうちょく》している。

——あああっ、やはり夢の中とはいえ無理難題過ぎたかっ？

ネフィの顔を直視できなくなり、ザガンは顔を背《そむ》ける。

それを催促《さいそく》と受け取ってしまったのか、ネフィは意を決したように頷《うなず》いた。

そして、コロンとザガンの隣《となり》に転がる。

ザガンが意味不明に伸ばした腕の上に、その細い首を乗せるようにして。

いわゆる、腕枕《うでまくら》という状態だった。

——先ほど、膝枕をしてもらったからな！

そのお返しというか、お礼のつもりだった。

現実ではこんな大胆なことをする度胸はないし、なによりできるタイミングがない。ザガンは玉座の間で座って眠《ねむ》るのだし、夜中にネフィのベッドに入り込むような破廉恥な真《ま》似《ね》は、ザガンの心臓が耐《た》えられない。

──ふ……。夢の中というのは、こんなことまでできるのだな。

前に一度だけできたことはあるのだが、翌朝はお互い顔を見られなくなって悶絶《もんぜつ》することになったのだ。

それが、いまはわりと自然に──ザガンはそう思っている──できたし、なんとか耐えられている。

感服しながら、そろりそろりとネフィの顔を覗《のぞ》き見《み》る。

『……っ』

ネフィもザガンの様子をうかがっていたようで、思わず視線が合ってしまった。

『……っ、えへへ』

ネフィが堪《こら》えきれなくなったようにふにゃりと笑う。

彼女《かのじょ》のこんな弛緩《しかん》した笑顔《えがお》は珍《めずら》しいかもしれない。いつもとは違《ちが》う服装ということもなり、ザガンの脈拍は一気に倍くらいの速さになった。

『……ザガン、さま』

『う、うむ！　どうした？』

『あ、いえ。なんだか嬉《うれ》しくて、ついお名前を呼びたくなってしまって……』

恐ろしくささやかな甘え方《かた》に、ザガンの心臓は一度停止したのかもしれない。それくらいの衝撃《しょうげき》だった。

ガクガクと震《ふる》えながら、それでもザガンは〈魔王〉なのだ。果敢《かかん》に口を開いて返した。

『ネ、フ、ィ』

『はうっ』

一言一句確かめるように、はっきりと区切って呼びかけてみると、今度はネフィが胸を押さえて仰《の》け反《ぞ》った。

――ぐうっ、なんだこの気恥《きは》ずかしさはっ？　呼ぶ方も恥ずかしいじゃないか！

これをただ甘えるような自然さでやってくるのだから、ネフィは恐ろしい。そして愛《いと》おしい。

お互い、ただ意味もなく相手の名前を呼び合っただけだというのに、すでにふたりは満《まん》身創痍《しんそうい》だった。

――駄目《だめ》だ！　なにかしゃべらないと間が持たない！

先ほどのように突発的《とっぱつてき》な事故ではなく、自分から意識してこの状況を作ったというのも緊張《きんちょう》に拍車《はくしゃ》をかけているのだろう。

ザガンは話を逸《そ》らすように裏返った声を上げる。

『ふ、ふふ！　夢の中というのは、なんだ。邪魔《じゃま》も入らないし、よいところだな！』

『そ、そうですよね！』

ネフィもなにか気を紛《まぎ》らわすきっかけを欲《ほっ》していたのだろう。耳の先まで真っ赤にしたまま大げさに頷いた。

それから、どこか不思議そうにつぶやく。

『でも、ザガンさまはなんだか彼女には甘いですよね』

それは純粋《じゅんすい》な疑問であるのと同時に、注意深く観察しなければ聞《き》き逃《のが》してしまうようなほのかな嫉妬《しっと》も混じった声だった。

そんなつもりはまったくなかったザガンはうろたえる。

『えっ、そうか？　他の配下と同じように扱《あつか》ってるつもりだったんだが』

『そんなことないですよ。……そうですね、わたしやフォルに接するときの半分くらいは優《やさ》しいと思います』

『そこまでダダ甘にしていたかっ？』

どこからともなく〝自分たちがダダ甘な自覚はあったんだ……〟という残念そうな思念が伝わってきたような気がしたが、ザガンは追求できなかった。

『いやまあ、あいつ一般人だからな。多少は気をつけてやらんと、うっかりで死なせそうだとは思ってるが……』

あとシャスティル以上に精神的にポンコツなのは明らかなので、できるだけストレスを与《あた》えないようには配慮《はいりょ》していただろう。

しかし納得できる答えではなかったようで、ネフィは不服そうに頬を膨《ふく》らませてザガンの脇《わき》をツンツンと指で突《つ》いてくる。

――やめろなんだその可愛いらしい攻撃は俺の心臓を止めるつもりか！

すでに一度心臓が止まりそうな衝撃を受けているのだ。二度は耐えられまい。

お怒《いか》りというほど苛烈《かれつ》な感情ではなく、それでも不覚にも不服に思ってしまったくらいのささやかな〝ヤキモチ〟は存外に甚大《じんだい》な破壊力《はかいりょく》を伴《ともな》ってザガンを襲《おそ》っていた。

『たぶん、ザガンさまはそれだけのおつもりなのでしょうけれど、それならセルフィさんにももう少しお優しいと思うんです』

『あー、そういえばあいつも一般人《いっぱんじん》だったな……』

なんというか、あっちの人魚はタフな精神をしているというか、雑に扱っても死にはしないだろうという安心感があった。

もうひとり、一般人というほど一般人ではないが、ザガンが甘く扱っている人間に黒花《くろか》がいる。ただ、彼女の場合は〝ラーファエルの娘《むすめ》〟という明確な理由がある。だからネフィも不服に思いはしなかったのだろう。

言われてみれば、確かにザガンにはあの娘に甘くする理由がなかった。

初対面のとき、一般人でありながら〈魔王〉に啖呵《たんか》を切った度胸が気に入ったという理由はあるが、それならむしろ他の配下と同じ扱いをしていたはずだ。

自覚のない事実を指摘され、ザガンは少し考えてからこう言った。

『なぜと言われたら困るのだが、なんというかあれは初めて会った気がしなくてな』

ネフィに指摘されるまで考えもしなかったが、自分の感情のようなものを言葉にするとそうなる。

説明が曖昧《あいまい》過ぎたせいか、ネフィは驚いたように目を見開く。ザガンも自分の言葉足らずを自覚して補足した。

『ああっと……あれだ、裏路地の兄弟どもを見たような感覚というか……』

『ああ、なるほど……』

ようやく納得のいく返事が聞けたようで、ネフィは頷いた。

『そういえば、リゼットさんにも同じような反応をされていましたね』

リゼットというのは幼馴染《おさななじ》みのステラが拾った浮浪児《ふろうじ》である。ザガンが直接会ったのは一度だけだが、裏路地の兄弟と知って確かに甘く接していたような気がする。

　ネフィが不思議そうに言う。

『ザガンさまのご兄弟にはそういった方が多かったのですか？』

『まあ、弱いくせに態度だけはデカいガキばかりだったからな。だが自分が弱いことも自覚しているから、みんなケンカしながら肩を寄せ合って生きていた』

　もちろん中には気の弱い者だっていたし人付き合いの上手い者もいたが、みんな誰かに裏切られたり捨てられたりしてゴミ溜《た》めにいた。だから個人差はあれど、表の人間など絶対に信用しないという尖った気持ちを持っていたのだ。

　ザガンはこんな性格ゆえに傍《そば》にいてくれる者は少なかったが、それでもマルクとステラのふたりはいてくれた。

　思い返してみれば、震えながらザガンに啖呵を切った姿に、裏路地の兄弟たちを重ねてしまったのかもしれない。

　それから、ザガンもネフィに問いかけてみる。

『やはり、ネフィもそういうことは気にするのだな。その、他の娘に甘くしたりすると』

『ひうっ？』

　ようやく自分がなにを口走っていたのか自覚したのだろう。ネフィは耳の先からほっぺたまで真っ赤に染めた。

『あうっ、その、申し訳ありません。そんなつもりじゃ……』

『なかなか悪くない心地だった。たまにはこういうのもやってもらいたい。その、ヤキモチというかを、だな……』

ネフィが耐えられなくなったように顔を覆《おお》う。

『ザガンさま、いじわるです……』

それでも、指の隙間《すきま》から瞳《ひとみ》を覗かせて、怖ず怖ずと言う。

『でも、先ほど思ったのですが、もしかしてザガンさまは、実際に彼女とお会いになったことがあるのではないでしょうか？』

それがどういう意味なのか察して、ザガンは空を見上げた。

『……父親の話か？』

リュカオーンの英雄《えいゆう》〝銀眼《ぎんがん》の王〟——なんでも、それがザガンの父親の名らしい。確かに同じリュカオーン出身のあの娘と、どこかで接点があってもおかしくはないが……。

『物心ついたときにはゴミ溜めにいたからな。さすがに覚えはないが……』

『そう、ですよね……。わたしも、お母さまとお会いしたときはそもそも母親というのがどういうものかわかりませんでしたし……』

『ああ。俺だってその父親とやらと会ったとしても、それとわかるとは思えんからな』

しみじみと頷きあっていると、空が『世知辛《せちがら》いからやめろ』と言わんばかりに曇《くも》った。

と、そこでポタッと顔になにかがかかる。

『……む？　雨か？』

『いけない、洗濯物《せんたくもの》が――』

ガバリと身を起こして、ネフィは我に返る。

『そうでした。夢の中だったんですよね』

夜までは普通に過ごした記憶もあるのだ。本日の洗濯物はきちんと取り込まれて畳《たた》まれたあとだろう。

恥《は》じらうように頬を赤くして、コツンと自分の頭を叩《たた》いて見せる。

その可愛い仕草はなんなのか。ザガンの心臓が破裂《はれつ》させるつもりか。いや、もっと見せてほしくもあるのだが、ちょっといまは耐えられそうにない。

そんな慌てる嫁《よめ》の姿は愛くるしくて、ザガンはそのまま天に召《め》されそうになるが……。

『ひゃっっっ？』

『うわわわ、なんだと？』

降ってきた雨は、突然滝《とつぜんたき》のように勢いを増した。

バケツをひっくり返したような豪雨《ごうう》になって、ザガンも慌てて立ち上がる。

『建物の中に入るぞ、ネ、フィ……？』

『はい、ザガンさま……っ？』

言いかけて、ザガンは唖然《あぜん》とした。

そこに学び舎らしき建物はなかった。

いや、建物だけではない。ネフィが寄りかかっていた大樹も、足下の草花も、なにもかもだ。

代わりにギイ、ギイと軋《きし》む濡《ぬ》れた床《ゆか》。破れた帆《ほ》に勝手に回る操舵輪《そうだりん》。

いつの間にか、ザガンとネフィは嵐《あらし》の中の船にいた。

◇

『こ、ここはいったい……？』

『ネフィよ、ここは危険だ。船の中に入るぞ！』

船は大きく揺《ゆ》れていて、甲板《かんぱん》には波が乗《の》り越《こ》えてきている。夢の中とは思えぬほど風も冷たく、ここで海に投げ出されたらただではすまないだろう。

——夢の中とはいえ、精神が死ねば現実にも死にかねない。

魔術《まじゅつ》の中には、そうしたものも存在するのだ。夢を殺して標的を廃人《はいじん》にするというもので、それなりの魔術師でも抵抗できずに殺されることになる。

すぐさま上着のボタンを外してローブのように広げ、ネフィを腕の中へと保護する。

しかし、船内への扉《とびら》はどこにあるのか。空は暗雲に覆われていて、昼か夜かも定かではない。視界も利《き》かず、下手に動けば海へ転落しそうでさえあった。

そんなときだった。

『——こっちなのですわ！』

少し離《はな》れた位置から、そんな声が聞こえた。

声の方向に顔を向けてみると、甲板から一段下がったような部分から明かりがもれていた。そこに手招きする小さな人影《ひとかげ》も見える。

『あそこだ。行くぞネフィ』

『はい、ザガンさま』

誰かは知らないが、ザガンとネフィはそちらに向かって足を進める。

とはいえ、揺れる甲板を走れるはずもなく、何度も転びそうになりながらなんとか扉の中へと転がり込んだ。

『クスクス、ご無事でなによりですわ』

そこで相手の顔を見て、ネフィが目を丸くする。

『アルシエラさま？』

ザガンたちを船内に迎《むか》え入《い》れたのは、吸血鬼《きゅうけつき》の少女だった。

――そういえばこいつ、元は夢魔《むま》らしかったな……。

しかし夢の中であるせいか、服装はいつものドレスではない。艶《あで》やかな赤の着物――リュカオーンのユ・カッタとかいう民族衣装の一種をまとっている。

ただ、船の中であるせいか、いつもよりもさらに青い顔をしている。

――夜の一族は流水が苦手とかいう話だが、そのせいか？

夢の中でも影響《えいきょう》を免《まぬが》れないものなのだろうか。いぶかるザガンに気付かなかったのか、少女は金色の扇子《せんす》を広げて口元を覆うとホッとしたように言う。

『貴兄《きけい》ともあろうお方が危ないところでしたわね、ザガンさま』

その言葉に、ザガンとネフィは『ん？』と声をもらして首を傾げた。

それから、ザガンは納得《なっとく》して頷く。

『ああ、リリスか。ご苦労だったな』

『なんでわかるのっ？』

演技（？）も忘れて少女――アルシエラの姿をしたリリスは愕然《がくぜん》とした声をあげる。

ネフィが仕方なさそうに微笑《ほほえ》む。

『アルシエラさまはザガンさまのことを〝銀眼の王さま〟とお呼びしますから』

『それにやつの笑い方はもっとふてぶてしいぞ？』

さらに付け加えるなら、他人の夢の中に入ってこられる者などリリスくらいのものである。アルシエラにもできる可能性は高いが、これが本人でない以上、他はあり得ない。

『あう……』

頭を抱《かか》えて〝アルシエラ〟はへたり込む。服装もリュカオーン風なので、これをいつものアルシエラだと思えと言われても無理な話だった。

『まさかネフィ嬢《じょう》にも見破られるだなんて……』

『よくわからんが、そのふざけた変装は止《や》めたらどうだ？　話しにくいんだが』

ザガンはそう諭《さと》すが〝アルシエラ〟は首を横に振《ふ》る。

『そういうわけにはいきませんの。あたくしが間借りできそうな配役が、御方《おんかた》しかいらっしゃらなくて』

『配役だと？』

『……順を追って、お話ししますわ』

頷こうとして、腕の中のネフィが震えていることに気付く。大波と雨に濡れて、体が冷えてしまったのだ。

『その前に、なにか着替《きが》えはないか？』

『確かに、そうですわね。こちらに衣装がありますわ』

〝アルシエラ〟はなにもない船内の壁《かべ》を、唐突《とうとつ》にこじ開ける。その向こうは、どういうわけかクローゼットになっていた。船のことは詳《くわ》しくないが、ザガンでもさすがにこれはないということはわかる。

『夢の中だけあって、めちゃくちゃくちゃだな』

『……ええ。めちゃくちゃになっているのですわ』

本物をなぞらえているつもりなのか、ずいぶんと重たい口調だった。

ひとまず、クローゼットの中には大量の衣服が収められていた。町人のような飾《かざ》り気《け》のないシャツとズボンもあれば聖騎士の礼服、他にはいま身に着けている礼服もどきと同じものも入っていて、まったく統一性がない。

そんな中、見覚えのあるものを見つけることができた。

『ふむ、まあそれはこれもあるか』

ザガンが手に取ったのは、普段から身に着けているローブとマントだった。この礼服もどきもまあ楽しめた方ではあるが、やはり普段の服装が一番安心できるというものだ。

そうして羽織ろうとすると、ネフィが声を上げた。

『あ！』

『どうした？』

『あ、いえ……その、よろしければ、そのお召し物《もの》を着てみたい、です』

ツンと尖った耳の先を真っ赤に、どころかぷるぷると震わせてネフィは言う。この耳の反応を見ると、どうやら相当勇気を振り絞《しぼ》った訴《うった》えのようである。

『それはかまわんが、よいのか？　他にちゃんとした服もあるぞ？』

『いえ、それがいい、んです……』

『わ、わかった。使うがよい』

そう言って手渡《てわた》すと、ネフィはいそいそとローブを羽織ってみせる。

『ふわ、大きいです』

それはそうだろう。袖《そで》も完全に持て余していて指先すら見えない。せいぜい折れた袖の形からそこに手があるのがわかる程度だ。

にも拘《かか》わらず、ネフィは嬉しそうにその袖を頬に当てて微笑む。

『ふふふ、一度着てみたかったんです』

『そ、そうなのか？』

『はい！』

明らかに不格好なはずなのに、ぶかぶかのローブを着込んで満足そうなネフィを見ると
なにも言えなかった。下に着ているのはあの礼服もどきなので、ときおりローブの隙間か
らまぶしい太ももが垣間見《かいまみ》えてしまう。

——なんだこの胸の高鳴りは！

もしここにゴメリばあちゃんがいれば『これはなんと高度な愛《め》で力か！』とかのたまい
つつ鼻血を噴出《ふんしゅつ》させていそうな光景である。

やはり、世界は広い。ザガンの知らない幸福がいくらでもある。

ローブはネフィに譲《ゆず》ってしまった。他になにかよさそうなものはないかと探して、ふと
目に留まったのは黒い燕尾服《えんびふく》だった。

『む、これは……』

『あ……』

いつもラーファエルが着ているような執事服だ。

なのだが、なぜかネフィが食い入るように見つめていた。

『ああっと、たまには気分を変えて、こういうのでも着てみるか』

『いいんですか？』

ネフィの声には明らかな期待の色がこもっていた。

――ネフィからなにかをねだられるのって、なんか新鮮だな……。

正直、この衣装のどこに惹《ひ》かれたのかはわからないが、嫁の要望ともなれば断る理由はない。素早《すばや》く袖を通して着替《きか》えると、ザガンはネフィに向き直る。

『ど、どうだ……？』

『すごく、お似合いです……！』

『ならよかった。自分では善《よ》し悪《あ》しがわからんからな』

何気なくつぶやくと、ネフィは毅然《きぜん》とした表情で口を開く。

『恐れながら申し上げますと、ザガンさまの衣服はいつもゆったりしたものばかりです。そこにこの燕尾服は引《ひ》き締《し》まっていて、大変新鮮なんです』

思わぬ力説に、ザガンは気圧《けお》された。

――確かにネフィの侍女《じじょ》服もいつも胸が高鳴るくらい可愛《かわい》いしな。

いまのネフィがザガンの服装を見た感想というのも、それと同じようなことなのかもしれない。

『そ、そうか……？　ネフィも、よく似合っているぞ。まさか魔術師の野暮《やぼ》ったいローブが、ネフィが着るだけでこうも激変するとは思わなかった』

『はうぅっ』

素直な感想を口に出すと、ネフィも胸を押さえて蹲《うずくま》る。

普段の衣服を取《と》り替えたようなものだが、それだけで〈魔王《まおう》〉とその嫁はどうしようもないくらい一喜《いっき》一憂《いちゆう》していた。

そんな自分たちを〝アルシエラ〟が世界から隔離《かくり》されたかのように眺《なが》めていることに気づき、ザガンとネフィは慌《あわ》てて離れた。

『う、うむ！　着替えは申し分ない。褒《ほ》めてつかわすぞ』

『あ、はい』

死んだ魚のような目をしていた〝アルシエラ〟は、気を取り直すように頭《かぶり》を振ってから口を開く。

『まず、ここが〝夢〟の中というのは王たちもすでにお気づきですわね？』

『ああ。俺とネフィの夢を繋いだのか？』

『その通りなのですわ。ただ……』

〝アルシエラ〟は屈辱《くつじょく》さえ滲《にじ》んだ声で続ける。

『おふたりの夢を繋いだ拍子《ひょうし》に、なにか〝異物〟が混入したようなのですわ』

『異物だと？』

『ええ。正体はわかりませんけれど、おふたりの〝夢〟に他の誰かが迷い込んできたのですわ』

夢という世界の常識がどのようなものなのかわからないが〝アルシエラ〟の様子を見た限りではよくないことのようだ。

しかし具体的にはどういうことなのか。

『お前以外の夢魔《サキュバス》が干渉《かんしょう》してきたということか？』

確かめるように問いかけると〝アルシエラ〟は首を横に振った。

『こんな下手くそな繋ぎ方をする夢魔がいたら、それこそ夢魔失格なのですわ』

言ってから、悔《くや》しげに扇子を握《にぎ》り締《し》める。

『にも拘わらず、夢魔の姫《ひめ》であるこのあたくしの夢に土足で踏《ふ》み入るだけの力がある。意味がわかりませんわ』

『あり得んようなことなのか？』

『あり得ないことですわ。……そうですわね、王さまにたとえるなら魔術のまの字も知らないのに〈魔王〉並みの力がある者が王さまの結界を破った、という感じですかしら』

『なるほど、確かにあり得んな』

〈魔王〉の力というなら〈魔王の刻印〉を継承《けいしょう》すればいいという話になるが、これは魔族すら平伏《ひれふ》すような魔力の塊《かたまり》なのだ。こんなものを一般人が与えられたら体よりも先に精神が壊《こわ》れて廃人になるだろう。

加えて魔術というのは難解な数式のようなもので、力尽《ちからず》くで破るというのは『俺《おれ》の計算式だと一足す一は百なんだよ』と言い張るようなものだ。それを押し通《とお》すには王族と平民ほどの力の差が必要になる。身勝手な法に従わせるということなのだから。

当然〈魔王〉同士ほど力が拮抗《きっこう》した相手にできるわけもない。

どうやら、それでこの〝アルシエラ〟は夢の中なのにこんな渋《しぶ》い顔をしているらしい。

『そしてもうひとつ厄介《やっかい》なのが、どうもこの〝異物〟が見ているのは悪夢らしいということなのですわ』

『まあ、アルシエラが出ているのによい夢ということはないだろうな』

外は嵐で船員の姿すら見当たらない。いつ沈《しず》んでもおかしくない……どころか沈没《ちんぼつ》していないのが不思議なくらいである。そんな船を舞台《ぶたい》に悪夢以外の夢を見ろといっても無理な話だろう。

ネフィが怖《お》ず怖ずと問いかける。

『悪夢だとなにが問題なのですか？』

『……あたくしたち夢魔が見せる悪夢とは、本来相手を攻撃するためのものなのですわ』

夢魔は相手の夢に干渉して精気を得る種族である。彼女たちを怒《おこ》らせた場合、夢の中で殺されることになる。それが〝アルシエラ〟のいう悪夢ということだ。

それはつまり、一流の魔術師《まじゅつし》が生涯《しょうがい》をかけてたどり着くような力を、彼女たちは生まれながらに持っているということになる。魔術師にとっては生きた宝石のようなものだ。

――夢魔が絶滅《ぜつめつ》寸前の希少種になるわけだな。

リリスとてザガンの庇護《ひご》がなければ、リュカオーンから一歩も外に出ることはできなかったことだろう。

言いにくそうに〝アルシエラ〟は続ける。

『加えて、この夢の主は無駄《むだ》に力が強いものですから下手に干渉すると夢そのものを壊してしまいかねませんの。……もし夢を壊してしまったら、相手はただではすみませんわ』

死ぬということだろう。

それでいて、その言葉からは恐怖《きょうふ》や怒りではなく、いたわりのようなものを感じた。

——ああ、意図せず相手の夢を壊すというのは、夢魔には恥《はじ》なのだな。

誰かを助けようとして、助けられなかったときの後悔《こうかい》と同じだ。

確かめるように、ザガンは問いかける。

『では、その姿もこの夢の持ち主への配慮か？』

『ええ。どうやら御方《おんかた》と面識のある方のようですわ。それでいて、この悪夢の中でずいぶん重要な位置づけだったようなのですわね』

まあ、普通に考えたら吸血鬼と関《かか》わるなどそれだけで悪夢だろう。

『つまり、ただでさえ異常《イレギュラー》な事態だから夢への干渉を極力減らす必要があるわけか』

『ええ。これでも夢の中の夢魔というものは、姿を見ただけで相手を魅了《みりょう》してしまうくらいには力がありますもの』

『それはつまり、わたしやザガンさままでも影響を受けるということですか？』

ネフィが恐《おそ》る恐る問いかけると〝アルシエラ〟は目を丸くした。それから苦笑《くしょう》してぱたぱたと手を振った。

『あー、ないない。……じゃなくて、あり得ませんわ。そんなにぺったりくっついてるおふたりの間に、どうやって割って入ればいいんですの？』

思わず素が出るほどの即答《そくとう》に、ザガンとネフィは激しくうろたえた。

『そ、そそっそそこまでぺったりとはくっついておらんぞっ？』

『そ、そそっそうですよ！　ちゃんと節度を持ってというか！』

こいつらなに言ってんのと言わんばかりに〝アルシエラ〟は目を細めるが、コホンと咳《せき》払《ばら》いをして言う。

『あ、いえそのっ、想《おも》い人がいると魅了は極端《きょくたん》に効果が落ちるものなんですの。そういう意味と思っていただければよいのですわ』

あからさまにフォローされ、ザガンとネフィは顔を覆った。

それから、話を元に戻《もど》すように〝アルシエラ〟は頭を振ると、申し訳なさそうにぺこりと頭を下げる。

『申し訳ありませんわ。おふたりでくつろいでもらうための夢でしたのに……あたくしが至らぬばかりに、余計なお世話になってしまいましたわ』

この姿でしおらしい表情をされると、どうにも調子が狂《くる》ってしまうのでやめてもらいたいところだが。

それから、この少女にしては珍しく毅然とした態度で言う。

『ですがご安心くださいまし。最悪でもおふたりは無事にお返しするのですわ』

　余計なことと言えばその通りなのかもしれないが、それでもネフィとの時間を恋《こい》しく思っていたザガンにこんな時間を与えてくれたのだ。

　だからザガンは素直に感謝を返した。

『気にするな。久しぶりにネフィとゆっくりした時間を得られた』

『はい。おかげさまで楽しく過ごさせていただきました』

　ふたりでお礼を言うと〝アルシエラ〟は顔を赤くしてそっぽを向く。

『そ、それならよいのですけれど』

　この反応はリリスでもアルシエラでも同じだろう。

　それから、ザガンは気になったことを問いかける。

『そういえば、さっきの夢はなんだったのだ？』

『……？　あたくし、夢の内容までは関知しておりませんわよ？』

『そうなのか？　お前なら好きに操《あやつ》れるものと思っていたが』

〝アルシエラ〟は開いた扇子で口元を覆うと、艶やかに微笑んだ。

『勝手におふたりを夢で会わせただけでも押《お》しつけがましいのに、その上見たい夢まで決めつけるだなんて。夢魔といえど烏滸《おこ》がましいというものではありません?』

ザガンとネフィは感心して頷いた。

『いまのはかなりアルシエラっぽかったな』

『はい。素敵《すてき》でしたよ、リリスさん』

『別に御方《おんかた》の真似をしたわけではありませんのよっ?』

姿形も言動も真似ているのになにが違うのかとは思うが、この少女なりに自分の言葉で語ってくれたということなのだろう。

——ということは、こいつも大人になったらアルシエラみたいになるのか?

大人もなにも向こうは少女の姿のままではあるが、性格というか言動のようなものだ。城ではすっかりポンコツを露呈《ろてい》しているあの吸血鬼だが、初めて会ったころは妖《あや》しくも老獪《ろうかい》で言葉の裏が読めない相手だった。いまではそんな面影《おもかげ》もないが、たかが吸血鬼と侮《あなど》れない畏《おそ》れさえ抱《いだ》いたものだ。

当人が聞いたら『銀眼の王さまに振り回《まわ》されてこうなったのですけれどっ?』と猛抗議《もうこうぎ》してきそうではあるが、ザガンは真面目《まじめ》にそう考えた。

とはいえ〝アルシエラ〟も気にはなったようだ。

『そんなにおかしな夢でしたの？』

『おかしいというか、見たこともないような場所で見たこともないような格好をして、考えもしなかったようなことをしていた』

夢というものは自分の記憶《きおく》を元に構築されているのだという説がある。まったく見たこともなくて思いも寄らない夢というものは、あり得るものなのだろうか？

〝アルシエラ〟は少し考え込んでから口を開く。

『夢というものはあったかもしれない〝可能性〟だという考え方があるのです』

『可能性だと？』

『ええ――もしもあのときこうしていれば――そう思ったことを夢に見るなんてよくある話でありましょう？　そういった〝可能性〟が結合していけば、王さまが言うような思いも寄らぬ夢を作ることもあると思いますわ』

夢に関しては向こうの方が玄人《くろうと》なのだ。ザガンはなるほどと頷《うなず》いた。

――さっきの夢なら〝もしも魔術師なんてものがいなければ〟といったところか。

魔術師としての表現なら〝平行世界〟などとも呼ぶが。

そうしていると〝アルシエラ〟がなにかに引っ張られたようによろめいた。

『あら、どうやら御方《おんかた》の出番が来たようですわ』

夢の中の役を演じなければならないということだ。

『俺たちは姿を見せない方がいいか？』

『ええ。そのようにお願いするのですわ。あたくしは、できるだけ穏便《おんびん》にこの夢を終わらせるのですわ』

そう言い残して〝アルシエラ〟は嵐の中の甲板へと出ていった。

◇

周囲を確かめてみると、船内の通路は狭《せま》い。隠《かく》れるだけなら他の部屋に入るなどの方法もあるが、万が一そこに入ってこられた場合は逃《に》げ場《ば》がなさそうだった。壁の中に現れたクローゼットは、いつの間にか消えている。

——まあ、最悪の場合は壁を破って外に出るか。

退路を確認《かくにん》してから〝アルシエラ〟の向かった先を目で追ってみる。

嵐の甲板に出た〝アルシエラ〟は、手すりから身を乗り出して海を見下ろしている。どうやら誰《だれ》か漂流《ひょうりゅう》でもしているらしい。

しかし外見はアルシエラでも、中身はリリスである。あんなところから身を乗り出しては危ないのではないだろうか。

ハラハラしながら見守っていると〝アルシエラ〟の腕《うで》から無数の鎖《くさり》が這《は》い出《だ》した。

――そういえば、あんな力も持っていたな。

吸血鬼特有のものだろうか。漂流者《ひょうりゅうしゃ》を引っ張り上げるつもりなのだろう。

『あ、ちょっ、待――』

そう、思った瞬間《しゅんかん》〝アルシエラ〟は足を滑《すべ》らせた。

ザガンは知る由もないことだが、このとき本来のアルシエラの体調は最悪の状態で、その姿を借りている〝アルシエラ〟もその状態をなぞらえてしまっているのだった。

そのまま海に転落しそうになるのを見て、ザガンもとっさに手を伸《の》ばす。

『ひえぇっ……って、あれ？』

転落しかけた〝アルシエラ〟は、なぜか元の姿勢に戻っていた。それどころか鎖も引き上げられている。

（慣性操作の魔術でしょうか、ザガンさま？）

（正解だ。ネフィも魔術に慣れてきたな）

ちゃんと理解していたことを、ザガンは師として褒める。

これは力の向きを操作するという魔術だった。大抵《たいてい》の魔術師が肉体強化の次に学ぶようなもので、初級寄りの中級くらいの難易度だ。これを発展させれば星の海まで飛ぶことも可能だと言われている。理論上は、であるが。

いずれにせよ、こうした魔術《まじゅつ》が普通《ふつう》に広まっているため、弓のような飛び道具は意味を失っていったのだ。

――しかし、夢の中でも魔術は使えるのだな。

ローブやマントを持っていないせいか、大がかりなものを使うのは難しそうだが魔術そのものを行使することは可能だ。

〝アルシエラ〟の方はなにが起きたのかわからないといった様子だが、鎖は漂流者を甲板に引き上げていたのだ。慌てて助け起こす。

『大丈夫《だいじょうぶ》ですの？』

『う……うぅっ……』

甲板に投げ出されたのは、十代半ばほどの少年だった。本来のリリスと同年代くらいだろうか。朽葉色《くちばいろ》の髪《かみ》にやつれた頬。波に呑《の》まれたせいかボロボロのズボンとシャツ姿という、小汚《こぎたな》くも哀《あわ》れな容姿である。

〝アルシエラ〟は少年に肩《かた》を貸して船内に戻ろうとするが、少年には意識がない。少女ひとりの力で動かすのは難しく、一歩も動けなかった。

——あいつ、ちゃんとアルシエラの真似《まね》をする気はあるのか？

明らかに配役を間違《まちが》えていると思うが、まあこの夢に他の登場人物が存在しなかったのだろう。

さすがに見かねたようで、今度はネフィが腕を伸ばす。

（……見ていられません。助けてあげてもよいでしょうか、リガンさま？）

（ああ、頼《たの》む）

ネフィがそっと意識を集中すると降りしきる雨が勢いを緩《ゆる》め、突風《とっぷう》が〝アルシエラ〟の背中を押す。

魔法である。やはり夢の中でも使えるようだ。

よろけながら……というよりもう風に吹《ふ》き飛《と》ばされるようにして、着物姿の吸血鬼と少年は船内に転がり込んだ。

ザガンとネフィは見つからぬよう、その直前に傍の部屋へと身を潜《ひそ》める。

こちらは船員用の部屋だろうか。三段も重ねられたベッドに小さなテーブルがあるだけの狭いものだ。窓際《まどぎわ》には乗組員の制服らしき衣装や外套《がいとう》などがかけられている。

（……なんだか、ザガンさまがリリスさんを放っておけない気持ちがわかりました）

呆《あき》れたような、それでいて同情するような、なんとも言えない声音《こわね》だった。ある意味シヤスティルよりもポンコツなので当然といえば当然だろう。

――いや、同じポンコツでもリリスの場合は身体的なスペックが低すぎるせいか。

非魔術師であり、本領を発揮するのも夢の中というリリスは、身体的な能力が極《きわ》めて低い。まあ、一般人《いっぱんじん》としては普通なのだろうが、アルシエラのような超人《ちょうじん》の身体能力というものに感覚が追いついていないのだろう。

本人はそういった欠点も克服《こくふく》しようと努力しているようには見えるので、余計に涙《なみだ》ぐましい。ネフィでも放っておけなくなるわけである。まあ、本来のアルシエラが流水の上で不調というのもなくはないかもしれないが。

ネフィと頷き合っていると、少年も意識を取り戻したようだ。

『うぅ……、な、なんだ、お前は……？』

『あらあら、命の恩人にずいぶんな挨拶《あいさつ》ですのね。貴兄は漂流していましたのよ？』

『え、あ……。助けて、くれたのか？』

口調だけはなんとか再現できているようで、それらしく話は進んでいく。

『――じゃあ、この船は幽霊船《ゆうれいせん》だってのか？』

『クスクス、あくまでそんな噂《うわさ》があるというだけの話なのですわ。でも、誰もいないのは事実なのですわ』

そんな会話が聞こえて、ザガンとネフィは顔を見合わせた。

（誰もいないということは、わたしたちが見つかると困ったことになるでしょうか？）

（だろうな。ここでなにがあったのかは知らんが、犯人かなにかと思われるかもしれん）

見つからない方がいいとは言われたが、こうも深刻な話だとは思わなかった。

そういう設定はきちんと説明しておいてもらいたいが、現在はリリスにとっても不測の事態らしい。本人も夢の設定までは把握《はあく》していなかったのかもしれない。

そんなことを話していると〝アルシエラ〟と少年はザガンたちのいる部屋へと近づいてくる。

（おっと、これはマズいな。ネフィ、しっかり摑《つか》まっていろ）

（はい、ザガンさま）

ザガンはネフィを抱えると、そのまま天井《てんじょう》へ張り付くように浮遊《ふゆう》する。

〝アルシエラ〟たちはそんなふたりに気付くこともなく部屋に入ると、窓際の外套を手に取る。

『これでも着るとよいのですわ』

どうやら凍《こご》えた少年に上着を探してあげていたらしい。

なのだが、少年はそれを受け取ると袖を通すことなく〝アルシエラ〟の肩にかける。

『お前だってずぶ濡《ぬ》れだろ』

『え、あ……ええっと、あたくしは平気なのですけれど……』

予期せぬ反応だったのか〝アルシエラ〟はしどろもどろになる。

『そ、そんなふうには見えねえよ。ほら、着とけって』

少年の方も照れを感じてしまったのか、にわかに顔を赤くしていた。

――お前それ絶対アルシエラ本人の反応《リアクション》ではないだろう。

いろいろとイメージを壊していそうな気がするが大丈夫《だいじょうぶ》だろうか。悪夢どころかゴメリが大喜びしそうな話になりつつあるのだが……。

少年が〝アルシエラ〟の手を引き出ていくのを見送って、ネフィもほっと息をつく。

（なんとか見つからずに済みましたね）

（ああ。……しかしあいつ、大丈夫か？　最後までアルシエラを演じられるようには見えんのだが）

というかすでに破綻《はたん》しているような気さえする。

ネフィはおかしそうに笑った。

（でも、無人島でのシャスティルさんとバルバロスさまを見ているようで、なんだか楽しかったです）

リュカオーンに行ったときのことだ。珍《めずら》しくシャスティルがバルバロスに本気で怒ったことがあった。それが仲直りする様子を、シャスティル配下の聖騎士《せいきし》たちと見守《出歯亀》ったのはいい思い出である。

まあ、微笑ましいものを見ている気持ちになれたのは事実だ。

ザガンも頷いて笑い返す。

（では、あのときと同じように遠目に見守るとするか）

（はい）

その後、一刻ばかりかけて船内を調査する〝アルシエラ〟たちだったが、中身がポンコツ化したせいか、幽霊船だの悪夢だのといった雰囲気《ふんいき》は感じられなかった。

道中、なぜか固定されているはずの棚《たな》が突然倒《とつぜんたお》れてきたり、誰も触《ふ》れていないナイフが飛んできたりもした――黒花の不運体質でも伝染《でんせん》したのか――が、そのあたりも〝アルシエラ〟たちが気付く前にザガンとネフィで止めてやった。

そうしているうちに、やがて事件（？）の犯人を突《つ》き止めたようだ。

船内食堂の中央で、堂々とワイングラスを掲《かか》げる男と対峙《たいじ》する。

『楽しんでいただけましたかな？　我《わ》が船の催《もよお》しは』

『ふざけるな！　なにが催しだ。なんでこいつを狙《ねら》うんだよ！』

ついつい微笑ましく見守っていたが、どうやら犯人の狙いは〝アルシエラ〟だったらしい。ポンコツを露呈しているのかと思ってちょこちょこ助けていたため、ザガンも気付かなかった。

（リリスさん、大丈夫でしょうか？）

（ああっと、そうだな……助けた方がいいか？）

実際のアルシエラがこんなところで窮地《きゅうち》に追い込まれるとは思えないが、いまの中身はリリスなのだ。変なところで悪夢になられても困る。

（ちょっと行ってくる）

そう言ってザガンが紡《つむ》いだのは、かつて〈魔王〉アンドレアルフスが使った時間停止の魔術――名を〈虚空《こくう》〉という――だった。

時間停止といっても、ゆっくりと時間は流れているのだ。この状態でぶつかると、周囲のものは〝音速を遙《はる》かに超《こ》える程度〟には尋常《じんじょう》ではない速度で接触《せっしょく》されたことになってしまう。ザガンは船に損害を与《あた》えぬよう、慎重《しんちょう》な足取りで男の前に立つ。

滑稽《こっけい》なくらい余裕《よゆう》の笑《え》みを浮《う》かべるその顔を、撫《な》でる程度にポンと横から叩《たた》く。

頭部が潰《つぶ》れないように手加減はしたが、この時点で男の脳は衝撃《しょうげき》で破裂《はれつ》している。時間が動き始めれば、反対側の耳から中身を全《すべ》て噴出させることになる。

ただ、それを直視《み》させると〝アルシエラ〟の精神が無事か不安だ。

もう少し手を加えてやった方がいいかと周囲を確かめてみると、ちょうど〝アルシエラ〟が扇子を取り落としていた。

――これを投げたように見せておけばいいか。

ザガンはそれを手に取ると、ぽいっと男の胸に向けて放った。

撫でただけで脳が爆《は》ぜるような空間である。この扇子もザガンが全力で投げつけた石ころくらいの威力《いりよく》にはなるだろう。

全ての脅威《きようい》を排除《はいじよ》できたことを確かめて、ザガンはネフィの隣《となり》に戻る。

そして、〈虚空〉を解いた。


キュドンッと凄《すさ》まじい音を立てて、男もろとも食堂の半分が吹き飛んだ。

時間停止状態で投げた扇子というのは、ザガンの想像よりも少々破壊的《はかいてき》だったらしい。

『『へ……？』』

少年と〝アルシエラ〟が愕然とする。

（ザガンさま、少しやり過ぎたのでは……？）

（あー……。いや、本物のアルシエラならきっとこれくらいするだろう。うん）

他人の夢をメチャクチャにしてしまったような気はしたが、ザガンは平静を装《よそお》ってそう言った。

しかし破壊《はかい》は食堂だけに収まらず、空間そのものにまで亀裂《きれつ》を広げていく。

――あ、これはさすがにマズいか……？

そう思って、違《ちが》うと気付く。

（ふむ。どうやら〝夢〟から覚めるようだな）

とんでもない夢を見せて、本人が飛び起きたといったところだろうか。そんな夢を見せたとあっては、あとでリリスが落ち込みそうだが。

〝アルシエラ〟の姿も崩《くず》れていき、リリス本来の姿が見えてくる。そんな光景に少年もうろたえる声を上げた。

『お、おい。なにがどうなってるんだ？』

『大丈夫。これはただの夢よ。目が覚めたら覚えてもいない、ただの悪い夢』

悪い夢というより変な夢だろうとは思うが、ザガンも空気を読んで黙《だま》っておいた。

それから、リリスは少年に微笑みかける。

『ほら、もう悪い夢はお終《しま》い。自分のところに帰りなさい』

そんな言葉に、少年は途方《とほう》に暮れたように立《た》ち尽《つ》くした。

『帰る、ところ……？』

まるで見当が付かないというような声を残して、夢の世界は消えていった。

そこで目覚めたザガンたちは、見ることができなかった。

少年の背後から、この世の終わりのような闇《やみ》が押し寄《よ》せるのを。

そして、そんな少年を引き戻すように、リリスが腕を伸ばしたのを――

◇

ザガン城玉座の間。ザガンは目を覚ますと軽く伸びをした。

「ふむ。なかなか目覚めがいいな」

幸いというか、夢の中の出来事はちゃんと覚えていられた。ネフィともいっしょに過ごせたし、おもしろい見世物も楽しませてもらった。

「あとでリリスのやつに褒美《ほうび》を取らせてやらねばな」

あの少女が城内で配下たちの欲求不満を解消する商売をしているのは把握している。だが、ザガンはその対価に精気を支払《しはら》うどころか、これは恐らく供給されているのだろう。

それほど自分に尽くした配下ならば、労《ねぎら》わぬわけにはいかない。

なにを与えたものか思案していると、玉座の間の扉《とびら》が叩かれた。

「王よ。お目覚めか？」

「ラーファエルか。どうした？」

ネフィかと思えばラーファエルだった。まだ早朝で、朝食には早い。

扉を開けると、ラーファエルは鋭《するど》く警戒《けいかい》する表情をしていた。

「……今度はなにがあった？」

どうやら昨晩の家族会議とは違う意味で、ただ事ではなさそうだ。ザガンも気を引き締めて先を促《うなが》す。

ラーファエルは、小さく呼吸を整えてこう告げた。

「客だ」

それは端的《たんてき》で、あまりに衝撃的《しょうげきてき》なひと言だった。

「……なんだと？」

ザガンは我が耳を疑った。

なぜなら、ザガン自身がそれを知覚できていなかったからだ。

この城と周辺の森には、ザガンの領地としての結界が張《は》り巡《めぐ》らせてある。それは単に魔術師の力を増すだけでなく、侵入者《しんにゅうしゃ》を感知する機能も備えてあった。フォルやラーファエルが遠方の侵入者を認識《にんしき》できるのもこの結界の恩恵《おんけい》である。

寝起《ねお》きとはいえ、その結界がラーファエルの言う〝客〟の存在を認識しなかった。

――ビフロンスあたりの侵入《しんにゅう》さえ見逃《みのが》さない結界なんだがな……。

ビフロンスがその身を崩して霧状《きりじょう》の塵《ちり》となって侵入したことがあったが、それでも侵入自体は感知していたのだ。

つまり、これは結界という分野に於《お》いてビフロンスすら凌《しの》ぐ存在ということである。

「何者だ」

「名は名乗らなかった。まずは王に会わせよと要求している」

呆れるほどに傲慢《ごうまん》だが、それに見合う力は持っていると評価せざるを得ない。

――そんなのに暴れられると配下に犠牲《ぎせい》が出るか。

魔術師とはいえ、他人の領地に乗り込んでおいて名乗らぬ方も、それを王に取り次ぐ者も常識外れではあるが、この場に於いてはラーファエルの判断は正しい。

「わかった。ここに通せ」

「御意《ぎょい》。……我らはどう備える？」

「不要だ。どうせ相手は〈魔王〉だからな」

〈魔王〉の相手は〈魔王〉が務める他あるまい。

そう答えたときだった。

「ギキキッ、坊《ぼう》やにしては判断が早いわねえ――《魔術師殺し《まじゅつしごろし》》のザガン」


ラーファエルの背後から不気味な影が這い出した。

「――ッ、無礼であるぞ」

ラーファエルはすぐさま左の義手から聖剣《せいけん》を抜《ぬ》けるように身構える。

「かまわん。通してやれ」

いかにラーファエルといえど、〈魔王〉相手にひとりで挑《いど》むのは荷が重い。この忠臣を失うリスクに比べれば、相手の無礼など取るに足らない。

現れたのは仮面をかぶった魔術師だった。分厚いローブで全身を覆《おお》っており、体格すら見て取ることはできない。

銀色の仮面に灯《とも》るひとつだけの光を見て、ザガンは目を細めた。

「単眼種《サイクロプス》……いや、魔眼族《イビルアイ》――なるほど、お前が《魔眼王《まがんおう》》ナベリウスか」

――ラーファエルを止めて正解だったな。

魔眼を持つ種族はいくつか存在するが、これはその中でも最悪の種族だ。いまは人の姿をしているようだが、その正体は球根状の体に巨大《きょだい》な瞳《ひとみ》を持ち、無数の触腕《しょくわん》を生やした異形の魔物である。

なにより厄介なのは、その魔眼だ。

一見するとその魔眼は仮面の奥《おく》に浮かぶひとつに見えるが、彼《かれ》らはその身に十の魔眼を持つと言われている。その全てが異なる異能を有しており、魔術など学ばずともひとりで国ひとつくらいなら楽に滅《ほろ》ぼす。

竜《りゅう》ほどではないにしろ、人知を超えた災厄《さいやく》級の存在だ。

そして種として強力な力を持つ者というのは、ザガンとしては苦手な相手でもある。

――なるほど、魔眼で結界の隙間《すきま》を見つけて入り込んだというわけか。

かつてネフテロスが自身の魔力をぶつけて隙間をこじ開けたことがあった。あれもなかなか人間離《ばな》れした芸当ではあったが、ナベリウスの技量はそれさえも児戯《じぎ》に思えるほどのものだった。正直、同じ魔術師として感服さえする。

ザガンはそんな《魔眼王》の一挙手一投足を見逃さないように見据《みす》えつつ、玉座で足を組み直す。

「久しぶり、と言うべきか、〈魔王〉ナベリウス?」

「どっちでもいいわよう。あのときは、あなたもあたしのことなんて見てる余裕なかったでしょう?」

「アンドレアルフスがでかい面《つら》をしていたからな」

「ギキキッ、彼、強い弱いで言えば間違いなく強かったんだけどねえ……」

その口ぶりから、この〈魔王《まおう》〉もアンドレアルフスが行方《ゆくえ》不明であることを把握しているのだとわかった。

——さて、こいつの目的はなんだ?

まさかアンドレアルフスの仇討《あだう》ちだとか救出だとかなどではないとは思うが、このタイミングでザガンの下を訪《おとず》れる理由が思い当たらない。

ザガンがこの〈魔王〉に対して把握していることは、たったの三つ。

ナベリウスが《魔眼王》と《魔工》という、〈魔王〉としても異例のふたつの通り名を持つ魔術師ということ。

この時期にさして友好的でもないザガンの領地に、わざわざ危険も顧みずに出向く必要があったということ。部下も連れず単身でやってきたのだから、一歩間違えばこの場で殺される危険を冒《おか》しているのだ。

最後に、あのビフロンスやアンドレアルフスでも避《さ》けて通るような〝変人〟らしい、ということである。

ひとまずは会話から情報を得るところから始めねば仕方がないようだ。

ザガンはパチンと指を鳴らす。すると柱の陰《かげ》からひとつの椅子《いす》が出現し、ナベリウスの前に滑る。

同時に、ラーファエルに目を配らせる。

――いまは下がっていろ。

ここでナベリウスが暴れ出すと厄介なことになる。他の配下たちを遠ざけておいた方がいい。あとネフィやフォルに〝変人〟などと呼ばれている魔術師を見せたくない。というかこいつに見られたら汚《よご》されそうでなんか嫌《いや》だ。

ザガンの意図を正確に汲《く》んだラーファエルは静かに頭《こうべ》を垂れると、玉座の間の扉を閉めて退室した。

それを見届けて、ザガンはナベリウスに語りかける。

「まあ、せっかく訪ねてきてくれたのだ。楽にしてくれ」

「あら？　てっきりいきなり襲《おそ》いかかってくるかと思ったのだけれど？」

「その方がいいなら考えるが、目的もわからんやつをいきなり殴《なぐ》るほど俺は野蛮《やばん》ではないつもりだ」

というか、そんな乱暴な男が恋人《こいびと》になったら周囲の人間もドン引きして、結果的にネフィに苦労をかけてしまうではないか。

仮面の向こうの光が、感心したように細められる。

「ギキキッ、たった一年でずいぶんと成長したものねえ。ビフロンスやフルカスもあなたくらい落ち着きを持ってくれれば、あたしも苦労しないで済むのだけれど」

そんな言葉に、ザガンは目を丸くした。

「意外だな。社交辞令を言える〈魔王《まおう》〉がいるとは思わなかった」

「あらあら、酷《ひど》い言われようね。アーティストにはパトロンが大切だもの。リップサービスくらいはするものよう？」

平然と皮肉に皮肉を返してくるあたり、別にケンカを売りに来たわけでもご機嫌《きげん》取りに来たわけでもなさそうである。

――となると、なにかしらの取り引きか？　その場合、俺《おれ》にメリットはないが……。

ザガンはほしいものは自分で手に入れる主義だし、シアカーンたちの件は助けが必要なほど困ってもない。というか、そもそも〈魔王〉は全員始末するつもりだ。ネフィの母親であるオリアスだけは例外だが、アンドレアルフスも最終的には始末するつもりだった。

目の前の魔術師は恐るべき力を持つ〈魔王〉ではあるが、だからといって仲良くするメリットはないのだ。

　決定的なのは、自分から〝アーティスト〟なんて名乗るやつは大抵ロクでもない。関わらないのが吉《きち》である。

　――では始末させてもらうか。のこのこひとりでやってきたんだし。

　ザガンが早くも対応を定めようとすると、そこにくさびを打ち込むようにナベリウスが口を挟《はさ》む。

「ギキキッ、前置きはこれくらいにしておこうかしら。まあ、今日は少し話があって来たのよう。あたしが工房《こうぼう》から出向いたことは誠意だと思ってもらいたいわねえ」

「む……」

　ザガンは嫌そうな顔をした。こう言われると、問答無用で殺すのは問題だ。魔術師としては正しいが、王としては暗愚《あんぐ》である。それはザガンが理想とする王の姿ではない。

　――嫌な誠意だが、まあさすがは〈魔王〉といったところか。

　仕方なくザガンが話を聞く態度を見せると、ナベリウスは仮面の奥ですっと目を細めた。

「〈魔王の刻印〉に空位ができる。あたしたち〈魔王〉はそれを決めなければいけないわ」

これは予想外の言葉で、ザガンはほうと吐息《といき》をもらした。

——確かに次期〈魔王〉の選出は、いまいる〈魔王〉の仕事か。

そう認めつつも、ザガンは疑問を返す。

「ふん。アンドレアルフスの話か？　確かにやつは行方不明ではあるが、殺されたくらいで死にはせんだろう。後釜《あとがま》を探すのは気が早いと思うが？」

「ギキキッ、それは楽観ようザガン。アンドレアルフスはその強さゆえに〈魔王〉筆頭の地位にいた。それがあっさり負けたなんてみなさいよう。誰もついていかないどころか、明日には首を獲《と》られるわよう？」

なるほど、とザガンは自分の無知を認めた。

——まあ、倒《たお》せると知られたら始末したくなるのが魔術師だものな。

アンドレアルフスをおもしろく思わない〈魔王〉もいるだろうし、〈魔王〉の座を狙う魔術師にとっては格好の的である。となればさっさと始末して、他の魔術師に首をすげ替《か》えようとする〈魔王〉が出てきてもおかしくない。

〈魔王〉同士で変な派閥《はばつ》を作られるくらいなら、先に新たな〈魔王〉を選出した方がまだマシである。

思えば、シアカーンを始末すると言ったアンドレアルフスは、それを最後の仕事にするつもりだったのかもしれない。あの時点ですでにザガンに敗れた身だったのだから。

ステラに聖剣を譲《ゆず》ったのも、ザガンに思い出話をしに来たのも、〈魔王〉の座を退く前の身辺整理だったとも受け取れる。

それはわかるが、解《げ》せない。

「事態は理解したが、そうなるとなぜ俺に話を持ちかけに来た？　いまアンドレアルフスの〈刻印〉を持っている者がいるとしたら、シアカーンだ」

成り行きはともかくとして〈魔王の刻印〉の持ち主を定めるなら、現所有者に話を通すのが筋だろう。

なのだが、ナベリウスはおかしそうに笑った。

「アンドレアルフスのは、ね」

ザガンはようやく表情を険しくした。確かにナベリウスはひと言もアンドレアルフスの話だとは言っていない。

「……他にも空位が出たのか？」

「さて、空位で済めばいいのだけれど、最悪喪失《そうしつ》まで視野に入れておいた方がいいような話でねえ」

どうやらナベリウスにとっても不本意な事態らしく、小さなため息をもらした。

——他にも〈魔王〉が落とされたのか？

聖騎士……という線はないだろう。十二人揃《そろ》って戦略を練れば確かに可能性はあるが、ラーファエルはザガンの手元にいてシャスティルも動いていない。ミヒャエルことアンドレアルフスは行方知れずで、ステラも聖騎士たちからは距離《きより》を置いているようだった。

残った聖騎士長で〈魔王〉を取れるかと言えば、奇策《きさく》を用いてもまず無理だ。

そうなると〈魔王〉同士の諍《いさか》いか、もしくは寿命《じゆみよう》か。ザガンも他の〈魔王〉の名前と通り名くらいは把握しているが、個人として知っているわけではないのだ。それにナベリウスの話では〈刻印〉そのものが失われかねないというし、さすがに想像がつかなかった。

だが、それでもやはり同じ疑問に行き着く。

「そいつは大事だが、それでなぜ俺のところに来ることになるのだ？　俺が貴様を含《ふく》めた他の〈魔王〉を消したがっていることに、気付いていないわけでもあるまい？」

たった一年にも満たぬ間に〈魔王〉のうち三席と交戦して、これを退けているのだ。ついでに言うとナベリウスが訪ねてきた時点で、ザガンはしこたま殺気をぶつけている。これで警戒しないほど〈魔王〉は無能ではない。

ナベリウスはそのセリフが聞きたかったと言わんばかりに目を細めた。

「それはあなたが前の魔王候補を揃って抱き込んじゃったからじゃない。噂じゃデカラビアまで引き入れたって聞いてるわよう？」

言われてみれば、確かにザガンと同期の魔王候補は全員ザガンが召《め》し抱《かか》えたことになる。あれからたった一年しか経《た》っていないのだから、当時の魔王候補から次の〈魔王〉を選ぶのが妥当《だとう》だろう。

なのだが、ザガンは眉《まゆ》をひそめて返した。

「デカラビア……？　ああ、あいつなら殺した。蘇生《そせい》も不可能だと思うぞ」

ザガンが真顔で答えると、ナベリウスは一瞬《いっしゅん》目を丸くした。

――デカラビア、の方は殺した上にフォルに喰《く》われたからな。

デカラビアの存在は〈王の銀眼〉からも消滅《しょうめつ》し、肉体も精神もステラに戻《もど》ったのだ。あれを蘇生するなどハイエルフどころか、本物の神でも不可能である。不死者のような不完全な形でもあり得ない。

ナベリウスはザガンの心でも見るように目を細めるが、やがて気の毒そうにため息をもらした。

「冗談《じょうだん》じゃなさそうね。アンドレアルフスも可哀想《かわいそう》に。これで彼の魔術は途絶《とだ》えちゃったわねえ」

魔術師というものは徹頭徹尾《てっとうてつび》自分のことしか考えないが、その一方で自分の発明とも呼べる魔術《まじゅつ》を世界に残したいとも考える。だから魔術師は〈魔王〉でさえ弟子《でし》を取るのだ。己《おのれ》の存在証明を、世界に刻みつけるために。

まあ、一部はザガンが覚えたので完全に失伝するわけではないが、あの男が自身の魔術を魔道書などにしたためていなかったなら遠からず失われることになる。

それから、ナベリウスはザガンを見遣《みや》る。

「それで率直《そっちょく》に聞くけれど、あなたの配下で次の〈魔王〉になれそうな子と言ったら、誰かしら？」

その口ぶりに、ザガンは違和感《いわかん》を抱《いだ》いた。

──まるで俺の息がかかった魔術師を後押《あとお》しするとでも言わんばかりだな。

そう考えて、最初に考えた可能性を思い出す。

この〈魔王〉がなにかしらの交渉《こうしょう》でザガンの下を訪れたのかもしれないと。

──つまり、こいつは俺に貸しを作っておきたいほど厄介《やっかい》な問題を抱えているわけか。

ザガンを訪ねてきた目的はそれと考えて間違いないだろう。

──別に配下の〈魔王〉なんぞいらんが……。

それでも他に敵対するだろう魔術師が〈魔王〉になることを考えれば、手間が省ける程度には利のある話だ。

しらばっくれることも考えたが、ここは素直《すなお》に答えてもいいだろう。

ザガンは大仰《おおぎょう》に肩を竦《すく》めた。

「一年前の魔王候補なら全員当てはまるだろう。だが、強《し》いて挙げるなら《煉獄《れんごく》》か……もしくは《亡霊《ぼうれい》》だ」

正直、ザガンとしてはフォルの名前を挙げたくはない。

――しかし、フォルはすでに〈魔王〉の名に恥《は》じないだけの力を持っている。

相手の油断があったとはいえ、本気でかかってきたビフロンスさえも返《かえ》り討《う》ちにしたのだ。そんな娘《むすめ》の成長を評価できなくて、なにが親か。

もうひとり。〈魔王〉でもないのにザガンと正面から殴り合えるのは、バルバロスくらいのものだ。ただ殴り合うだけならキメリエスも同じではあるが、バルバロスの場合殴り合いは自分の土俵ですらないのだ。評価せざるを得ない。

なのだが、ナベリウスは次の言葉を待つようにこう言った。

「順当なところだわねえ。でも、他にもいそうな顔ねえ？」

――あまりこいつの名前は挙げたくなかったのだがな……。

もうひとり、新たな魔王候補に名を挙げるべき魔術師がいる。ザガンはしぶしぶその名前を口にした。

「――シャックス――シアカーンの弟子だった男だ」

ナベリウスが仮面の奥で目を見開いた。

「へえ……？　それは、初めて聞く名前ねえ。通り名はなんて言うのかしら？」

「通り名はない。ゴメリやキメリエスあたりに比べると、魔術の腕《うで》もひとつ見劣《みおと》りするくらいだ」

「そんな無名の魔術師を推《お》す理由は？」

「あれは力が強いわけではないが、頭が回る。魔術の腕も前の魔王候補に劣《おと》るというだけで十分一流だ。なにより有能だ。……察しの悪さが難点だがな」

ザガンとしてはアンドレアルフスのように強大な〈魔王〉よりも、シャックスのような自分の弱さを理解している魔術師の方が厄介だ。あの手の魔術師は油断や慢心《まんしん》といった隙《すき》とは無縁《むえん》で、その弱さを克服する努力を怠《おこた》らないからだ。

正直、敵に回したくない程度には評価している。

それほどに評価しているからこそ、ザガンはシャックスと黒花のふたりにシアカーンの偵察《ていさつ》に向かわせたのだ。シャックス自身が、ナベリウスも把握していないほど無名だったのも大きい。名声が上がれば魔術師からも聖騎士からも目も付けられるのだから。

ナベリウスは怪訝《けげん》そうな声を上げる。

「なんだかあまり〈魔王〉にしたくなさそうな反応ねえ」

「当たり前だ。ひとりは敵でひとりは愛娘《まなむすめ》だぞ。残るひとりは〈魔王〉にしても苦労を背負い込む未来しか見えん」

シャックスが苦労を背負い込むということは、必然的に黒花も背負い込むということだ。それでラーファエルが苦悩《くのう》すると考えれば〈魔王〉になど推薦《すいせん》したいわけがない。

——それでも評価せざるを得んのが腹立たしい。

そんな答えに、ナベリウスは当てが外れたと言わんばかりに頭を抱えた。やはりザガンに貸しを作りたいという推測は正解のようだ。

そこまで話して、ザガンはナベリウスを見下ろす。

「さて、俺は話してやったぞ。次は貴様に話してもらうか」

「あら、あたしの用件はもう話したはずだけれど？」

「ふざけるな。ただで俺の息のかかった〈魔王〉を後押しするような慈善家《じぜんか》が、魔術師にいてたまるか。これ以上腹の探《さぐ》り合いに付き合うほど、俺は暇《ひま》ではないんだ」

ザガンは忙《いそが》しいのだ。

ぶっちゃけ、感情としては問答無用でこの〈魔王〉の首を落として、記念にネフィとデートに行きたいくらいなのだ。いまは敵対していなくとも、どうせそのうち厄介ごとを持ち込むのが〈魔王〉という人種なのだから。

ナベリウスは辟易《へきえき》としたため息をもらした。

「……はあ。そこまでわかってて袖《そで》にするあなたって、本当に性格悪いと思うわよう」

「褒《ほ》め言葉《ことば》と受け取っておこう」

「やっぱり駆《か》け引《ひ》きなんてガラにもないこと、するもんじゃないわねえ」

この〈魔王〉が《魔工》の名で呼ばれていることは知っているが、ザガンは欲《ほ》しいものは自分で作る主義だ。《魔工》といえど他人の作品に興味はない。

もっとも、それがわかっているからこそ、ナベリウスも不出来な駆け引きなど演じたのだろうが。

しぶしぶといった様子でナベリウスは口を開く。

ただ、その視線はザガンではなく宙に向けられていた。

「いるんでしょう？　黙ってないで顔見せなさいよう——アルシエラ」

その呼びかけに応《こた》えるように、玉座の間の中央に無数のコウモリが寄り集まっていく。

「クスクスクス、おもしろい見世物だったのですわ」

コウモリの群れは吸血鬼《きゅうけつき》の少女を形作ると、霞《かすみ》のように消えた。アルシエラは踵《かかと》を鳴らして舞《ま》い降《お》りると、スカートの裾《すそ》を広げて腰《こし》を折る。

「面倒《めんどう》に巻き込んで申し訳ありませんわ、銀眼の王さま。ナベリウスはあたくしが招きましたの。と言ってもこの城に呼んだつもりはありませんでしたけれど」

その言葉で、ザガンもだいたいの事情を察した。

「なるほど、《魔工》ナベリウスなら〝天使狩《が》り〟の修復もお手の物というわけか」

「……なんでもお見通しなんですわね」

「そうでもないが、貴様がしつこく〝天使狩り〟をバラしているのを見れば想像もつく」

アルシエラ自身も自覚はあったのだろう。曖昧《あいまい》な苦笑《くしょう》を返すばかりだった。

それからナベリウスに目を向ける。

「さて、見世物としてはおもしろかったですけれど、こんな回りくどいことをしてなんのつもりなのですわ。あたくしはすでに報酬《ほうしゅう》は支払ったはずですけれど……？」

この少女とて千年も生きているのだ。殺さずに痛めつける方法などいくらでも知っていることだろう。どんな契約《けいやく》があったのかは知らないが、それを反故《ほご》にすることの愚《おろ》かしさを突きつけるように微笑《びしょう》した。

ナベリウスはすぐには答えず、口ごもるように顎《あご》の骨を鳴らす。

それから、仮面の奥の瞳をアルシエラに向けて、こう告げた。

「《狭間猫《はざまねこ》》フルカスが、あなたの結界を越《こ》えたわ」

ビリッと、空気が震《ふる》えた。

ザガンも警戒に目を細める。フルカスというのが〈魔王《まおう》〉の名であることくらいは知っているが、結界とはなんのことだろうか。

――アルシエラの結界……？　それは、この世界を閉ざす結界のことか？

この世界は大陸とその近海だけに閉ざされている。これまで数多《あまた》の魔術師がその領域を越えようと挑み、失敗してきた。あるいは本当に越えた者もいるのかもしれないが、それで還《かえ》ってきた者はひとりとしていない。

ザガンは、その結界によって〝魔神〟と魔族をこの世界に閉じ込めているのだと考えている。

そして、アルシエラがその結界の番人のようなものなのだろうとも。

――だが、ナベリウスの口ぶりではアルシエラがその結界を張ったかのようだな。

確かにアルシエラは〈魔王〉すら凌ぐ力を持つが、魔術師でもない吸血鬼にそんな大それた結界が張れるのかと言われれば、首を傾《かし》げざるを得ない。リュカオーンの三種の神器を用いたとしても、ちょっと考えられないだろう。

アルシエラの瞳に、珍《めずら》しく露骨《ろこつ》な怒《いか》りの色が揺《ゆ》れる。

「……冗談、にしてはおもしろくありませんわね」

「こんなとこまで冗談を言いに来るほど、あたしも暇じゃないわよう」

ナベリウスの辟易とした声に、アルシエラは深いため息をもらす。

「……どうやって？」

「一、一、一年前の戦場跡よ。あの亀裂から跳躍《ちょうやく》したわ。それで無事に越えられたかは、わからないけどねえ」

聞き捨てならない言葉の数々に、ザガンは身の危険を感じた。

――一年前の戦場とは、マルコシアスや賢竜《けんりゅう》オロバスが命を落とした戦いか？

厳密には一年と数か月前になるか。マルコシアスはその場で死んだわけではないが、その戦いの傷が元で死去したと考えられている。

その戦いが、アルシエラの結界とやらに傷を付けるほどのものだった……というより、何者かがそれを破ったがゆえに起きた戦いだったということか。

目を見張るほど有益な情報の数々。だがすでに過ぎ去った話だ。〈魔王〉の身が危険にさらされるような事態ではない。

危険なのは、それが見返りも求められずに目の前で垂れ流されていることである。

──やられた。こいつ、なし崩し的に俺を巻き込む気だ！

明らかに世界の秘密に関《かか》わる〈魔王〉ですら知ってはならない部類の情報。聞いたら後《あと》戻《もど》りできない話を、わざと垂れ流しているのだ。ザガンが交渉に乗らなかったがゆえの暴挙である。

それでいて、ザガンにはそれを黙らせる術《すべ》がない。

せめてもの抗議《こうぎ》に『よそでやれ』と不愉快《ふゆかい》そうな嫌悪感《けんおかん》を叩き付《つ》けてやるが、片や空気の読み方など千年間一度も気に懸《か》けたことがなさそうな吸血鬼、片や〈魔王〉すら敬遠する変人である。吹《ふ》いた息で山でも動かすかのごとく虚《むな》しい抵抗《ていこう》だった。

アルシエラは鋭い怒気《どき》を込めて問いかける。

「それで、あたくしにどうしろと？」

「連《つ》れ戻せないかしら？　フルカスが無理なら〈魔王の刻印〉だけでも。あれがないと困るのはあなたもいっしょでしょう？」

先ほど言っていた〈刻印〉のひとつが失われかねない事態というのは、これのことらしい。

アルシエラは剣呑《けんのん》な表情で首を横に振《ふ》った。

「なにか勘違《かんちが》いをしているようですけれど、あたくしは番人であって管理者ではありませんわ。結界を自由にどうこうできると思われても困りますわ」

その答えに、ナベリウスはニイッと嫌な笑《え》みを浮《う》かべた。

「でも、できるやつはいるんでしょう？」

アルシエラの顔から、表情が消えた。

「別に、あたくしは貴兄《きけい》をこの場で殺しても問題ありませんのよ？」

「それは嘘《うそ》ねえ。生ある者の道行きを助言することすら躊躇《ためら》うあなたが、魔術師とはいえ生きた者を殺す？　あり得ないわ」

図星と言えば図星だったのだろう。アルシエラがスカートの中から〝天使狩り〟を抜き、ナベリウスに突《つ》きつける。

「殺さないだけであって、殺せないわけではありませんのよ？」

「千年も守ってきた誓《ちか》いを破るほど大げさな話とは思わないわねえ」

そこでザガンは「あ」と声をもらしてしまった。

当然、ナベリウスは口元に笑みを浮かべてザガンを見遣る。

「あら、なにかあったかしらザガン。遠慮《えんりょ》なく言ってくれていいのよう？」

ようやく巻き込めたとニコニコするナベリウスに、ザガンは気の毒そうな声を返すこととなる。

「……読《よ》み違えたな、ナベリウス」

「は？」

「ひとつ、アルシエラはもうじき消える。だからわりと無茶《むちゃ》はする」

それほどの傷とは思っていなかったのだろう。ナベリウスが驚愕《きょうがく》に目を見開く。

「それともうひとつ」

これが本当に気の毒で、ザガンも少しだけ同情した。

「お前が言ったそれは、恐《おそ》らく千年の誓いとやらを破るに値《あたい》する禁句だ」

アルシエラが転がり込んできて、そろそろ三か月にもなるのだ。気に障《さわ》ることかどうかくらいはザガンにもわかる。〈アザゼル〉や自分の過去など、話すことを避ける話題を無《む》理矢理《りやり》曝《あば》こうとするのは、禁忌《タブー》だ。

つまり、アルシエラは虚勢《きょせい》で〝天使狩り〟を向けているのではない。その引き金は羽のように軽くなっているのだ。

すぐに撃《う》たない理由は、せいぜい〝天使狩り〟の修理があるから思い直すチャンスを与《あた》える程度のものだろう。次の言葉を誤るだけでナベリウスは地上から消える。

ようやく自分が悪手を打ったことに気付いたのだろう。ナベリウスの瞳に、ようやく焦《あせ》りの色が浮かんだ。

「ええっと、助けてくれない？」

「俺がか？　なぜだ」

多少、気の毒には思うがナベリウス自身が招いた種だ。それにザガンは強引《ごういん》に巻き込まれた側であり、関わらずに済むならそれに越したことはない。さらには〈魔王〉のひとつを労せず落とせるのだ。いいこと尽《づ》くしではないか。

ついでに言うとアルシエラは客であって配下ではないので、ザガンに強制力もない。

すでにとき遅《おそ》しだが、己の窮地《きゅうち》に気付いてナベリウスはうろたえ始める。

「ザガン、あたしに協力した方が得よう？」

「気にするな。俺の得は俺が考える」

「あらあ？　そんなこと言っていいのかしら。あたしは知ってるわよう。あなたに欲しいものがあるってことを」

それは欲しいものなど誰《だれ》にだってあるだろう。誰にでも当てはまることを言って動揺《どうよう》を誘《さそ》うのは詐欺師《さぎし》や占《うらな》い師《し》の常套手段《じょうとうしゅだん》である。〈魔王〉ともなればそれは言葉巧《たく》みに相手を陥《おとしい》れるのだろうが、ザガンには興味のない話だった。嫁《ネフィ》も娘《フォル》も手元にあるのだから。

ザガンは鼻で笑う。

「そうか。ネフィの作る朝食よりも価値があるなら考えてやろう」

他人にしてみればたいていのものはそれより価値があるだろうが、ザガンにとって愛する嫁と娘が作ってくれた食事に勝《まさ》る嗜好品《しこうひん》など考えられない。もしかしたら存在するのかもしれないが、少なくともいま思いつくようなものではない。

なのだが、ナベリウスはそんなザガンの言葉でようやく助け船を出されたように、嫌な笑みを浮かべた。

「――結婚指輪《けっこんゆびわ》――《魔工》ナベリウスは世界最高の指輪を作れるのよう？」

バキンと音を立てて、玉座の肘乗《ひじの》せが砕《くだ》けた。

ザガンが金貨百万枚という、有り金の全《すべ》てをはたいてネフィの身柄《みがら》を買い取ったことは、すでに魔術師なら誰でも知っているほどに知《し》れ渡《わた》った話である。当然、このナベリウスとて耳にしたことはあるはずだ。

それゆえに、これは最後の手段でもあったのだろう。それに見合うだけの、凶悪極《きょうあくきわ》まりない手札だった。

震える声で、ザガンは言う。

「……もう一度、言ってみろ」

ナベリウスは『そこに食いつくの？』と言わんばかりに唖然《あぜん》とするが、すぐに自分の肩《かた》に手の平を向けて挑発的《ちょうはつてき》に両手を掲《かか》げる。

「結婚指輪よ。人が夫婦《ふうふ》になるために、誓いの指輪を贈《おく》る風習を知らないかしら？」

ザガンとて名前は知っている。

だが、ザガンの周りにそんなものを身に着けている者はいなかったのだ。まあ、周りには魔術師か未婚《みこん》の少年少女しかいなかったのだから仕方がない。せいぜい、街に出たときに店の者が着けているのを見たことがあったかもしれない程度のものだ。

――け、けけけけけ結婚指輪だとおおおっ？

思えば、真っ先にネフィに贈るべき代物《しろもの》ではないか。ネフィがあの首輪を婚約《こんやく》首輪のように言ってくれたから、ついそこで満足してしまっていた。

――失態だ。なぜいままで気付かなかったのか。

結婚指輪も渡さずに嫁呼ばわりとは、これまでの自分を殴りつけてやりたい。

目に見えて動揺し、顔を覆うザガンを見てアルシエラは絶句する。

ザガンは、畏《おそ》れるように問いかける。

「ひとつ聞かせてくれ、ナベリウス。結婚指輪とは、いったいどのようなものを贈るべきなのだ？」

「当然、高価なものほどよいわよう。〈魔王〉が妃《きさき》に贈るとなれば、最高の指輪である必要があると思わない？　そうね。……たとえば、魔法銀《ミスリル》とか」

「魔法銀《ミスリル》、だとっ？」

魔法銀《ミスリル》と言えば〈魔王〉でさえ精製不能な、製法の失われた金属である。ザガンもネフィのペンダントと、聖都ラジエルの宝物庫に収められた杖《つえ》くらいしか見たことがない。

そして、このナベリウスが《魔眼王》の他に《魔工》の名を持つのは、その魔法銀《ミスリル》の精製を可能とする唯一《ゆいいつ》の〈魔王〉だからである。

――魔法銀《ミスリル》の結婚指輪……！　それならオリアスのペンダントとおそろいになるし、ネフィも喜んでくれる気がする。……いやでも、重たいとか思われないよね？　ぐぬう、わからん、わからんが、それは結婚指輪を用意しなくていい理由にはならん。

激しく動揺するザガンに、ナベリウスは甘《あま》い声で囁《ささや》く。

「そういえば、あたしとしたことが新たに〈魔王〉となった盟友に、贈り物《もの》のひとつもしたことがなかったわねえ」

恐るべき〈魔王〉の言葉、まさに悪魔《あくま》の囁きだった。

「ここはひとつ、あなたたちの結婚指輪を仕立てるというのはどうかしら？　《魔工》の手がけた魔法銀《ミスリル》の指輪ともなれば、〈魔王〉の結婚指輪として不足もないわよう」

そう言って、ナベリウスは仮面の奥の瞳をアルシエラに向ける。

——そうだ。こいつに、ナベリウスを殺させるわけにはいかない。

ザガンは玉座から立ち上がると、アルシエラの〝天使狩り〟を押《お》さえた。

「悪いがアルシエラ。俺はこいつの側につく。〝天使狩り〟を収めろ」

「ええー……」

結婚指輪の名が出た時点でこうなることがわかっていたのだろう。もう、脱力《だつりょく》しきった様子でアルシエラはため息をもらした。

ナベリウス本人も、それで本当に仲裁《ちゅうさい》に入るとは思わなかったのだろう。ちょっと状《じょう》況《きょう》が理解しきれないというようにザガンを二度見した。

……まあ、この〈魔王〉もそんなことでザガンを懐柔《かいじゅう》できるとは思わなかったから、結婚指輪というカードを最初に切らなかったのだろう。

スカートの中に〝天使狩り〟をしまいながら、アルシエラが呆《あき》れたように言う。

「後悔《こうかい》しますわよ？　この男に関わるとろくなことがありませんのに……」

「気にするな……いや待て、いまなんと言った？」

いまこの吸血鬼はなにか耳を疑いたくなるようなことを言わなかったか？

アルシエラは『やっぱり』と言わんばかりにため息をもらした。

「この魔眼族《イビルアイ》、性別的には男なのですわ」

「え……」

ザガンはナベリウスを振り返る。

「そうだけれど、なにか問題かしらあ？」

「いや、ならなんでそんなしゃべり方を……？」

「その方が美しいからに決まってるじゃない」

ナベリウスが口元にニチャアとした笑みを浮かべる。

「ああ、でも安心して。あたしは相手の性別とか気にしないし」

「やかましいその口を閉じろ」

なぜこの〈魔王《まおう》〉が〝変人〟の二文字で呼ばれ、ビフロンスでさえ忌避《きひ》しているのか。

ザガンはようやくその片鱗《へんりん》を見たのだった。

——〈魔王〉って、ひとりくらいまともなやついないのかなあ……。

ネフィに結婚指輪を贈るというのは素晴《すば》らしいアイディアではあるが、対価が大きすぎるような気がする。

早くも後悔し始めていると、玉座の間の扉《とびら》がノックもなく乱暴に開け放たれた。

「大変ッス、ザガンさん！」

飛び込んできたのは、珍しいことにセルフィだった。さらに珍しいことに、真面目《まじめ》な表情で顔に焦りの色を浮かべていた。

「……どうした？」

なにかあったようだ。

ナベリウスが居座《いすわ》っている最中ではあるが、ザガンはセルフィに駆け寄《よ》って問いかける。

肩で息をしながら、呼吸も整えずにセルフィはすがりついてくる。

「リリスちゃんが……リリスちゃんが、夢から帰ってこないんッス！」

本当に、厄介ごとというのは予期せぬところから現れるものだと、ザガンは思い知らされることとなる。

第四章 ✡ 吸血鬼が見る夢は哀しいので、砂糖でもぶちまけることにした

そこは真っ暗な世界だった。

伸《の》ばした自分の腕さえ見えず、地面や空があるのかすらわからない。果たしていま自分は立っているのだろうか、それとも倒れているのだろうか。

体は重たく、手足に力が入らない。

――ああ、この感覚。あのときと同じだ。

〈アーシエル・イメーラ〉の日、自分の体が自分のものではなくなってしまったあのとき、こんな感覚に襲《おそ》われた。

ということは、また自分の体はああなってしまったのだろうか。

ぼんやりとそんなことを考えていると、目の前にふわりと小さな人影《ひとかげ》が浮かんだ。

その人影が自分のよく知るものに思えて、その名前を呼ぶ。

『――』

声は出なかった。

それでも、人影は気付いてくれたようで、驚《おどろ》いたように振り返った。
『……アンタ、もしかして黒花《くろか》？』
人影は淡《あわ》い輪郭《りんかく》を帯びて、次第《しだい》に自分のよく知る顔になる。
リリスだ。
夢魔《むま》の姫《ひめ》はこちらに駆け寄ってくる。
『驚いた。王さまから話は聞いてたけど、アンタその姿だとなんでもできちゃうのね』
それから、仕方なさそうに頭を撫《な》でてきた。
『でも、ここから先は危ないから来ちゃダメよ』
リリスの背後には、真っ暗ななにかが広がっていた。
暗闇《くらやみ》ではない。
もっとなにかおぞましく、意思を持ったなにかがいる。
その先に、この少女が行こうとしているのだとわかってしまった。
そっちに行ってはいけない。
どれだけ叫《さけ》んでも、声は出ない。
それでも少女はわかってくれたようだ。困ったように苦笑した。
『そっか。アタシのこと、心配してきてくれたんだ。……ありがとね』

リリスはそのままギュッと抱きしめてくる。

『王さまが温泉作ってくれたとき、アタシたち双子《ふたご》の魔術師《まじゅつし》に襲われたじゃない？　あのとき、アタシは怖《こわ》くてなにもできなかったのに、アンタはひとりで全部やっつけちゃって、情けないけどアタシはすごくホッとして、アンタのことかっこいいと思ったのよ』

抱きしめてくれた少女の胸からは、とても速い鼓動《こどう》の音が伝わってくる。

その腕は小さく震えていて、それでも勇気を振り絞《しぼ》るように言葉を続ける。

『アタシはさ、あのとき迷わず守ってくれたアンタのことを、尊敬してるんだ』

それから、後ろを振り返る。

『この先にさ、帰れなくて困ってるやつがいるのよ。それで、そいつを助けられるのはアタシだけなの。……たぶん、御方《おんかた》でも助けてあげられない。夢魔の姫のアタシじゃないと無理なの』

そんなことは関係ない。自分にとっては、この大切な幼馴染《おさななじ》みがこれから危険を冒《おか》そうとしていることの方が問題なのだ。

伸ばした腕の感覚はない。本当にそこに腕があるのかもわからない。

それでも必死に手を伸ばし、噛《か》みついてでも幼馴染みを引き留めようとする。

なのに、リリスは困ったように笑うだけだった。

『そこにいるのが誰なのか、アタシは知らない。見捨てたところでアタシの人生にはなにひとつマイナスにならないと思う。でも、助けなかったらきっとアタシは後悔すると思うのよ。きっと、助けなくてよかったとは思わないと思うの』

そう言って、少女は黒花を下ろす。

『だから、行くわね。アンタが帰ってきたとき、アタシも胸を張ってアンタの幼馴染みだって答えたいから』

引き留める言葉は、どうやっても声にならなかった。

いや、声に出ていたところで止めることなどできなかったのだろう。

暗闇の中、リリスの背中はどんどん小さくなって、そして見えなくなった。

◇

「――リリス！」

飛び起きると、そこは見覚えのない部屋だった。

身を起こしたものの、目の前がぐにゃりと歪《ゆが》む。胃の奥《おく》から強烈《きょうれつ》な吐《は》き気《け》がこみ上げてきて、思わず喘《あえ》いでしまった。

「大丈夫《だいじょうぶ》か、クロスケ」

「シャックス……さん？」

ひどい頭痛がして、焦点《しょうてん》が定まらない。

それでも目の前にいるのがあの不器用な魔術師であることだけは、確信できた。そのまま縋《すが》り付いて訴《うった》える。

「シャックスさん、お兄さんに、連絡《れんらく》を……リリスが、リリスが、危ないんです！」

「わ、わかっ、わかった！　わかったから、引っ付くな！　服、服！」

「服……？」

言われて、自分の体を見下ろす。

膝《ひざ》の上に安っぽい毛布が載《の》っていて、こすれると少し痛い。こすれて痛むということは、肌《はだ》に直接触《ふ》れているということなのだろう。

ようやく焦点が定まってくると、膝の手前に大きな塊《かたまり》がふたつ見えた。

それが自分の胸であることくらいはわかるのだが、肌と同じ色をしていて先端《せんたん》が桃色《ももいろ》に見える。それを覆《おお》うものがなにもないようだ。風呂《ふろ》などでは普通《ふつう》だが、この場ではいちじ

るしく不適切なような気がする。

数秒ほど、何度もまばたきをして自分の状況を考えてみるが、答えは初めからひとつしかなかった。


どういうわけか、黒花は一糸まとわぬ生まれたままの姿をさらしていた。


「はひぃっ？」

慌《あわ》てて腕で胸を押さえて隠《かく》す。

それから思い出す。

昨晩、シャックスとゴメリを交えて調査の報告をしている最中、夏梅酒《マタタビ》を飲んでしまったことを。そのマタタビが、猫系《ねこけい》の獣人族《じゅうじんぞく》にとっては媚薬《びやく》になってしまうということを。

そして訪《おとず》れたのは、下着ひとつ身に着けていない朝。

テーブルの上に転がるくしゃくしゃの煙草《たばこ》は、ここで夜を過ごしただろう誰かの苦悩を醸《かも》し出《だ》していた。

「ッ……？　は……っ……ッ！　ッ……っ？　っ！？」

思考と体の反応が追いつかなくて声にならない悲鳴を上げていると、ふわりと肩に柔《やわ》らかいものがかぶせられる。

　どうやら見かねたシャックスが上着をかけてくれたようだ。

「あー……その、なんだ。極力見ないようにはした、つもりだ」

　そういう気遣《きづか》いをしてくれるあたり、きっと優《やさ》しくしてくれたんだろうなとか意識の片《かた》隅《すみ》で思いつつも、頭の中が『なんで？』と『どうして？』で埋《う》め尽くされていく。

　いや、それはもちろんシャックスたちの制止も聞かずにあんなものを一気飲みした黒花が全部悪いのだが、それにしたってこれはなんなのだ。人生に於《お》いてもっとも重大な局面のひとつだったはずなのに、なにも思い出せない。

　起きてしまったことよりも、それを覚えていない事実が黒花を打ちのめしていた。

「シ、シャックス、さん、あたっ、あたしっ、あのっ……っ」

「お、おおお落ち着け？　大丈夫《だいじょうぶ》だからな？」

　なにが大丈夫なのかは知らないが、黒花もカクカクと頷《うなず》き返すことしかできなかった。

　それから、なにやらシャックスは深呼吸をしてから口を開く。

「その様子だと、なにも覚えてない……みたいだな？」

「……はい。ごめんなさい」

「いや、いいんだ」

いいことはないだろう。こんなことになったのに、張本人がなにも覚えていないだなんて笑い話にもならない。

そんな黒花を慰《なぐさ》めるように、シャックスは優しい声で言う。

「あのな。たぶんお前は勘違いしてると思うんだが、クロスケが心配してるようなことはなにもなかった。だから、安心しろ」

「……？　というと……？」

ちょっとなにを言っているのかわからなくて黒花が顔を上げると、シャックスは沈痛《ちんつう》そうな表情で、こう告げた。


「昨晩、あのあとお前、また黒猫《くろねこ》になってたんだよ」


シンッと、耳が痛くなるような静寂《せいじゃく》が部屋を包み込んだ。

猫……？

言葉の意味を理解するのに十数秒のときが必要だった。

それから、我《わ》が耳を疑いながら問い返す。

「ええっと、猫……ですか？」

「ああ。あの〈アーシエル・イメーラ〉のときと同じやつな」

黒花は猫妖精《ねこようせい》とも呼ばれるケット・シーの一族である。自分で制御《せいぎょ》できるわけではないので厄介《やっかい》なのだが、その姿を黒猫に変えることができる。

確かめるように、黒花は親指を内側に折り込むようにして軽く手を握《にぎ》ると、顔の横に持ち上げる。猫の仕草は他に思いつかなかったのだ。

「ええっと、この猫……ですよね？」

「っ……あ、ああ！　その猫で合っているぞ？」

その仕草でなぜかシャックスが胸を押さえて仰《の》け反《ぞ》っていたが、黒花に疑問を抱《いだ》く余裕《よゆう》はなかった。

「クロスケ、お前夏梅を食うの自体初めてなんだよな？　たぶんそのせいで体が反応しちまったんだろう。倒《たお》れたお前がそのまま縮み始めたから、慌ててここに運んだんだよ」

自分が黒猫になるとき、周囲から見るとどういった状態なのか知らなかった。

突然《とつぜん》黒猫に変異し始めた黒花に、シャックスはさぞ困ったことになったのだろう。黒花が全裸《ぜんら》なのは、黒猫になっていたからということらしい。改めて確かめてみると、服は中身だけ抜《ぬ》け落《お》ちたかのようにベッドの上に敷《し》かれている。

呆然《ぼうぜん》としていると、シャックスは仕方なさそうに続ける。

「ここは魔術師の街だからな。お前が希少種だって気付いたやつがいたかもしれない。だからその、なんだ。悪いとは思ったが、俺《おれ》もここに泊《と》まらせてもらった」

泊まったと言いながらも、その目の下には隈《くま》が広がっていて、眠《ねむ》らずに守っていてくれたのだとわかった。

つまり、そういうことはなかったらしい。羞恥心《しゅうちしん》で死にたくなった。

「……その、ご迷惑《めいわく》を、おかけしました」

「いや、クロスケが気にするようなことじゃねえよ」

顔を覆っていると、シャックスが言う。

「それで、さっきなにを言おうとした？　リリスって、ボスが面倒《めんどう》見《み》てる嬢《じょう》ちゃんのことだよな？」

「――ッ、そうでした！　リリスが危ないかもしれないんです。早く戻《もど》らないと！」

「落ち着けって。ここからキュアノエイデスまで、どれだけ離《はな》れてると思ってるんだ。まずは魔術《まじゅつ》でボスに知らせる」

「でも……」

夢の中で見た光景。おぞましくも恐ろしい暗闇のなにか。黒花にはあれがただの夢だなんて思えないのだ。

そんな黒花を安心させるように、シャックスはくしゃりと頭を撫でる。

「安心しろって言ってるだろ。うちのボスを信じろ。ボスは配下を見殺しにするような男じゃねえ。ボスなら必ず嬢ちゃんを救ってくれる」

その言葉は、ひと言で納得《なっとく》してしまえるほど力強かった。

——そう、でした。お兄さんがいるんでした。

復讐《ふくしゅう》に走った黒花も、敵だったはずの聖騎士長《ラーファエル》も問答無用で受け止めて、救ってくれたのがあの〈魔王〉ではないか。

シャックスは続ける。

「それと、お前は自分を信じろ」

「え、あたしを……ですか？」

この状況で、自分のいったいなにを信じろというのか。

戸惑《とまど》う黒花の両肩《りょうかた》に、シャックスは手を乗せる。

「お前はケット・シーだ。幸運を運ぶ、世界でもっとも愛された妖精《ようせい》なんだよ。クロスケが無事を信じてやるだけで、嬢ちゃんは必ず助かる」

──敵《かな》わないなあ……。

普段《ふだん》はあんなに鈍《にぶ》いくせに、こういうときは容赦《ようしゃ》なく黒花を支えてくれるのだ。

だから黒花も頷き返す。

「はい。リリスの無事を信じて、祈《いの》ります」

「それでいい」

それから、不意にシャックスは顔を背《そむ》ける。

「あー……。それじゃあ、俺はボスに連絡してくるから、お前は、その、なんだ？　ちゃんと着替《きが》えとけよ……服、とか」

肩に上着はかけてもらったものの、黒花はなにも着ていないのだ。

そんな姿にシャックスがにわかに顔を赤くしたのを、黒花は確かに見た。

「……あの、シャックスさん」

キュッと引き留めるようにシャックスの裾《すそ》を摑《つか》む。

「な、なんだ？」

「シャックスさんでも、ドキドキしたりするんですか？　その、あたしが、こういう格好をしていたら」

これで興味がないと言われたら、黒花はもう立ち直れないだろう。

それでも、思い切って黒花は問いかけてみた。

シャックスはあからさまに顔を引きつらせるが、答えない限り手を離してもらえないと悟《さと》ったのだろう。怒鳴《どな》るように、こう答えた。


「当たり前だろ！」


初めて、聞きたかった答えが聞けたような気がした。

黒花はシャックスの上着で口元を覆い、おかしそうに笑う。

「じゃあ、昨日のことは許してあげます」

子供扱《あつか》いしたり異性として興味がないみたいなことを散々言われたりしたが、それを許してあげたくなるくらいには満足のいく答えなのだった。

◇

「――話はわかった。こっちでもリリスがいなくなったのはわかっている。お前は黒花になにも心配はないと言っておけ。そこで変な不運を引き寄せられる方が困る」

早足でリリスとセルフィの寝室《しんしつ》に向かいながら、ザガンはそう答えていた。魔術によるシャックスからの通信だ。黒花と送り出す前に、ザガンが覚えさせたのだ。

セルフィが前を急《いそ》いでいて、後ろからは成り行き上アルシエラとナベリウスがついてきている。アルシエラはともかく、ナベリウスには城内をうろうろしてほしくないのだが、いまは緊急時《きんきゅうじ》だ。

『頼《たよ》りにしてるぜ、ボス。それと、俺たちはどうすりゃいい？』

「黒花が落ち着いたら調査を続行しろ。あー……いや、やっぱりいい。今日は休め。こっちが片付いたら追って指示をする」

『了解《りょうかい》だ』

黒花の力はある意味ネフィよりも強力で、さらに不安定だ。この状況で無理をさせるとろくなことにならない気がする。

リリスがどんな状態かわからない以上、そっちまでトラブルを起こされるとザガンも手が回らなくなる。

それはシャックスも同意見なのだろう。素直《すなお》に引き下がっていた。

通信を終えるころには、リリスたちの部屋に到着《とうちゃく》していた。

ベッドの上にリリスの姿はない。特に乱れた様子もなく、つい先ほどまで普通に誰かが眠っていたかのような状態である。

　ザガンはセルフィを見遣《みや》る。

「それで、あいつがいなくなったのはいつごろだ？」

「わからないッス。昨日、夜寝《ね》るときはちゃんといたんスけど、朝起きたらもういなかったッス。それで、ベッドにこれが置きっぱになってて……」

　セルフィが差し出したのは一枚の鏡だった。

　両手で抱《かか》えるくらいの大きさの鏡。見覚えがある。リリスが持っているもので、リュカオーンの三種の神器のひとつ〈幽世鏡《かくりよのかがみ》〉だ。

　覗《のぞ》き込んでみると、暗闇の中を走るリリスの姿が映し出されていた。

「これは、リリスの居場所が映っているのか？」

「だと思うッス。リリスちゃん、夢の中にいると思うッスから」

　夢魔は実体のまま夢の中に入ることができる。これが夢の中で夢魔が一方的な力を持つ要因だ。それだけに、夢の中から引き戻すのには骨が折れるわけでもあるが。

「アルシエラ。手を貸せ。リリスを連《つ》れ戻すぞ」

「……無理、なのですわ。リリスはもう、あたくしの領域より外に行ってしまっている。あたくしの手では、届かない」

ザガンの要求に、アルシエラは首を横に振《ふ》った。

「お前の領域……？　どういう意味だ」

親指の爪《つめ》を噛み、忌々《いまいま》しそうに、あるいは苦渋《くじゅう》が滲《にじ》むように言う。

「ナベリウスにも言いましたけれど、あたくしはこの世界から出られないんですの」

ザガンは眉《まゆ》をひそめた。

――そいつはフルカスとやらが向かった、世界の外側の話ではないのか？

リリスがいるのは夢の中だ。

だが、同時に納得もした。


――世界がそこでなくなってるような――

――アタシには、御方《おんかた》があの場所の番人のように見えた――


かつてリリスが見たという、夢の中の景色。恐らくは世界の果て、世界を囲う結界の境目の景色である。

ザガンはその話から、この世界を囲う結界に夢というどこにもない場所が媒体《ばいたい》に用いられているのではないかと考えた。

――つまり、アルシエラの結界とやらを越《こ》えるには、夢の中を渡る必要がある？

魔術師でこそないが、リリスはもっとも強力な夢魔のひとりである。あの少女ならばアルシエラの結界ですら越えうるのかもしれない。

それゆえにリリスを気に懸《か》けていたのだと考えれば、アルシエラがあの少女の傍《そば》を離れようとしなかったことにも説明がつく。黒花の村が襲われたときですら、である。

だがその先にあるのは本当に外の世界なのか、それとも……。

――急がんとマズいな。

ザガンの考え通りだとしたら、リリスは非常に危険な場所にいる。急いだところでザガンひとりではなにもできないかもしれない。

――だが、そいつは王が配下を見捨てる理由にはならん。

ザガンはセルフィが手にした鏡に目を向ける。

「となると、手がかりはこいつか……っ？」

そう言って〈幽世鏡〉を摑んだ――つもり、だった。

ザガンの腕《うで》は鏡の中にずっぽりと入り込んでいた。

い力だった。

これといった魔力《まりょく》のような働きはないというのに、まるで抵抗《ていこう》ができないような凄《すさ》まじ
「な、なにっ？」

「銀眼《ぎんがん》の王！」

「ザガンさんっ？」

アルシエラがザガンの腕を摑み、セルフィも鏡を遠ざけようと下がる。しかし、鏡はザガンを逃《に》がさないように少しずつ腕を飲み込んでいった。

——踏《ふ》みとどまれん、か。

ザガンはアルシエラを振り返《かえ》る。

「かまわん、離せ。リリスを連れ戻すにはちょうどいい」

そのときのアルシエラの表情は、ザガンでも当分忘れられそうにないものだった。

ギュッと唇《くちびる》を噛み、泣き出しそうに顔を歪めたと思ったら、そんな顔のまま無理矢理《むりやり》笑ったのだ。

「どうか、ご武運を……」

簡単なひと言。だが、この少女はその言葉にどんな感情と思いを込めて言ったのだろう。

この先にあるのは、きっとアルシエラが隠したがってきた秘密そのものなのだろう。

だから、ザガンは簡単に、そしてはっきりと答えた。
「ああ。すぐに戻る」
アルシエラの手からすり抜けると、次の瞬間《しゅんかん》にはザガンはもう鏡の中に飲まれていた。
だが、不思議とリリスを連れ帰ることに関しては、ひとつの確信があった。
——黒花《ケット・シー》が無事を祈っているなら、リリスは生きている。
そうして、ザガンは鏡の中に消えていった。

◇

ここはどこなのだろう。
いや、それどころかもう自分が誰《だれ》なのかもよくわからない。
ただただこみ上げるのは未練と後悔。
——ずっと、なにかを探してたはずなんだ。
それがなんだったのか、ついぞわからなかった。
わからなかったから、答えを求めて踏み越えてはいけないなにかを踏み越えた。
その結果が、この様《ざま》なのだろう。

真っ暗な世界。

延々と続く怨嗟《えんさ》のような声。

なにも見えない。声も出ない。手足の感覚もない。ただ頭の中に憎《にく》しみとも嘆《なげ》きともつかぬ声が永遠に続いている。

ああ、きっとこれが世界の終わりというものなのだろう。ここで自分は消えてなくなるのだ。

——でも、なんでだろう。初めてじゃない気がする。

前にも、こんなことがあったのではないか。

それは何年、何十年、何百年と昔のことかもしれないし、昨日のことかもしれない。

だが、確かに知っている。

苦しくて、辛《つら》くて、息もできなくて、声も出なくて、どれだけもがいても深い水の中に引きずり込まれるような感覚。

死にたくないと、生きていたいと、あんなに強く願ったのは初めてだった。

——ああ、そうだ。あのとき、助けてくれたのは……。

生きたいという願いに応えるように、手を差《さ》し伸べてくれた誰かがいた。

もう、顔も思い出せない。

声もわからない。

ただ、月みたいに綺麗《きれい》な瞳《ひとみ》をしていた。

自分はあの人にもう一度会いたくて、世界中を探して、それでも会えなくて、誰を探していたのかも忘れて、こんなところに来てしまったのだ。

『もう一度、会いたい……』

このまま消えてしまってもいい。

だからせめて、もう一度だけ顔が見たい。

破片《はへん》のような思い出にすがって、腕を伸ばしたときだった。

暗闇の中に、小さな光が見えた気がした。

あのときの瞳と同じ、金色の光。

幻《まぼろし》でもいい。その光に腕を伸ばし続けて、そして――

『――やっと、見つけた』

その腕を、小さな手が握り返した。

それは、女の子だった。

あのときと同じ金色の瞳。鮮烈《せんれつ》な緋色《ひいろ》の髪《かみ》。腰《こし》からはコウモリのような翼《つばさ》が生えていて、頭からは捻《ねじ》れた角が生えている。白い肌はあちこち小さな傷が刻まれていて、血と泥《どろ》に汚《よご》れてひどい姿をしていた。

少女はホッとしたように微笑《ほほえ》む。

『やっぱり、アンタだったのね』

『キミは……？』

どうして自分のことを知っているのだろう。

自分は、この人を知っているのだろうか。

少女は顔を覗き込んでくる。

『アタシのこと、わかる？　さっき夢の中で会ってるんだけど』

夢とは、どういうことだろう？

首を傾《かし》げて――そのときになって身動きできないほど全身が痛むことに気付く――返すと、少女はため息をもらした。

『その様子じゃ、覚えてなさそうね。まあいいわ。助けてあげるから、ついてきなさい』

『どう、して……？　俺を、助ける、んだ……？』

ここが危険な場所らしいことは、少女の格好を見ればわかる。きっと、ここまで来るのにも大変な思いをしたはずだ。

少女は眉をひそめる。

『どうしてって……いや、なんでだろう……？』

それから、苦笑《くしょう》しながら言う。

『まあ、強《し》いて言うならうちの王さまやアタシの友達なら、きっとこうするだろうって思ったからよ。それ以上の理由なんてないわ……って、え？』

言いながら、少女はギョッとしたように目を見開く。

頬に熱いものが伝う。気がつくと、ポロリと涙《なみだ》がこぼれていたのだ。

――やっと、探していたものを、見つけた気がする。

この少女はあのときの誰かではないのかもしれない。

それでも、きっと自分が探していたのは、彼女《かのじょ》だったのだ。

『ほ、ほら、アタシは自分のためにやってるようなものなんだから、アンタが気にするようなことじゃないわよ？』

少女が手を引き、歩き始める。

『とにかく、話はあとよ。ここから逃げるわよ』

『逃げるって、どこへ……？』

見渡《みわた》す限り真《ま》っ暗闇で、道などない。どこへ向かって歩けばいいのかもわからない。なのに、この少女には出口がわかるのだろうか？

少女は自信を持って答える。

『そんなのわからないわ。でも、じっとしてるやつに道なんて開けないわ。だから歩いていれば、きっとうちの王さまが助けてくれる』

そうして、少女が進む先に五つの亀裂《きれつ》が走る。

少女は振り返って、誇《ほこ》らしげに微笑んだ。

『ほら、ね？』

亀裂から差し込む光に照らされた顔はひどく汚れていたが、どこまでも美しかった。

◇

——なんだ、この奈落《ならく》のような場所は……。

鏡の向こうは、泥のような暗闇の世界だった。

見ただけで精神を削られるような、おぞましいなにか。正気をそぎ取るような恐怖《きょうふ》と、死臭《ししゅう》のようなにおい。

どんな生物でも、魔術師でも、ここに長くいれば肉体よりも先に精神が死を迎《むか》える。

それでいて、なにも見えないからこそ、まだ正気でいられるのだろうとも思う。ここになにがあるのか見えてしまったら、きっともう耐《た》えられまい。

自分の手が震《ふる》えているのがわかる。

〈魔王《まおう》〉であるザガンが、恐怖しているのだ。

――この感覚……。初めて魔族を見たとき以来か。

〈魔王〉を継《つ》いだあの日、バルバロスとの衝突《しょうとつ》が原因で召喚《しょうかん》された魔族は、不完全だったにも拘《かか》わらずザガンが死を思うほどに恐《おそ》ろしかった。

ここに渦巻《うずま》いているのは、それすらも優しく感じてしまうほどの恐怖だった。

足がすくむ。

『――ふざけるな』

声に出して、ザガンはその恐怖を振り払《はら》う。

こんな入り口で足踏《あしぶ》みするために、鏡の中に飛び込んだつもりはない。

これは王が配下を救うための行軍なのだ。

恐怖など、足を止めるに値《あたい》しない石ころだ。

ただ、進むならば道しるべというものが必要になる。

然《しか》らば当初の疑問に立《た》ち戻る。

すなわち、ここはいったいなんなのか。

現実にあるはずのない世界。夢か現実かと言われれば、恐らく夢の続きなのだろう。

しかし、それならばいったい誰の夢だというのか。

——つまり、ここにはなにかしらの意思が存在する。

そんなところにザガンがいて無事でいられるのは、向こうがまだ眠っているから。恐らくは夢の中だから生かされているのだ。

たとえるなら悪夢の揺籃《ようらん》といったところか。

早く、リリスを見つけ出して脱出《だっしゅつ》しなければならない。

視界《みかい》が利《き》かないのなら、音を頼るしかない。耳を澄《す》ませてみると、すきま風のような細い音が聞こえてきた。

いや、風ではない。これは声だ。

言葉自体は聞き取れない。

だが、わかる。

これは怨嗟だ。

自分自身も含《ふく》めて、こんな世界が存在していることが許せないとでもいうような、それでいて己《おのれ》と世界の全《すべ》てを破壊《はかい》しても償《つぐな》えない罪でも犯《おか》したような、そんな絶望めいた憎悪《ぞうお》と嘆きに満ちた呪《のろ》いの声だ。

そんな声に気付いてしまうと、体中に鋭《するど》い痛みが走った。

強い風が肌を裂《さ》くように、この呪われた声は耳にした者をむしばんでいくのだ。

痛みはすぐに消えるが、それは傷が消えたからではなく傷から感覚が消えていくのだとわかる。同時に、傷から体温をむしり取られたかのような寒気が走る。

ようやく理解する。

ここにいるだけで心が削り取られるような感覚の正体は、これだ。

こんなものが表の世界にこぼれ始めたら、それだけで世界などたやすく滅《ほろ》びてしまうだろう。そんな呪われた世界だった。

――なるほど、こいつが〈アザゼル〉というわけか……。

〝アリステラ〟の瞳からはこれと似た恐怖を感じた。あれは依《よ》り代《しろ》を通じて、ここの力がほんの少しだけ流れ込んだものだったのだ。

常人なら触《ふ》れただけで気が狂《くる》うようなこの悪夢こそが、〈アザゼル〉の意思なのだ。アルシエラがあれだけの力を持ちながら焦燥《しょうそう》するわけである。〝天使狩《が》り〟を一千発撃《う》ち込んだところで、消せるとは思えない。

おぞましい世界の正体と直面して、はたと思う。

──呪う声が、力になっている……？

これによく似たものがなかっただろうか。

だが考える余裕はなかった。

──長時間は、耐えられんな。

前に進もうとする。

だが動けば動くほどに、呪われた声が肉体も精神もむしばんでいく。

ザガンは焦《あせ》っていた。

──夢魔《むま》が夢の中でどれほど強力だろうと、こんなものに耐えられるものか。

早くリリスを見つけ出さなければ、手遅《ておく》れになる。

だが、視界も利かない、耳にも怨嗟しか聞こえないこの世界で、なにを頼りに見つけ出せというのか。

──いや、手がかりならあるはずだ。

ザガンはかつてリリスから異界の夢の相談を受けたとき、なにがなんでも生きろと命じたのだ。

生きていれば必ず助けると。

ザガンは知っている。

あの少女が非魔術師《まじゅつし》で貧弱な精神をしていても、正面から〈魔王〉に啖呵《たんか》を切るほどの覚悟《かくご》ができる姫《ひめ》であると。

そんな生きようとする意思は、この悪夢の中では明らかな異物である。

必ず、見つけられる。

――捜せ……捜せ！　必ず、いるはずだ！

耳を澄まし、目を凝《こ》らし、こうしているいまも裂かれ続ける皮膚《ひふ》にさえ意識を向ける。

どれくらいの時間、そうしていただろうか。ザガンは呪いの声の中に、異質な声を見つけた。


（――じっとしてるやつに道なんて開けないわ――）


他愛《たあい》のない、世間話のような声。

それゆえに、この世界では明らかに異質な声。

『見つけた――〈天燐《てんりん》・五連大華《ごれんたいか》〉！』

迷わず、ザガンは最大の一撃《いちげき》を放った。

五指から放たれた〈天燐〉の刃《やいば》は、暗闇《くらやみ》を引き裂きザガンの前に道を開く。

その先に、確かに金色の瞳を見た。

遠い。

濁流《だくりゅう》に阻《はば》まれた運河の対岸のように遠い。

それでも、ザガンは迷わず前に足を踏み出す。

「――〈天輪《てんりん》・絶影《ぜつえい》〉――」

周囲の魔力を速力に変換《へんかん》する、三つ目の力。

〈五連大華〉が引き裂いた道を疾駆《しっく》すると、その先にリリスの姿を見つけることができた。

夢魔といえどこの中を進んでただでは済まなかったのだろう。もともと露出《ろしゅつ》の激しかった衣装はさらに破れ、白い肌《はだ》にも無数の傷が浮《う》かび上《あ》がっている。むしろその程度で済んでいるあたり、夢魔としての力の強さに改めて感じ入る。

見るも痛々しい姿ではあるが、その傍《かたわ》らにはさらにボロボロの少年の姿があった。

――あいつ、船の夢の中に出てきたやつか？

どうやら、この少年を助けるために無茶《むちゃ》をしたらしい。

ザガンに気付いて、リリスが歓喜《かんき》の声を上げる。

『王さま！』

『あまり、手間をかけさせるな』

　リリスたちの下にたどり着くと手短かに返し、息を整える間も惜《お》しんでリリスと少年を両脇《りょうわき》に抱える。

〈絶影〉はなおも稼働《かどう》中。しかし切り開いた道はすでに闇《やみ》に閉ざされ始めていた。

　それどころか、闇そのものがギョロリとザガンを見たような気さえした。

　――見つかったか。

　うたた寝しているところを殴《なぐ》られたようなものだ。起きるのも当然だし、その怒《いか》りが向けられるのも必然である。

　いや、殴ったどころかフォークの先で少し刺《さ》した程度にも効いていないようだ。そのおかげか、まだ寝ぼけているというか、ザガンたちを正確には認識《にんしき》できていないらしい。

　いまなら、まだ脱出できる。

『手荒《てあら》くなる。口を開くなよ？』

　コクコクとリリスが頷《うなず》くのを確かめて、もうひとりの少年に目を向ける。

　そこで、ザガンは顔を強張《こわば》らせることとなった。

少年の右手には、見覚えのある紋章《もんしょう》が刻まれていたのだ。

『お前、まさか――っ、いや、それもあとか』

すでに闇はザガンに敵意を向けている。眠っているだけで精神を侵《おか》すような化け物が本気で敵意を向けてきたら、ザガンとてひとたまりもない。

『――〈天鱗《てんりん》・右天左天《うてんさてん》〉――』

ザガンが選んだのは、右腕《みぎうで》と左腕だった。

――出口も見えないこの場所では、一度放てば消えてしまう〈天燐〉は分が悪い。聖剣《せいけん》や魔族に対抗《たいこう》するため、ザガンが最初に作り上げた無敵の盾《たて》。だが盾であって武器ではない。

そんな盾の力で、ザガンは目の前の闇を殴り付ける。

沼《ぬま》の中に腕を突っ込むかのような鈍い感触《かんしょく》。〈右天〉の拳《こぶし》に亀裂が入った。

同時に、泥のような闇にも亀裂が入り、音を立てて爆《は》ぜ割れる。

――行ける。

〈天鱗〉は周囲の魔力を喰《く》らって硬度《こうど》を増し続けるのだ。この場所では無限に魔力を供給されているようなものである。ひび割れた〈右天〉は瞬時《しゅんじ》に再生して拳を握った。

続けて〈左天〉の拳を叩《たた》き付《つ》け、進むべき道をさらに押《お》し広《ひろ》げる。

――だが、やはり一度に三発で限界か。

〈絶影〉〈右天〉〈左天〉で三発である。

〈天鱗〉は周囲の闇さえ貪《むさぼ》るが、それでもザガンに制御できるのは三発らしい。もう一撃放つことができれば道も切り開けるのだが。

幸運だったのは、闇が押し寄《よ》せてくる速度よりも〈絶影〉の方が速いことだ。

どこに向かえばいいのか、そもそも出口があるのかさえ定かではないが〈右天左天〉で目の前の闇を打《う》ち砕《くだ》きながら、ザガンは突《つ》き進《すす》む。

そうしてどれくらい進んだだろうか。

ボロボロの拳が叩いた先に、光が見えたような気がした。

『王さま、あれ！』

『わかっている！』

〈幽世鏡〉の光。ザガンがここに足を踏み入《い》れたときの入り口だと直感した。

飛び込む瞬間、一度だけ後ろを振り返る。

暗闇だけだった世界に、白い隙間《すきま》が開こうとしていた。

その向こうにギョロリと青い球体が浮かぶ。

それが眼球だと理解した瞬間、同じような亀裂が一面に広がっていた。

◇

「はあっ――はあっ――はあっ――」

光を抜《ぬ》けた先で、ザガンは膝《ひざ》をつき肩《かた》で荒《あら》い呼吸をもらした。

――最後のあれは、いったいなんだ？

夢の主〈アザゼル〉が目覚めかけたということかもしれないが、ではあんなおぞましい夢を見る〈アザゼル〉とはいったいなんなのだ。

明らかに生ある者が見てよいものではなかった。

恐らく、理解してはならないものだ。

そこまで考えて、ザガンはアルシエラがどうしてなにも語れないのかわかったような気がした。

――夢の中……理解してはならないもの……ああクソッ、そういうことか。

それは話せるわけがない。

話してしまったら、誰かがあれを理解してしまったら、それだけでこの世界は滅びてしまうのだろう。たとえ十三人の〈魔王〉が共闘したとしても、あれをどうにかできるとは思えない。

リリスと少年を地面に下ろすと、リリスが心配そうな顔でボロボロの服の袖《そで》を破く。

「ごめん、これくらいしかないけど……」

そう言って、ザガンの額を拭《ぬぐ》う。

ようやく気付く。ザガンは額から滝《たき》のような汗《あせ》を伝わせていたのだ。

――配下の前で見せていい顔ではない、な。

ザガンはリリスの手からぼろきれを受け取ると、平然とした様子で立ち上がる。

「心配するな。少し燃費の悪い魔術《まじゅつ》を使っただけだ」

燃費が悪いどころか、〈天鱗〉は極《きわ》めて効率的に設計してある。

浅はかな虚栄《きょえい》ではあったが、リリスはホッとしたように胸をなで下ろしていた。この少女を安心させる程度の効果はあったらしい。

それから周囲を見渡す。

「どうやら、城に戻《もど》れたわけではなさそうだな……」

そこは、無数の柱が並ぶ神殿《しんでん》のような場所だった。

柱を見てみると縦に溝《みぞ》が彫《ほ》られただけのシンプルな造りのものだ。数メートルごとに節のような部分があり、そこに翼のようなものを持つ人間の像が彫刻《ちようこく》されている。翼人族《よくじんぞく》のように見えるが、妙《みよう》に神々《こうごう》しく作られていた。

――いや、確かに翼人族ではなかったな。

なにか違《ちが》う種族らしいが、正体は教えてもらえなかった。

ザガンは頭を押さえる。

――教えてもらった？　誰に？

自分はこの彫刻を……いや、この場所を知っているのか？

記憶《きおく》をたぐり寄せようとしても、それらしい手応《てごた》えはなにもない。これが既視感《きしかん》という錯覚《さつかく》なのか、それとも確かな記憶なのか、いまのザガンには確かめる術《すべ》はなかった。

改めて柱を見てみると相当古いもののようで、風化もひどく像の正体はわからない。文字が彫られていたような跡《あと》も見てとれるが、解読は難しそうだ。

そんな柱が、先が見えないほど天高くそびえている。

天井《てんじよう》はない。いや、空そのものがなかった。夜とも闇ともつかぬ玉虫色のおぞましい空間が広がっている。

現実の光景とは思えない。ここもまだ夢の中なのだろうか。

そう考えていると、リリスが息を呑《の》んだ。

「ここって……」

「わかるのか、リリス？」

ザガンが問いかけると、リリスは頷いた。

「前に、変な夢を見たって話したでしょ。ここ、あのときの場所みたい……」

「……なるほど」

空を見上げる。

あの玉虫色のおぞましい天井は、先ほどまでの世界そのものに思えた。

――ここがあの世界との境だとしたら、アルシエラの反応も当然か。

リリスがこの場所に迷い込んだとき、アルシエラが血相を変えて呼《よ》び戻したのだ。それでいて、その理由も説明しなかった。

この先にあるものを知ってしまったいまなら、それも仕方がないとは思う。

「では、ここはあの暗闇と現世との中間地点のような場所なのだろうな」

アルシエラの結界とやらは、この場所を指すのではないだろうか。この柱が支えているのが、あの空だと考えればこの奇妙《きみょう》な神殿の構造も納得《なっとく》できる。

リリスを見遣る。

「お前、ここから戻れるか？」

「ええっと……ごめん。無理みたい」

リリスは申し訳なさそうに首を横に振る。

「ここもたぶん、夢の中だとは思うんだけど、アタシの夢じゃないというか……。前に来たときも御方《おんかた》に連れ戻してもらっただけで、自力で戻ったわけじゃないから」

「ふむ。まあそうなるか」

夢魔としての自信が傷ついたのだろう。目に見えて肩を落とすリリスに、ザガンはポンと頭に手を乗せてやった。

「気にするな。ここは恐らくアルシエラの結界とやらだ。あの吸血鬼《きゅうけつき》が関《かか》わっているのにそう易々《やすやす》と突破《とっぱ》できるような結界なわけはない」

少なくとも、あんな空を支えているような重要な場所なのだ。自由に出入りできたら意味がない。

——先ほどリリスのところに直行できたのは、〈幽世鏡〉の主だからか。

持ち主の下まで道を開けても、帰りまで面倒《めんどう》を見てくれるものではないのだろう。むしろ主の下なら、世界の結界さえ越《こ》えられる事実に敬服すべきところだ。

ひとまず状況《じょうきょう》の確認《かくにん》ができたところで、ザガンは地面に横たわる少年に目を向ける。

「さて、そろそろお前にも話を聞かせてもらおうか」

ザガンやリリスより、よほど長時間あの闇の中にいたのだろう。全身傷だらけで息も細いが、ひとまず生きてはいる。

一応意識はあるようで、這《は》いつくばりながらもザガンを見上げた。


「お前がフルカスだな？」


少年の右手に刻まれていたのは〈魔王の刻印〉だった。

魔術師らしいローブやアミュレットはひとつとして残っていないし、船の夢で見た少年の姿をしてはいるが〈魔王の刻印〉を見紛《みまが》おうはずもない。

ザガンの右手に刻まれたものと同じだ。自分のものとは細部が異なり、オリアスあたりならそれが魔王のどこを示すのか解読できるだろう。

まあ、少し考えればわかる話ではある。

リリスが言う夢の中で異様に強い力を持った異物。リリスやいまのザガンのように実体を持ったまま夢の中に入ったのだとすれば、それは厄介《やっかい》な異物だったろう。

そこにナベリウスが持ってきた、世界の外側に行こうとして行方《ゆくえ》不明になった〈魔王〉フルカスの話。

これらが同じものだとしたら、ザガンはとっくにこの事件に巻き込まれていたのだ。

忌々しげに睨《にら》み付けると、少年は縋《すが》るようにザガンを見上げてきた。

「フル、カス……？　それが、俺《おれ》の、名前なのか？　あんたは……、俺のことを、知ってるのか？」

「「は？」」

ザガンとリリスは間の抜けた声をもらした。

少年は頭を押さえる。

「わから、ないんだ……。俺は、なんで、こんなところにいるんだ？　俺は、いったい誰なんだ？」

ザガンとリリスは顔を見合わせる。

――なるほど、ナベリウスの口ぶりを考えると、こいつが結界を越えてそれなりの時間が経《た》っているようではあったな。

数日か、一週間か、少なくとも数刻のような時間ではなかったはずだ。

あの世界での数日は、〈魔王〉の精神すら破壊してしまうほどの悪夢だったようだ。

ようやく、誰も世界の外に出られなかった理由がわかったような気がした。

世界の外側に抜けるためには、〈アザゼル〉の夢を通らなければならないのだろう。そもそも実体を持ったまま夢の中を通る方法を持つのは夢魔くらいのものなのだ。

ゆえに、誰も結界を突破できないし、できたところで帰ってこられるはずもない。〈魔王〉フルカスでさえこの様《ざま》なのだから。

――この様子では、魔術の使い方も覚えておらんか。

脱出の役には立ちそうにない。《狭間猫《はざまねこ》》の名を持つフルカスは、バルバロスすら凌《しの》ぐ空間跳躍《ちょうやく》の専門家だったのだが……。

ザガンも頭を抱《かか》えた。

「貴様、なにか覚えていることはないのか？」

「……なにも。いや、彼女とは、どこかで会ったような気がする」

そう言って目を向けたのはリリスだった。

リリスは小声で囁《ささや》きかけてくる。

（たぶん、御方《おんかた》のことだと思う）

（そうか？　前の夢のことじゃないのか）

（え、あ……。そうか。そっちもあったわね）

とはいえ、船の夢の中でこの少年がアルシエラといっしょにいたのは事実だ。

――この有様でもアルシエラのことを覚えているとは、やつになにをされたんだ？

あの船の夢も本来は悪夢だったという話だし、〈魔王〉とはいえ少し同情した。

ザガンは少年の首根っこを摑《つか》んで持ち上げる。

「うお、わあっ？」

「ちょっ、王さま？」

少年とリリスが悲鳴を上げて、ザガンはため息をもらす。

「いつまでもここにいるわけにもいくまい。脱出の手がかりを探すぞ」

「それはそうだけど、なんでその子持ち上げるの？」

「……？　歩けるようには見えんだろう？」

〈魔王〉は消しておきたいところだが、この様を見ては殺す気も失《う》せる。それにリリスが命がけで助けたのなら、見捨てると後味が悪い。

少年はポカンとしていたが、やがて小さく苦笑した。

「キミが言ってたことの意味が、少しだけわかったよ。いい王さまなんだね」

「なんの話だ？」

ザガンは眉《まゆ》をひそめるが、リリスは顔を真っ赤にして答えようとはしなかった。

ただ、とザガンは周囲の柱を見遣《みや》る。

「どうしたの、王さま？」

「……やはりこの場所、初めて見た気がせん」

リリスが目を見開く。

「それって、どういうこと……？」

「わからんが、前にこんな景色を見たような気がする。よほど小さいころだったのか、誰かに手を引かれていたような覚えがある」

手を引いてくれたのは誰だったのか。顔も服装も思い出せないが、きっとその人は大人だったのだろう。見上げていたような気がする。

それと、その向こうにもうひとり。自分と同じくらいの年ごろの、赤い髪と角を持った小さな女の子。

その顔が、目の前の少女と重なる。

——なんだ？　リリスもいたというのか？

つまり、ザガンは過去にリリスと出会っているのか？

だが、父親の話を考えるとその可能性はあり得る。夢の中でネフィともそう話したではないか。

神殿の柱を見上げる。

「いや、あのときの柱は、こんなに大きくなかった」

小さい自分にはさぞ巨大《きょだい》に見えたはずだが、それでも先が見えないほどそびえるようなものではなかったはずだ。

ザガンはとうとつに足を進め始める。

「ち、ちょっと王さま、どこ行くの？」

「ここが俺の知っている場所かはわからん。だが、そのときこっちになにかあったような気がする」

その先でなにを見たのか、あるいはその方向に歩いていただけでなにもなかったのかもしれない。

答えは自分にもわからないが、ザガンはただ真っ直《す》ぐ進んだ。

◇

「む、この彫像《ちょうぞう》は……アルシエラか？」

神殿の奥《おく》へと進んでいくと、それはあった。

神殿の柱は規則正しく並んでいるが、そんな中でひとつだけ通路の中央にそびえるものがあった。祭壇《さいだん》のように一段上る形になっていて、柱自体も精緻《せいち》な装飾《そうしょく》が凝らされている。

ここが神殿の中枢《ちゅうすう》なのだろう。

――ひとまず、こんなものに見覚えはないな。

先ほどの既視感も歩いているうちに薄《うす》れ、確信がなくなってきている。

だが、そんな記憶を頼《たよ》りに歩いた先に、この柱があったのだ。

根元に少女の彫像を抱《いだ》いた、奇妙な柱が。

彫像は髪型《かみがた》が違うし硬《かた》く眼《め》を閉ざしてはいるが、このふてぶてしい顔を忘れるものか。とは言っても眠《ねむ》るようなその顔から、いつもの毒気は感じられないが。

材質は石にも金属にも見える。鉛色《なまりいろ》で、よく磨《みが》かれたように光沢《こうたく》があった。

船首像のように下半身は柱に飲まれ、腰から上だけの姿だ。あのふわふわしたドレスの中身はこんなに華奢《きゃしゃ》なのか。ささやかな胸の膨《ふく》らみはあるものの、か細い首や腕《うで》などは鑿《のみ》を当てるだけで折れてしまいそうだ。薄い胸の下には肋骨《ろっこつ》まで浮かび上がっている。

両腕《りょううで》を吊《つ》られるように掲《かか》げていて、細い裸身《らしん》をさらに際立《きわだ》たせている。悪趣味《あくしゅみ》なことに手首には鎖《くさり》が巻き付けられてあった。

下ろされた長い髪が乳房《ちぶさ》や鼠蹊部《そけいぶ》を覆《おお》い隠《かく》しているのだが、代わりに普段《ふだん》隠されている頭部がさらけ出されていた。

折れた角。

無残な傷跡《きずあと》を晒《さら》すその姿は、神々しい神像というより生《い》け贄《にえ》のように見えた。

絹糸のような髪の一本一本まで丁寧《ていねい》に再現されていて、まるで生きているかのようだ。

「こんなものがあるってことは、ここは御方《おんかた》の神殿ってことなのかしら？」

「どうだろうな。お前も見るのは初めてなのか？」

「う、うん……。前は二回とも御方《おんかた》に止められたから」

リリスの答えに、ザガンはふむと考える。

「二回……か。そのとき、ここにいたのはお前とアルシエラだけか？」

「え？　そりゃあそうだけど……」

「他の者がいた可能性は？」

「うーん、あのときの御方《おんかた》の様子を考えたら、いたらただじゃすまなかったんじゃないかしら……」

まあ、ここを曝《あば》こうとしたらアルシエラでも相手を始末するだろう。いたとしても生きているとは思えない。

どうやら、そこにザガンがいたという可能性は低そうだ。

もしかすると夢の中ゆえにリリスの記憶を自分の体験と錯覚している、ということもあるのかもしれない。実際に船の夢のように、他人の夢と繋《つな》がることもあるようだし。

それから少年に目を向ける。

「おい、お前はこいつのことをわかるか？」

少年を像の前に突き出《だ》してみる。ずっと襟首《えりくび》を掴んでいたせいか、なにやらぐったりしているが首を横に振《ふ》る。

「……いや、知らない、と思う。少しだけ、見覚えがあるような気がするけど、すまない。わからない」

どうやらアルシエラの記憶も残っていないようだ。この様子では本人に会ってもわかるかどうか。

ただ、そこで少年が言う。

「でも、壊《こわ》れてて、なんだか可哀想《かわいそう》だ」

「壊れてる？」

「ほら、ここだ。割れてる」

髪《かみ》に隠れて気付かなかったが、よく見ると像の腹部が破損していて亀裂が入っていた。現実のアルシエラが傷を受けた場所と同じである。

それから、ハッとして少年を取り落とす。

「うわっ」

少年がなにやら痛そうな悲鳴を上げるが、ザガンは気に留めず像の首に触れてみる。

──これは、どういうことだ……？

愕然《がくぜん》として、ザガンはつぶやいた。


「こいつ、生きてるのか……？」


冷たく、硬く、感触そのものはただの彫像だ。

しかし、触れた指の先から鼓動《こどう》が感じられた。

息もしている。

夜の一族である少女の像が、どういうわけか生きた人間のように呼吸をして脈を持っているのだ。

ザガンが呻《うめ》いていると、リリスが困惑《こんわく》の声を上げる。

「王さま、御方《おんかた》の像が生きてるって、どういうこと？」

「……言葉のままだ。石のようになっているが、心臓は動いているし息もある」

「え……？　でも、御方《おんかた》って、吸血鬼よね？　吸血鬼って、息とかしてないんじゃなかったの？」

　吸血鬼の体は生きていないのだ。脈は止まっているし、呼吸もしない。触れても冷たく、血も流れない。それでいて、その体は陽炎《かげろう》のようなもので、霧《きり》にもなればコウモリにも形を変える。力を失えば消えてなくなるし、にも拘わらず時間が経てば平然と蘇《よみがえ》る。

　ザガンは哀《あわ》れむように彫像のアルシエラを見つめる。

「人間が吸血鬼になる方法はいくつかある。有名なところでは吸血鬼に血を吸われるというものだが、それは最初から吸血鬼がいなければ成り立たない」

　つまり、吸血以外の方法で吸血鬼になった者が存在する。そうやって吸血鬼になった者は、真祖などとも呼ばれている。

「俺が知る限りでは、人の身で吸血鬼になる方法は三つある。ひとつは魔術で肉体を超越《ちょうえつ》する方法。ふたつは神聖な生き物の血を飲んで呪われる方法」

　そこで言葉を区切ると、リリスが怖《お》ず怖ずと声を上げた。

「三つめは……？」

「人身御供《ひとみごくう》――生け贄に捧《ささ》げられて、死ななかった場合だ」

リリスと少年が息を呑んだ。

「じゃあ、御方《おんかた》はここで生け贄になったってこと……？」

「……だろうな」

つまるところ、これがアルシエラの本当の体なのだ。

少年が悲しそうな声を上げる。

「助けて、あげられない、のかな」

「どうだろうな。やつがこの場所に括《くく》り付けられているのは間違《まちが》いないが、迂闊《うかつ》に手を出せば本当に殺しかねん」

「どういうことだ？」

〈魔王《まおう》〉だったはずの少年の無知に、ザガンはため息をもらしそうになった。

「こいつがこの場所でどういう役割なのかわからんのだ。神殿の機能の要になっているのだろうとは思うが、神殿そのものがこいつの命を繋いでいる可能性だってある。無事にここから出せたとしても、その瞬間《しゅんかん》これまでの年月が一気に流れ込んでくる危険もある」

アルシエラが吸血鬼として過ごしてきた時間は一千年である。

一千年分もの時間が一度に流れ込めば、人など塵《ちり》も残るまい。竜《りゅう》くらい超常《ちょうじょう》の存在で、ようやく可能性があるくらいのものだろう。

少年は肩を落とす。

「……そう、か。なにも、してあげられない、のか」

あの船の夢がどこまで少年の過去を再現していたのかは知らないが、彼《かれ》にとってはアルシエラは恩人なのだ。記憶を失っても、なにかの気持ちが残っているのかもしれない。

ザガンは忌々《いまいま》しそうにため息をもらす。

「おい、右手を貸せ」

「え、ああ」

少年の手を摑むと、ザガンは像の傷跡に押しつける。

「わ、あわわわわっ」

「ちょっ、なにやってんのよ王さまっ？」

少年とリリスは顔を真っ赤にしてうろたえる。なにを慌《あわ》てているのかは知らないが、なにかしてやりたいと言ったのは少年の方ではないか。

ザガンは呆《あき》れて返す。

「なにって、こいつどうせ魔術の使い方も覚えておらんのだろう？　ならこうするしかあるまい」

少年の〈魔王の刻印〉から強引《ごういん》に魔力を引き出し、アルシエラ像へと流し込む。

「手を離《はな》すなよ。失敗する」

少年にそう告げると、ザガンは破損の修復を進める。

――この材質はなんなのだ？

人の体なら修復も簡単なのだが、人柱になっているせいか成分が解析《かいせき》できない。

それでも手を当てているうちに像の亀裂《きれつ》が塞《ふさ》がっていく。十秒ほどだろうか。魔力の光が収まるころには、像の破損は綺麗《きれい》に修復されていた。

「ふん。まあこんなところだろう……どうした？」

像が修復されると、少年はへたり込んで真っ赤になっていた。

「ど、どうしたって、女の子なんですよ……っ？　こんな、ベタベタ触《さわ》るのは……」

石とも金属ともつかない体になっているが、生きていると少年は知ってしまった。そのせいか羞恥心《しゅうちしん》を覚えているらしい。〈魔王〉ともあろう者がなんとも嘆《なげ》かわしい話だ。

「知るか。世の中に女など二種類しかおらん。嫁《ネフィ》か、それ以外だ」

有象無象《うぞうむぞう》のそれ以外の裸体《らたい》なんぞを、なぜ気にしてやる必要があるのか。

それがネフィだった場合のうろたえようなど少年の比ではないのだが、ザガンは傲慢《ごうまん》にも見下した。

「あの……フォルお嬢《じょう》さまは？」

リリスの指摘《してき》に、ザガンは腕を組む。

「……世の中には、三種類の女がいる」

「うん、まあ、そうよね……」

訂正《ていせい》すると、なぜか生暖かい目を向けられた。

それから、アルシエラの像を見る。

「なにをしたの？」

「魔力で傷を埋《う》めただけだ。まあ、魔力を物質化させるのはなかなか骨が折れるからな。こいつの魔力も使わせてもらった」

素材の正体がわからなかったため、ひとまず魔力で生きた部品を作り、それで隙間を埋めるという手法を試《ため》したのだ。

この作業はとにかく神経を使って面倒くさい。本来はエリクシルのような薬剤《やくざい》や道具など、相応の触媒《しょくばい》と施設《しせつ》を用いて行うものだ。ひとりでは手に余るため、勝手に少年を助手に仕立てさせてもらった。

ただ、これでアルシエラの傷が治ったかといえば、そんなことはない。

「言っておくが、見た目を取《と》り繕《つくろ》っただけだ。それ以上の意味はないぞ?」

――〈アザゼル〉の剣《けん》は〈天燐〉と同種の力だった。

実体でもないアルシエラにあれほどの傷を負わせたのだ。あの傷が再生できないことはザガンが誰《だれ》よりもよく知っている。

なのだが、少年は笑った。

「それでも、ありがとう。やっとこの人に恩を返せたような、そんな気がするよ。覚えてないのに、変な話だけど」

実に真《ま》っ直ぐな言葉に、ザガンは珍獣《ちんじゅう》でも見た気分になった。

――なんでこんなやつが〈魔王《まおう》〉になるほど歪《ゆが》むことになるんだ?

真っ当に生きて聖騎士《せいきし》にでもなっていそうな少年ではないか。

それから、もう一度アルシエラの像を見遣る。

――まあ、確かにこの格好で野晒《のざら》しというのも哀れか。

こんな姿ではあるが、生きているらしいのだ。ここに意識などないだろうが、眺《なが》めていて気分のよいものではない。

ザガンはマントを脱《ぬ》ぐと、アルシエラの像に巻き付けてやった。

「まあ、不格好ではあるが、ないよりはマシだろう」

そんなときだった。

ぴしんっと、空が割れる音が響《ひび》いた。

◇

「――ッ、なんだ？」

空を見上げる。

玉虫色の空に、巨大な瞳《ひとみ》が浮《う》かんでいた。

「……しつこいやつだ」

どうやら〈アザゼル〉に気付かれてしまったらしい。

一歩遅《おく》れて、音の正体にも気付く。瞳に近い柱の数本に、亀裂が走っていたのだ。あの柱ひとつひとつがなにか重要な装置なのは明白で、破壊《はかい》されれば〈アザゼル〉はここにも侵蝕《しんしょく》してくるのだろう。

――アルシエラに触《ふ》れたからか、それとも……。

右手の〈刻印〉を意識する。

ビフロンスが呼び起こした〝泥《どろ》の魔神《まじん》〟は〈魔王の刻印〉に執着《しゅうちゃく》を見せていた。〝アリステラ〟も〈刻印〉を狙《ねら》っていたように見えた。ここに封《ふう》じられているのがビフロンスの言うような魔神の体なのかは不明だが、〈アザゼル〉が〈刻印〉を狙っているのは間違いない。

しかしここはアルシエラの結界の中なのだ。

いかに〈アザゼル〉といえど、力尽《ちからず》くで侵入《しんにゅう》できるものではないようだ。こちらを見るだけで、それより先に進むことはできていない。

そんな〈アザゼル〉の瞳から、なにかがこぼれ落ちる。

黒い涙《なみだ》。

それは、地面に落ちるとべしゃりと潰《つぶ》れ、周囲に飛び散った。

そして吹き付けるのは、死霊に撫でられたかのようなおぞましい風だった。

臓腑をかき回されるような不快感。少年がガタガタと震え、リリスが堪らず口を覆って頽《くずお》れる。

瘴気だ。

「な、なんだ？」

「……下がっていろ」

怯《おび》えるような声をもらす少年を手で制し、ザガンは前に出る。

——そういえば、こいつらはバルバロスやオリアスも召喚《しょうかん》できたからな。

ザガンは知っている。

落ちてきたのは、形のない怪物《かいぶつ》たち。この世界のどんな生物とも違い、力の法則すらことなる異形の存在——魔族だ。

落ちてきたのはまだ数体ほどだろうか。いまのザガンなら問題なく倒《たお》せる数ではあるが、〈アザゼル〉の瞳からはポタポタと涙がこぼれ続けている。

たった一滴《てき》で数体もの魔族を生み出したそれが、雨のように降ってきているのだ。見る見るうちにふた桁《けた》に、いずれ千にも万にも届くだろう。

「あいつら、ここを壊そうとしてる！」

落ちてきた魔族たちはザガンたちに目もくれず柱を攻撃《こうげき》し始めていた。

体から矢のような礫《つぶて》を放つ者もいれば、体を巻き付けて柱をねじ切ろうとする者、シンプルに殴《なぐ》りかかる者など様々だが、数十体もの魔族が同時に攻撃を行っているのだ。

瞬《また》く間《たま》に最初の柱がへし折られ、ボロボロと崩《くず》れていった。

——これは、無理か……。

いかに〈魔王〉といえど、人の身でどうにかできる災厄《さいやく》ではない。ここを守りきるなど不可能で、模索《もさく》すべきはここから生き延びる方法である。

「お、王さま……」

消え入るようなその声で、ザガンはハッとした。

振り返《かえ》ると、すっかり怯えて震《ふる》え上《あ》がるリリスがいる。隣《となり》にはそんなリリスが命を懸《か》けて助け出した少年がいる。さらに後ろに目を向ければ、忌々しくも哀れな吸血鬼の少女の像がある。

ザガンが退くということは、その全《すべ》てが失われるということだ。

大きく息を吐《は》く。

「情けない声を上げるな。貴様はいま、王《俺》の後ろにいるのだぞ。しゃきっとしていろ」

それは滑稽《こっけい》な意地なのだろう。

あの数の魔族を倒しきることなど不可能で、空の隙間からはいずれ〈アザゼル〉本体だって現れるかもしれない。

ザガンにできるのはほんの少しの時間稼《かせ》ぎで、どうあがこうともその先にある死を避《さ》けることはできない。

――だが、配下の前で意地も張れない男は、王ではない。

だから戦う。

ひとりで逃《に》げれば生き残れるかもしれないが、それはザガンの思う王の姿ではない。配下を見捨てて逃げた先で、どの面《つら》を下げてネフィを抱きしめるというのだ。

自分を鼓舞《こぶ》するように、ザガンは言う。

「言い忘れていたがリリスよ、帰ったら夢の礼に褒美《ほうび》を取らせてやる。それまでに望みを考えておけ」

そうだ。戻ってやらなければならないことは山ほどある。

――さて、ではどうするか。

覚悟《かくご》が決まったなら、次は手段《プラン》である。

敵はすでに数百にも上る魔族の群れである。多対一なら〈天燐《てんりん》・御雷《みかづち》〉が効果的だろう。

――駄目《だめ》だな。この神殿がアルシエラの生命維持《いじ》装置である可能性が高い。

ただでさえ魔族の攻撃に晒され、破壊されているのだ。ここで〈御雷〉など使えば神殿そのものが崩壊《ほうかい》しかねない。

それ以前に、空の〈アザゼル〉を封じるための装置のはずだ。神殿を傷つけるような魔術は避けなければならない。

なら〈天鱗《てんりん》・竜式《りゅうしき》〉はどうか。

――これもないな。継戦《けいせん》能力は高くとも一個体でしかない。

戦い続けるという目的に対しては申し分ないが、魔族を駆除《くじょ》しつつリリスたちや神殿を守るには圧倒的《あっとうてき》に手数が足りない。

〈五連大華〉は一度放てば終わりだし、〈鬼火《おにび》〉では火力が足りない。そうなると〈右天左天〉を選びたいところだが、これひとつでふたつ分のリソースを消費する。先ほどのように守る分には悪くないが、倒すには向いていない。じり貧になって押《お》し切《き》られるだけだ。

――となると、残るはあれくらいか……。

いくらかマシな手はあるものの、空の瞳をどうにかしない限りは根本的な解決にならない。そしてその手段が、いまのザガンにはなかった。

それでも前に進もうとすると、リリスが信じられないように言う。

「あんなのに、勝てるの、王さま……？」

「勝たねばネフィのところへ帰れぬであろう。……ああ、そうだ。これは俺とネフィの幸せのために、退いてはならん戦いなのだ」

デートに誘《さそ》おうとして、昨日も失敗したのだ。

さっさと戻《もど》って、今日こそデートに誘うのだ。

俄然《がぜん》、やる気が出てきた。

一瞬《いっしゅん》ひるみはしたが、よく考えればなぜこんなぽっと出の魔族風情《まぞくふぜい》に、ザガンが死を覚悟せねばならぬのか。

全て蹴散《けち》らし、何事もなかったように帰ってみせる姿こそ、ネフィに見せるべきだろう。

夢の中でちょっと引っ付けたからといって、夢で終わらせていいわけがあるか。今度は現実の方で腕枕《うでまくら》をしたり膝枕《ひざまくら》をしてもらったりするのだ。

そのためならこんな有象無象など、障害とも認めない。

ザガンはパチンと指を鳴らす。

リリスたちの周りに蛍《ほたる》のような光が浮かんだ。

「――〈天鱗・雪月花《せつげつか》〉――お前たち、ここを動くなよ。バラバラになられたら守れるものも守れんからな」

「は、はい！」

リリスはしっかりと頷《うなず》くと、少年の手を握《にぎ》ってアルシエラ像の傍《そば》へと後退する。さすがに守られる者として、どう行動すべきかはわきまえている。

守るべき範囲《はんい》が狭《せま》くなったことで、魔族の数体が接近したところで阻《はば》みきれる程度の強度は保てるようになった。

　これでひとつ。

　次に、ザガンは自らの足へと魔術を紡《つむ》ぐ。

「――〈天輪・絶影《ぜつえい》〉――」

　物量では圧倒的に劣《おと》っているのだ。それを覆《くつがえ》すには手数が必要である。つまり、速さである。

　これでふたつ。

　最後に、その拳《こぶし》を前に突《つ》き出し唱える。

「――〈天燐・紫電《しでん》〉――」


　紡がれたのは、黒い手甲《てっこう》だった。

〈右天左天〉のような巨大なものではなく、肘《ひじ》から先を覆うだけの軽装である。

　だが無敵の盾《たて》である〈天鱗〉とは違《ちが》い、触れるだけで全てを焼《や》き払《はら》う〈天燐〉を拳の形に紡ぐなど、ナンセンスだ。攻撃にしか使えぬのだから、剣や炎《ほのお》のようにもっと効率的な形を持たせるべきである。

――だが〝技《わざ》〟を使うなら、この形が必要だ。

ザガンが忌避《きひ》してきた〝技〟を使うための〈天燐〉。しかし拳の形でなぜ〈紫電〉なのか。

〈絶影〉の一歩を踏《ふ》み出す。

十歩の距離《きょり》を一歩で進む、神速の一歩。

〈天燐〉の黒は薄く尾《お》を引き、鮮《あざ》やかな紫《むらさき》となる。

二歩、三歩と歩みを進めると、ついに最初の魔族に肉薄《にくはく》する。

タールのような粘質の液体が人の形を真似《まね》てみたかのような、おぞましい外見。頭部には不規則に並んだいくつもの目玉があり、ザガンの方に向いてはいたが姿を捉《とら》えたわけではなかった。

肩《かた》からねじり込むように、右の拳を突き出す。

〈絶影〉の加速が乗った拳である。アンドレアルフスの〈虚空《こくう》〉にこそ及《およ》ばぬものの、それに近いほどの速度で打ち出されたことになる。タールのような魔族は、身構える素振《そぶ》りすら見せることはなかった。

その腹らしき部位に、拳が触れる。

パンッと軽い音を立てて、その体が風船のようにはじけ飛んだ。

そして撃《う》ち込んだ拳は〈天燐〉をまとっているのだ。飛散した破片《はへん》は瞬時《しゅんじ》に燃《も》え尽《つ》きて塵となっていた。

――通る！

次の足を踏む。

魔族は群れとなって押し寄《よ》せているのだ。すでに次の的が目の前にいる。

今度は下から突き上げるように左の拳をたたき込む。

魔族はなにが起きたかを理解する間もなく、胸から上を失って消滅《しょうめつ》した。

次へ。また次へ。〈絶影〉で足を踏むたびに、紫の軌跡《きせき》を残す。

雷《かみなり》のように鋭角《えいかく》な軌跡。

その姿は、魔族すら蹂躙《じゅうりん》する電光だった。

これがこの〈天燐〉の名の由来。〈絶影〉は本来これと対で使うために作った魔術であり、共に操《あやつ》ることで初めて〈紫電〉となるのだ。

ただ、魔族ですら反応できぬ速度で動く以上、それを制御《せいぎょ》するには絶大な反応速度と空間知覚能力が必要となる。

このひと月、キメリエスを引き込んでは続けていた訓練は、このためのものだった。

十体目の魔族を殴ったところで、拳にボキンと鈍《にぶ》い感触《かんしょく》と痛みが走る。

音よりも速くものを殴っているのだ。常人ならば、最初の一撃《いちげき》で自分の腕が吹《ふ》き飛《と》んでいる。〈魔王〉とて無傷ではいられない。

しかし、その〈魔王〉となるまで肉体強化をもっとも得意としたのがザガンである。

砕《くだ》けた拳は瞬時に再生され、次の敵を撃《う》ち砕く。

なにより〝技〟とは己《おのれ》の肉体を最適に扱《あつか》うための技術である。最善最高率で放たれる一撃は拳への負担も最低限に軽減されていた。


つまるところ〈紫電〉とは、魔力が続く限り〈天燐〉の拳を放ち続ける魔術である。


だが、ザガンの表情に楽観の色は見られなかった。

当然のこと、魔族が無抵抗のまま殴られてくれるはずもない。

最初の十数体ほどは反撃らしい素振りを見せても虚しく空振るばかりだったが、それだけの同胞が屠《ほふ》られれば〈絶影〉を捉えきれないことくらい理解するらしい。

紙のように薄っぺらい体の魔族――いつかオリアスが召喚したものと同じタイプの個体だ――が、その身から予備動作もなく無数の礫を放出する。

「――チイッ」

鋭く舌打ちをもらして、ザガンは礫の範囲から逃れる。

〈天鱗〉があれば造作もなく防げる攻撃ではあるが、それはリリスたちを守るために使ってしまった。己の身を守れるのは〈絶影〉の速度と〝技〟——純然たる体捌きだけである。

そしてザガンが回避行動を取ったことにより、魔族たちにもそれが有効な攻撃であることを学習させてしまう。

紙のような魔族を拳で撃ち抜いたときには、魔族たちは一斉に同じような礫や刃を無数に放ってきていた。

——こいつら、統率も取れるのか！

狙いを定めずに放ったのだろう。ザガンを捉えていた攻撃は数えるほどだったが、食らえば腕の一本や二本は軽く吹き飛ぶ破壊力を感じた。

躱しきれない礫を拳で撃ち落とし、雨のような攻撃の隙間を縫って一体、また一体と魔族を打ち倒す。

一瞬たりとも、気を緩めるどころかまばたきすらすることができない。たったひとつの失敗が即座に命を奪う。槍衾《やりぶすま》の上で曲芸でもやっているような気分である。

さらに問題なのが……。

——魔族が増える速度の方が、わずかに速い。

ザガンが十の魔族を屠《ほふ》る間に、十一体が増えているといったところか。

拮抗《きっこう》しているように見えて、いつかは押し切られる。それに加え、ザガンが突撃《とつげき》するまでに十本近い柱が倒されてしまっている。これが現実のアルシエラにどう影響《えいきょう》しているかわからない。

しかし、絶望もしていなかった。

――希望は、ある。

ここに入ってこられる者が、もうひとり いる。それに黒花《ケット・シー》が幸運を願っているのなら、思いも寄らぬことが起きるかもしれない。

だから、いまザガンがすべきことは、それまで全てを守り抜《ぬ》くことだった。

◇

「――アルシエラさま！」

ザガンが〈幽世鏡《かくりよのかがみ》〉の中に消えてから一刻後。リリスとセルフィの寝室《しんしつ》には、ネフィとフォルもやってきていた。

本日は休暇《きゅうか》を申しつけられているが、身に染《し》みついた習慣というものはそう簡単に抜けるものではない。それに夢での自分の大胆な行動を、現実の方で思い出してしまったら恥ずかしさと嬉しさで眠るどころではなくなってしまった。

それゆえ朝も普通《ふつう》に目を覚ましてしまい、ネフィも手伝いすぎない程度にいつもの仕事をしようとしていたのだ。

だが、朝食の支度《したく》を始めてもリリスたちは起きてこなかった。それでフォルと様子を見に来たらアルシエラたちが思《おも》い詰《つ》めた顔をしていたのだ。

いまはネフィとフォルに加え、部屋に残されたセルフィとアルシエラ、そして見知らぬ魔術師《まじゅつし》の五人がいるため、かなり手狭《てぜま》になっている。

アルシエラの説明では、ザガンとリリスは世界の縁《ふち》――内と外の境界にいるということだった。そしてそこが夢の中にあるとも。ザガンのおかげでなんとか引《ひ》き戻せる場所まで来てはくれたらしいのだが、そこで突然《とつぜん》アルシエラが倒れたのだ。

ただでさえ白い肌《はだ》が完全に青ざめ、ガクガクと震えている。

そんな少女を真っ先に抱きかかえたのは、フォルだった。

「アルシエラ。無理しないで」

「大《だい》、丈夫《じょうぶ》、ですわ……」

フォルは神妙《しんみょう》な表情で問いかける。

「なにが、起きてるの？」

「あたくしの身体が……〈アザゼル〉に、見つかったようですわ」

仮面の魔術師が絶句する。

「ちょっとちょっと、それってマズいんじゃないのう？」

「……まあ、よくは、ないのです」

アルシエラが掲げた手は、指先からうっすらと透《す》け始めていた。

ザガンたちを引き戻せるのは、唯一《ゆいいつ》アルシエラだけだというのに。

青ざめるネフィに、アルシエラは微笑《ほほえ》む。

「ご心配には及びませんわ。銀眼の王さまとリリスくらいは、こちらに戻してみせるのですわ」

「――それでは、ダメです」

ネフィは迷わずそう答えた。

「え……」

キョトンとするアルシエラに、ネフィは言う。

「ザガンさまとリリスさんは夢の中にいるのですよね？　でも、そこでアルシエラさまのお体も危険にさらされている。何者かに襲《おそ》われて」

状況《じょうきょう》を確認《かくにん》すると、アルシエラは頷く。

「なら、救出なんて余計な真似をされては困ります」

この言葉には、アルシエラも唖然《あぜん》とする。

「貴姉《あなた》は、銀眼の王さまを愛しているものと思っていましたけれど……?」

「愛しています。愛しているから、わかります。ザガンさまは、誰かを見捨てて生き延びることを恥《はじ》とお考えになるんです」

目的のために相手を殺すのはいい。

見知らぬ誰かが知らないところで死ぬのもいい。

しかし、守ろうとした相手を死なせるのだけは許せないのだ。

本人は決して認めないだろうが、彼はそういう男なのだ。

——本当は自分のことを一番に考えて、帰ってきてほしい。

でも不器用で意地っ張りな彼は、きっと目の前で困っている誰かを助けてしまう。

だって彼が助けに行ったリリスは助けを求めてわめく見下げ果てた弱者ではなく、弱いなりに自分にできることを全《まっと》うしようとする、強い子なのだから。

ザガンは諦《あきら》めずに足掻《あが》く者には、手を差《さ》し伸《の》べてしまう王なのだから。

アルシエラの命が危ないと知れば、必ず守る。表面上は毛嫌《けぎら》いしているが、最初に彼女《かのじょ》が消えそうになったとき、自分の血を分けてまで延命させたではないか。

だったら、ネフィはそれを受け入れて支えるしかないではないか。

キュッと唇《くちびる》を噛《か》みしめ、ネフィは言う。

「ザガンさまが求められているのは、救出ではなく助力だと思います」

そこで言葉を区切ると、大きく息を吸ってネフィは告げる。

「だから、勝手に救出などされて、わたしのザガンさまの邪魔《じゃま》をされるのは困るのです」

たとえアルシエラでも、それは許さない。

そんな答えに、フォルがしみじみと頷く。

「ザガンなら、そう思ってる。だって、リリスもアルシエラも、家族だから」

ギュッとアルシエラを抱きしめて、フォルはささやく。

（ザガンが本当のこと、を知るまで、アルシエラは生きていないとダメ）

その言葉は、本当に唇を動かすだけのようなもので、魔術を用いなければ誰の耳にも届かなかっただろう。それでも、ネフィには確かにそう聞こえた。

――本当のこと……？

それはなにを意味するのだろう。フォルは、なにを隠《かく》しているのだろう。

そのささやきを誤魔化《ごまか》すようにもうひと言付け加える。

「それに約束。今度いっしょに、魔王殿《まおうでん》の探険に行くって言った。破ったら許さない」

「……なかなか、手厳しいですわね」

疑問は山ほどあったが、いま優先すべきなのはそれではない。

「アルシエラさま、わたしたちがザガンさまを助けに行くことはできないのですか？」

「無理、ですわ。〈幽世鏡〉は消えてしまいましたし、夢の中に入れるのは夢魔《むま》だけですもの。意識だけ夢の中に入っても、役には立ちませんわ」

船の夢の中で魔法を使えたのは、あれもネフィの夢と繋がっていたからだろうか。ザガンたちがいる場所は、それとは事情が違うようだ。

アルシエラは胸を押さえる。

「行けるのは、あたくしだけなのですわ」

しかしそのアルシエラも〝身体〟とやらが危険にさらされているせいか、立ち上がることさえ難しいようだ。そんな状態で戦えるとは思えない。

そこで声を上げたのは、意外なことにセルフィだった。

「あの、魔術のこととかわかんないッスけど、ちょっといいッスか？」

「なに？」

首を傾《かし》げるフォルに、セルフィはこう言った。

「夢の中にいるなら、リリスちゃんを呼んだらいいんじゃないッスか？」

残念な言葉に、フォルがため息をもらす。

「そのリリスを助けに行ってるのに、どうやって？」

そもそも、アルシエラの話ではリリスは自力で戻ってくるのも難しいような場所にいるらしいのだ。

なのだが、セルフィはきょとんとして首を傾げた。

「え、できないッスか？　そんな難しいことじゃないと思うッスけど……」

その言葉に、全員が耳を疑った。

怖ず怖ずと口を開いたのは、アルシエラだった。

「……できるんですの？」

「できるッスよ？　だってリリスちゃんは結構寝《ね》ぼすけッスから、自分よく夢の中のリリスちゃん起こしたりしてるッス」

「夢の中の、夢魔を？　どうやって？」

「そりゃあ、なんていうかこう、大きな声で呼びかけて？」

この少女に理知的な説明を求めること自体が間違いなのだろう。ネフィにもなにを言っているのかはわからなかったが、彼女にとっては当然のことらしい。

いつだったか、ザガンがこんなことを言っていたのを思い出す。

――馬鹿《ばか》と天才は紙一重《かみひとえ》――

セルフィはきっと、その紙一重のところにいるのだ。だから普段《ふだん》はみんな彼女の言っていることが理解できないし、いろいろと脳天気に見えるのだ。

同時に、納得《なっとく》もしていた。

――わたしに最初に歌い方を教えてくれたのは、セルフィさんでした。

アルシエラが愕然とする。

「……あたくし、初めて貴姉のこと、怖《こわ》いと思いましたわ」

「そうッスか？　えへへ、なんか照れるッスね」

アルシエラが立ち上がろうとして、それをフォルが支える。

「やることが決まりましたわね。貴兄《きけい》にも手伝ってもらいますわよ、ナベリウス。アレは持ってきているのでしょう？」

呼びかけられて、仮面の魔術師は仕方なさそうに肩を竦《すく》めた。

「……ま、今回そっちを巻き込んだのはあたしだものねえ。これは必要経費ってことにしとくわ」

そう言って、ローブの中から長い筒のようなものを取り出す。

「それは……！」

初めて目にするものではあったが、筒《つつ》の正体に気付いてネフィは息を呑《の》んだ。

◇

「――うわっ、こっちにも来た！」

少年が悲鳴を上げる。

ザガンは電光の魔術で魔族の群れをなぎ倒しているが、いかんせんひとりなのだ。魔族の前進を阻んではいるが、取りこぼした数体がついにリリスたちの下までたどり着いてしまっていた。

リリスは怯える少年を抱《だ》き寄せる。

「動かないで。ここから出なければ安全よ」

王が守ると言ったのだ。

リリスたちが余計なことをしない限り、必ず守ってくれる。

魔族の体からは針のような触腕《しょくわん》や飛沫《しぶき》のような弾丸《だんがん》が放たれるが、周囲を舞《ま》う〈雪月花〉に阻まれてリリスたちには届かなかった。

――でも、なにかできることはないの？

ザガンは健闘《けんとう》しているが、神殿《しんでん》の全てを守ることなどできるはずもない。すでに数十本もの柱が破壊され、傷のついていない柱など残っていないのではないかと思う。

それでもリリスたちとアルシエラの像だけは守ってくれているのだから凄《すさ》まじい。

なのに、なぜリリスは守られるだけなのか。自分もネフィのように魔術を学ぶべきだったのではないかと、いまさらながら後悔《こうかい》する。

なにより、夢という己の領域でこうも無力なのが情けない。

悔《くや》しくて歯を食いしばったときだった。


『――――――』


どこからともなく、流れるような声が響いた。

歌だ。言葉を乗せない、旋律《せんりつ》だけの歌。

「これ、セルフィの歌？」

誰が聞《き》き違おうものか。あの脳天気であたたかい幼馴染《おさななじ》みの歌である。

耳にしただけで凍《こご》えた体が癒《いや》されるような――それで初めて凍えるほど体が傷ついていることを自覚する――胸の中に染みるような、そんな歌声だ。

前々から不思議ではあったが、セルフィの呼び声はリリスが夢の中にいても届く。彼女が本気で歌えばアルシエラの結界すら越《こ》えるらしい。

「セルフィ！」

幼馴染みの名前を呼ぶと、それに応《こた》えるように新たな旋律が加わる。

『――其《そ》は死出の旅路を司《つかさど》る者――葦草《あしくさ》を吹き、英知と謀《はかりごと》を伝える者――』

「――ネフィか？」

魔族を砕きながら、ザガンがそうつぶやいたのが聞こえた。

旋律に弾《はじ》かれたように、柱に取り付く魔族たちが吹き飛ばされる。

――なんて人だろう……。

セルフィの歌に乗せて、神霊《しんれい》魔法という力を放ったのだ。

だがセルフィの歌に音を乗せてきたのは、ネフィだけではなかった。

リリスたちを守るように放たれた神霊魔法は、柱の周囲から魔族たちを追《お》い払う。それにより、一時的な安全圏《あんぜんけん》が生まれた。

それを待っていたように、今度は〈雪月花〉が動きを変える。

柱の傍から離《はな》れると、ザガンが相手取る魔族たちを囲むように展開される。

「なんだ——フォルか？」

ザガンの意志による操作ではないらしく、困惑《こんわく》の声が聞こえた。

そして〝音〟が弾ける。


『——〈神音《かのん》〉——』


空間が震えた。

不定形の魔族たちがピタリと動きを止め、そのまま砂の彫像《ちょうぞう》のように崩れていく。

ザガンの方も限界が近かったのだろう。〈紫電〉が消えて、ようやくまともに姿が見えるようになる。

全ての攻撃を躱していたように見えたが、全身傷だらけで荒《あら》い息をもらしている。

そこで、カツンと背後に足音が響いた。

「御方《おんかた》？」

「困った子鹿《こじか》なのですわ。ここに入ってはいけないと、何度も教えたではありませんの」

青白い顔をして、声にもいつもの人を喰《く》ったような色が薄《うす》いが、そこにいたのは確かにリリスの知るアルシエラだった。

それから、ふと隣の少年を見て目を丸くする。

「……っ、貴兄は？」

驚愕《きょうがく》の表情を浮かべるアルシエラとは裏腹に、少年はキョトンとしていた。

「え、ああ、俺《おれ》は、自分でもよくわからないけど、彼《かれ》らに助けてもらって……」

きっと、アルシエラと少年は出会っていたはずなのだ。

――どうしよう。この子、御方《おんかた》のこともなにも覚えてないのに……。

アルシエラは驚《おどろ》いた顔をしていたが、やがてなにかを察したように微笑《びしょう》した。

「そう。それは運がよかったのですわ。彼らに感謝するとよいのです」

少年は困惑したように頷きつつ、アルシエラとその背後の像を交互《こうご》に見ていた。

それからアルシエラはザガンに目を向ける。王もこちらに気付いていたのだろう。振《ふ》り返っていた。

「アルシエラか」

「銀眼《ぎんがん》の王さまもご無事でなによりですわ」

「つまらん世辞はいい。それより、なにか手があって来たのだろうな」

ザガンの言葉に、アルシエラは困ったように微笑んだ。

「おふたり……と、もうひとりを連《つ》れ戻すだけでよいならすぐにでも。ただ、余計なことはするなと怒《おこ》られてしまいましたわ」

「当たり前だ。まだ上のが片付いておらん。勝手に放《ほう》り出《だ》されて堪《たま》るか」

魔族たちを打ち倒したものの、空の瞳はいまも健在で次の涙をこぼしている。

アルシエラはさも睦《むつ》まじいものを見たようにクスクスと笑った。

「あらまあ、本当に通じ合っているのですわね。羨《うらや》ましいくらいですわ」

それから、空を見上げる。

「いま閉じることができれば、まだ間に合うのですわ。〝あれ〟はあたくしとリリスで止めるのですわ」

「……へ？」

なにかいま、とんでもないことを言われたような気がして、リリスは唖然とした。

「え、ええっ、アタシもって、どういうことですか？」

「どういうこともなにも、貴姉は世界でもっとも力ある夢魔なのですわ」

「お、御方《おんかた》がいるじゃないですか」

吸血鬼《きゅうけつき》アルシエラがかつて夢魔だったことは、リリスにだってわかっている。

なのだが、アルシエラは首を横に振ってリリスの手を握る。

「あたくしは別に夢魔として上等な血筋なわけではないのですわ。貴姉はもう、あたくしなどよりずっと強い力を持っている」

「で、でも……」

そんなことを急に言われても困る。

いまだって怖くて震えていることしかできなかったのに。

「勇気を持つのです。夢の中で貴姉にできないことはない」

それから、ギュッと自分の手を握ってくれるアルシエラの手を見る。

その手を見て、リリスは息を呑んだ。

「御方《おんかた》、その手……」

アルシエラの手は半分透けていて、すでに触《ふ》れられている感触すら曖昧《あいまい》になっていた。

「〝天使狩《が》り〟の弾丸が無駄《むだ》になってしまいましたわね」

目を見開くリリスに、アルシエラは淡《あわ》く微笑む。

「こういう消え方は、想定していなかったのですわ」

リリスにはわかってしまった。

——御方《おんかた》が、消えてしまう……。

やはりこの神殿を傷つけられてはいけなかったのだ。そのダメージはアルシエラの存在を蝕《むしば》んでいた。

いつもリリスはこの人に無理難題を言われ、振り回《まわ》されてきた。

でも、セルフィがいなくなって、黒花が死んだと思って、独りぼっちになったときずっと隣にいてくれた。

いつの間にか自分の方が大きくなってしまったけれど、この少女はリリスにとって姉であり、母であり、友達だったのだ。

コツンと、アルシエラが額をぶつけてくる。

「そんな顔をしないでいいのです。長い夢が終わるだけなのです。少しの間眠《ねむ》れば、夜の一族はまた帰ってきますわ」

——それは、嘘《うそ》だ。

だってリリスは知ってしまったのだ。

アルシエラの本当の体がここにあって、ここの崩壊とともに〝死〟を迎《むか》えようとしていることを。これで消えてしまったら、もう本当に終わりなのだと。

そんな少女の最後の願いに応えられなくて、なにが夢魔の姫《ひめ》だ。

声を出すと涙《なみだ》がこぼれてしまいそうで、それでも応えたくて、リリスは震える声を返す。

「……わかっ、たわ」

「ありがとう。あたくしの可愛《かわい》い子鹿」

初めて、この少女にお礼を言われた気がする。

アルシエラの言葉を反芻《はんすう》する。

──勇気を持つのです。夢の中で貴姉にできないことはない──

そしてもうひとつも。

──長い夢が終わるだけなのです──

それは根拠《こんきょ》のない閃《ひらめ》きだった。

──でも、御方《おんかた》の言葉が本当なら……アタシにになら、できるはず。

だから頷く。

「やってみる。今度は、アタシが御方《おんかた》を助ける。絶対に」

その言葉の意味がどこまで伝わったのかはわからない。それでもアルシエラは頷き返すと、ザガンに目を向けた。

「ということなのですわ。あたくしたちが空の瞳《ひとみ》を塞《ふさ》ぐまで、銀眼の王さまにはここを守ってもらいたいのですわ」

「それはかまわんが、あれがおとなしく塞がれると思うか？　こうしているいまも魔族《まぞく》を垂れ流しているのだぞ」

ネフィとフォルの一撃で大半は消滅したが、魔族はいまも増え続けている。

アルシエラは、それもわかっているというように頷いた。

「手は打ってあるのですわ——やってくださいまし、ナベリウス」

『——はいはい』


そんな声と共に、空の瞳が撃ち抜かれた。


直後、悪夢と同じ黒色の球体が弾ける。

「——っ、これは〝天使狩り〟か？」

「大口径狙撃《そげき》型天使狩り〈マルドゥークⅡ〉——あたくしの〈シュテルン〉と〈モーント〉

を除けば現存する唯一の〝天使狩り〟なのですわ」

「……なるほど。それが〝天使狩り〟修復にナベリウスに差し出した代償《だいしょう》というわけか」

リリスにはわからない会話だったが、アルシエラは肩を竦めて無言の肯定《こうてい》を示した。

続いて、再びネフィの歌が聞こえてくる。

『――金色の足は瞬時に千里を駆《か》け、蛇《へび》の杖《つえ》は繁栄《はんえい》と滅亡《めつぼう》を知らせるだろう――』

『――葦笛《あしぶえ》は永久の眠りへいざない、神鉄の大鎌《おおがま》は主神さえ屠り去るだろう――』

波紋《はもん》のように大気が震《ふる》えたかと思うと、魔族の体がぐしゃりと潰《つぶ》れる。

セルフィの歌に乗せるために音という力を選んだのだろうが、不可視の力が突然《とつぜん》襲《おそ》いかかってくるというのは魔族ですら回避《かいひ》の術《すべ》を持たないようだった。

それを横目に、ザガンもまた駆け始める。

「――〈天燐・紫電〉――」

ひとりで何百という魔族を押し止《とど》めてきた魔術が再び発動する。

「さて、あたくしたちも取りかかりますわ」

「……はい！」

アルシエラがまたコツンとリリスに額をこすりつける。

「やることは簡単なのですわ。あれを眠らせればいい。これを夢だとわからせればいい」

夢魔にとって、夢の中で他者を眠らせるのは児戯《じぎ》にも等しい作業だ。

――でも、あれを眠らせる？

ほんの少し触れただけで気が狂《くる》いそうな憎悪《ぞうお》と絶望の渦《うず》だった。

あの中にいた少年は自分が誰《だれ》かもわからなくなるほど精神を破壊《はかい》されてしまった。〈魔王〉ですらそうなる悪夢を、どうやって眠らせるというのか。

「――大丈夫《だいじょうぶ》なのです。あれはただ嘆《なげ》いているだけなのです。だから、ほんの少し寄り添《そ》って添い寝をしてやるだけでいいのです」

そう言われると、リリスにもわかってきた。

悪夢を取り除くには、優《やさ》しい思い出を呼び起こし、見せてやればいい。

あの絶望に寄り添うというのは容易なことではないが、アルシエラがいっしょにいてくれるのならできる。

「くう……っ」

アルシエラが小さく呻《うめ》く。

空の瞳から逆流する悪夢を引き受けてくれているのだ。

だから、リリスは呼びかける。

――どんな化け物なのか知らないけど、夢を見るなら神さまだって眠らせてやるわ！

空の瞳がまどろむように閉じ始める。
それでも、最後の抵抗《ていこう》のように見開かれた。
黒い涙が、空に飛び散った。
「――っ、ナベリウス！」
『無茶《むちゃ》言わないでよう！』
いくつもの火線が弾け、黒い涙を焼くが全《すべ》ては撃ち落《お》とせない。
アルシエラはスカートの中から鉄の武器を取り出そうとするが――
「あ――」
消え始めている彼女の手は、それを握ることができなかった。
ガシャンと音を立てて地面に鉄の塊《かたまり》が転がる。
アルシエラの顔に焦《あせ》りの色が浮《う》かぶ。
真上から一滴《てき》の涙が落ちてくる。
ザガンがこちらに引き返してくるが、〈紫電〉の速度でも少し間に合わない。ネフィや
フォルは援護《えんご》を続けてくれているが、こちらの状況を正確には把握《はあく》できない。
誰も、助けには来られない。
となると、アルシエラが次に取る行動は決まっている。

「逃《に》げるのです――ッえ?」

自分を突き飛ばそうとするアルシエラを、リリスは逆に抱きしめ返していた。

「アンタがアタシを助けるんじゃない! アタシが、アンタを助けるって言ったの!」

リリスが御方《おんかた》にこんな口を利《き》いたのは初めてのことだった。

だが、こんなところで消させてなるものか。

そのまま突き倒《たお》すように転がるが、落ちてくる滴《しずく》からは逃《のが》れられそうになかった。

アルシエラを抱きしめて、ギュッと目を閉じる。

だが、恐《おそ》れていたような痛みや衝撃《しょうげき》は襲ってこなかった。

代わりに、こんな声が響《ひび》く。

「――いつも、守られてばかりだった」

「こんなときに立ち上がれないのが嫌《いや》で、俺は力が欲《ほ》しかったんだ!」

リリスたちを庇《かば》うように、少年が立っていた。

その手にはいつの間に拾ったのか〝天使狩り〟が握《にぎ》られていて、それが黒い滴に突《つ》き立《た》てられている。魔族が見た目通りの質量を持つのかは不明だが、空から落ちてきたそれを止めたのだ。

いまさら納得する。

――この子が〈魔王〉って、本当だったんだ……。

アルシエラが叫《さけ》ぶ。

「撃つのです！」

少年が引き金を引く。

鈍《にぶ》い銃声《じゅうせい》とともに、黒い球体が弾ける。悲鳴を上げる間すらなく、魔族の巨体《きょたい》は球体に飲まれて消えていた。

それから、少年はへなへなとへたり込む。

「は、はは……。なんだこれ、すごいな」

それを最後に、空の瞳はゆっくりと閉じて消えていった。

◇

「……まったく、無茶なことをしないでもらいたいものですわ」

ザガンが残った魔族を殲滅《せんめつ》するのに、半刻とかからなかった。

空の瞳も消え、全ての危険を退けたのを確かめると、アルシエラがようやくそうぼやいたのだった。

批難がましいアルシエラの声に、リリスは苦痛を堪《こら》えるように顔を背《そむ》ける。

「無茶なのは御方《おんかた》の方でしょう？　そんな体でアタシのこと庇われても困るわ」

「……まあ、お別れの時間をもらえたことくらいは、感謝するのです」

すでにアルシエラは両腕《りょううで》に続いて足までもが消えつつあり、立ち上がることさえできなくなっていた。リリスはそれを後ろから抱きかかえ、膝《ひざ》の上に座《すわ》らせるような格好になっている。

少年がザガンを見上げる。

「あ、あの、この子のこと、助けてあげられないのか？」

「……悪いが、無理だ。いまさら血を与《あた》えても役には立たんのだろう？」

魔族は神殿をずいぶん破壊《はかい》してしまった。半壊したそれでは、アルシエラの体を維持《いじ》できないのだろう。

アルシエラは物憂《ものう》げに微笑むだけだった。

「なにか、言い残すことはあるか？」

「……嗚呼《ああ》、どうしましょう。困りましたわ。そう言われると、存外になにも思いつきませんのね」

なにも思いつかなかったというのは嘘だろう。

言いたいこと、願うこと、なにかあるはずだ。

だというのに、この期《ご》に及《およ》んでもそれを口にできないと、困ったような笑《え》みを作るばかりだった。

「そう、ですわね。では、フォルに、約束を守れなくてごめんなさい、と……」

「……わかった。引き受けよう。他には？」

「他は……なにも、ありませんわ」

首を横に振るアルシエラに、リリスは言う。

「……嘘つき」

元々なにを考えているのかわからない少女ではあるが、リリスが生まれたときからいっしょにいるのだ。それが嘘か本当かくらいはわかる。

アルシエラはおかしそうに笑う。

「クスクス、あたくしが嘘つきなのは昔からなのです」

「……御方《おんかた》はさ、振り回されるアタシの気持ちとか考えたことないの？」

「悪いとは、思っていますのよ？」

リリスはため息を返した。

「やっぱり、わかってないわ」

それからギュッとアルシエラを抱きしめ、ありったけの怒《いか》りを込めてこう告げた。

「アタシは、アルシエラを死なせてやるつもりなんて、これっぽっちもないのよ！」

ここは夢の中だ。

リリスにできないことなど、なにもない。そう言ったのはアルシエラ自身ではないか。

——御方《おんかた》が消えるのは、ここが壊《こわ》れたからよ。

だったら、ここを復元してしまえばいい。

三度もこの景色を見ているのだ。

怖い夢だったのだ。

忘れられない夢だったのだ。

それを元に戻《もど》すことなど、悪夢を見せるよりずっと簡単だ。

崩《くず》れた柱が空に向かって延び、ひび割れた大地が埋《う》まっていく。ほんの数回まばたきをするころには、そこは最初に見たときとなんら変わらぬ姿を取《と》り戻していた。

それと同じくして、アルシエラの体も色を取り戻していく。失われたはずの手足も元に戻り、リリスにもたれかかる体にも重さが感じられるようになっていた。

アルシエラが目を丸くして硬直《こうちょく》する。

いつも散々上からものを言われているのだ。こんな顔をさせることができたのは、正直胸のすく思いだった。

「こ、こんなことが……?」

「あるのよ。御方《おんかた》が言ったんじゃない。ここでアタシにできないことはないって」

アルシエラは観念したようにリリスを見上げる。

「……これは、参りましたわ」

「ふふん」

得意げに笑って返すと、吸血鬼の少女は胡乱《うろん》げな顔をする。

「あたくしを呼び捨てにするだなんて、貴姉《きし》はいつからそんなに偉《えら》くなりましたの?」

「ひゃいっ? あ、ああああの御方《おんかた》! それは言葉の綾《あや》というかですね……」

思わず震え上がると、アルシエラはリリスの腕《うで》に触れておかしそうに笑う。

「いつまでそんな堅苦《かたくる》しい呼び方を続けるつもりなんですの。もう、無理してそんな呼び方をしなくていいのですわ」

「おん……アルシエラ」

ようやくその名前を呼ぶと、突然神殿《とつぜんしんでん》の景色が揺《ゆ》らぎ始める。

「え、こ、今度はなんだ？」

「夢から覚めるらしいな」

うろたえる少年に、王は冷静に答える。

どうやらアルシエラがこの世界から締《し》め出そうとしているらしい。

その消えていく景色の中で、リリスは確かに見た。

「え……？」

いつもの不気味なぬいぐるみを抱きしめ、すさんだ目をしたアルシエラを。

その隣《となり》に立つ、丸眼鏡をかけた少年を。

そんなふたりを背に、こちらに手を差し伸べる銀色の瞳をした青年を。

——いまのは、誰……？

その問いに答える者はなく、夢の世界は消えてなくなった。

✡ エピローグ

「──お帰りなさい、ザガンさま」

気がつくと、目の前には愛《いと》しい少女がいた。

ネフィはいつも通りの笑顔《えがお》で迎えてくれたが、その目元は赤く腫《は》れていて、ギュッと握り締《し》められたエプロンがくしゃくしゃになっていた。

ザガンの身に起きたことを全て知っていて、その上でこうしていつも通りに迎えてくれたのだとわかった。

「ただいま」

「はい──って、ひうっ？」

きゅうっと胸が締め付《つ》けられる思いがして、ザガンは思わずネフィを抱きしめていた。

「……心配をかけた。すまん」

「大丈夫です。わかってますから」

そう言いつつも『こういうのはもう勘弁《かんべん》してください』と言わんばかりに、ザガンの胸に額をこすりつけてくる。

本当に心配をかけてしまって、申し訳ない気持ちになった。

「ああっと、その詫《わ》びというわけではないのだが……」

「はい」


「これからデートに行かんか？」


ネフィは弾かれたように顔を上げた。

本日は休暇《きゅうか》を取るように言ったはずだし、今日は一日予定がないはずだ。ならば、これからデートに行っても問題はない。

「……喜んで」

それから、耳の先まで真っ赤にして、ネフィはつんとザガンの胸を突く。

「でもあの……」

「どうした？」

「……できれば、ふたりきりのときに、お願いしたかったです」

ふむと首を傾げ、ザガンは周囲を見渡《みわた》す。

ここはリリスとセルフィの寝室《しんしつ》である。

ネフィの他にはセルフィとフォル、それにナベリウスの姿がある。さらにはザガン以外にもリリスやアルシエラ、少年までもが同じ場所に出てきたらしく、身動きも取れないくらい狭《せま》くなっていた。

それらを確かめて、ザガンはネフィに向き直る。

「いかんか？」

「恥《は》ずかしいです、ザガンさま」

ある意味、その恥ずかしがる顔を見たくて、ザガンはここで言ったのかもしれない。

そんなふたりの裾《すそ》をクイッと引っ張ったのは、フォルだった。

「先に朝ご飯を食べた方がいい」

「うむ、確かにその通りだな」

「私はお腹《なか》いっぱいだけど」

「『え？』」

そこで疑問の声を上げたのは、ザガンとネフィのふたりだけだった。

それからベッドにちょこんと腰掛《こしか》けるアルシエラにセルフィが声をかける。

「アルシエラさんもお疲《つか》れさまッス。自分、お役に立てたッスか？」

「ええ。貴姉がいなかったら、あたくしもあそこにたどり着けませんでしたわ」

「えへへ、ならよかったッス。朝ご飯、なに食べたいッスか？」

「葡萄酒《ぶどうしゅ》が飲みたいのですわ」

「それはラーファエルさんに怒られるから無理ッス」

アルシエラが消えかけたことはセルフィだって知っているのだろう。それでもいつも通りに声をかけてくれる人魚《セイレーン》に、アルシエラもなんだか救われたような顔をしていた。

それを横目に、ザガンは思う。

——最後に見えたあの光景は、なんだったのだ？

いまとはずいぶん違《ちが》うアルシエラと、マルクによく似た少年と、銀眼の青年。

その景色はまるで誰かの目を通して見たかのようで、銀眼の青年はこちらに手を差《さ》し伸《の》べてきていた。

あれが過去の記憶《きおく》だとしたら、誰の思い出だったのだろう。

考え込んでいると、ナベリウスが言う。

「一応、あたしからもお礼を言っておくわ。フルカスを連れ戻してくれたみたいねえ」

「……それを連れ戻したと言っていいのかは知らんがな」

「どういうこと？」

少年の手には確かに〈魔王の刻印〉が刻まれているが、彼にはもうその記憶はない。アルシエラを見ても記憶が戻る様子はなかったのだ。魔術師《まじゅつし》としては再起不能だろう。

当の少年はというと、顔を真っ赤にしてあぐあぐと言葉にならない声を上げている。

それを見かねたように、リリスが声をかける。

「大丈夫《だいじょうぶ》？　まあ、初めて見ると困惑すると思うけど、あの人たちいつもこんな感じだから、慣れなさいね？」

「い、いや、キミは、いいのかい？　その、この人のこと……」

なにを勘違《かんちが》いしたのか、少年はリリスとザガンを交互に見遣《みや》る。

そんな反応に、リリスは噴《ふ》き出した。

「いやいやいや、変な勘違いしないでよね。そりゃ王さまのことは上司として尊敬してはいるけど、こんなの毎日見せられて恋愛《れんあい》感情とか抱《いだ》けると思う？　ないから」

なんだかひどい言われような気がしたが、リリスもまあ今回はがんばったので聞かなかったことにしてやろう。

少年はなおもリリスを見上げて言う。

「ええっと、その、本当に好きだったりは、しないのか？」

「ないってば。王さまみたいなのはちょっと離れたところから、こっそり眺めてるくらいがいいのよ」

「じゃあ、他に好きな人は？」

なぜそんなことを聞くのかと、ザガンは「ん？」と首を傾《かし》げた。

「それもないって。ここにいるのみんな魔術師だし」

まあ、魔術師に恋愛感情を抱いてもろくなことにならないだろうから、これに関しては
ザガンも否定できない。

すると、少年は意を決したようにこう言った。

「じゃあ、俺と、付き合ってくれないか？　キミが好きだ」


「「「……は？」」」

その場にいた全員が、そんな声をもらしていた。

——あー……。そういえば、夢の中で夢魔《むま》の姿を見ると、魅了《みりよう》されるとか言ってたな。

船の悪夢はともかく、そのあとずっといっしょにいた上に、記憶喪失《きおくそうしつ》ということもあってかなり庇われたりもしていた。リリスが夢魔でなくとも、特別な感情を抱くなというのは無理な状況《じようきよう》ではあったように思う。

この結末も仕方ないかと、ザガンは天井《てんじょう》を見上げるのだった。

◇

「――げほっ、げほげほっ……っ……うえぇっ」

べしゃりと冷たい床《ゆか》に放り出され、激しく咳《せ》き込んだのはデクスィアだった。

――ここ、どこ？　アタシ、どうなって……？

意識がもうろうとして、思考がまとまらない。

通常、肺の中に液体が侵蝕《しんしょく》すれば死は免《まぬが》れない。魔術師であってもだ。にも拘《かか》わらず、不思議と息はあった。

覚えがある。これは自分やアリステラが調整を受けるときに浸《つ》かる薬液だ。

「――ッ、そうだ、アリステラ……」

大切な妹。デクスィアの半身。怪物《かいぶつ》に体を奪《うば》われ、瀕死《ひんし》の彼女《かのじょ》を主の下に連れ帰って、それから？　それからどうなったのだ。

力の入らない手足をもがかせ、なんとか顔を上げるとそこには見知った顔があった。

「やあ、目覚めの気分はどうだい？　あはははっ！」

頭から、血の気が引くのがわかった。

そこにいたのは妹でも主でもなく、あのおぞましい〈魔王〉ビフロンスだった。〈魔王〉は少年とも少女ともつかぬ顔に満面の笑みを浮かべている。

目覚めの瞬間《しゅんかん》に絶望を突きつけられ、デクスィアは激しく混乱した。

――なんでアタシ……アリステラは？　シアカーンさまは？

最後に見た光景。聖騎士《せいきし》の鎧《よろい》をまとった恐ろしい魔術師によって斬《き》り伏《ふ》せられた、主シアカーンの姿。

もしかして生きているのは自分だけなのではないかという、恐ろしい想像が脳裏《のうり》を過《よぎ》ってしまった。

震えていると、ビフロンスはなぜか納得《なっとく》したように手を叩《たた》く。

「ああ！　ごめんよ気付かなかった。この季節にそんなずぶ濡《ぬ》れだったら寒いよね！　仕方がない、僕《ぼく》のローブを貸してあげるよ」

そう言って、いかにも善意が満ちあふれるかのようにローブを肩《かた》にかけてきた。

そのときになって、ようやく自分がなにも身に着けていないことに気付く。髪《かみ》も解《ほど》けていて、薬液に塗《まみ》れた肌《はだ》にべったりと貼《は》り付いている。

恐る恐る、声を上げる、

「あの、アタシ、あれからどうなって……？」

「あれれ？　その前に言うことがあるんじゃないかな。最近、結構人助けもしてあげてるのに、誰も感謝してくれないんだ。僕って可哀想《かわいそう》だと思わないかい？」

「あ、ありがとう、ございます。……これのことも、アリステラの、ことも」

少なくとも、最後に覚えている光景では、ビフロンスはアリステラを助けようとしてくれていた。それに関しては、感謝している。

ようやく満足したように、ビフロンスは頬《ほお》を紅潮させて破顔する。

デクスィアでも、異様に上機嫌《じょうきげん》なのだとわかった。

幼き姿の〈魔王〉は立ち上がると、踊《おど》るようにくるくると回ってみせる。

「うんうん。やっぱり人から感謝されるのって気持ちいいね。少しだけザガンのやつがあんなに配下を侍《はべ》らせる気持ちがわかったよ。でもあれれ？　おかしいな。うちの人形はまったく感謝とか向けてくれなかったような気がするんだけど、なんでかな？」

まるでデクスィアなど見えていないかのように上機嫌な〈魔王〉は、ひどく不気味だった。

慌《あわ》てて周囲を見渡す。

——ここは、どこ？

薄暗《うすぐら》く、そこが広いのか狭いのかすら摑《つか》めない。装備もなにもなくては視覚の強化すら自在にとはいかない。地下かどこかの部屋のようだが。

それでも目が慣れてくると、そこが魔術の研究室らしいとわかった。

見覚えのない部屋。実験用のベッドや拷問《ごうもん》器具のようなメスやノコギリが並び、床には割れたフラスコや薬剤《やくざい》などが散乱している。ひとまず、治療《ちりょう》の器具には見えない。

そんな様子を確認《かくにん》して、デクスィアは小さな悲鳴を上げた。

「ひっ……」


後ろを振《ふ》り返《かえ》ってみると、不気味な肉塊《にくかい》が蠢《うごめ》いていたのだ。

皮膚《ひふ》はなく、表面には野太い血管が走っていて脈を打っている。そこにいくつもの管が繋《つな》がれていて、この肉塊を生かすための装置なのだとわかる。デクスィアは、そんなものといっしょにこの部屋に放《ほう》り込まれていたらしい。

自分はここでなにをされていたのだろう。早くアリステラやシアカーンの顔を見て、安心したかった。

　震えていると、そんな安心など存在しないことを突きつけるように、ビフロンスが顔を覗き込んでくる。

「おっといけない。そういえばキミ、ずっと眠ってたから状況がわからないんだったね」

「え、眠ってた？　ずっと……？」

　耳を疑うような言葉に、ビフロンスは親切心しかないような笑顔で頷《うなず》く。

「そうだよ。もうひと月くらいになるかな？」

「ひと月？」

　愕然《がくぜん》として目を見開くと、ビフロンスはダンスにでも誘《さそ》うようにデクスィアの手を取り、ふわりと立ち上がらせる。

「そう！　ひと月、いろいろあったんだよ。シアカーンは立派な兵隊をたくさん作ったし、僕もようやく約束を果たしてもらえた」

「や、約束って、いったい……いや、シアカーンさまの兵隊？　どういうこと？」

　衝撃的《しょうげきてき》な単語ばかり並べると、ビフロンスはデクスィアから手を離《はな》してシャツのボタンを外し、自分の胸元《むなもと》を開く。

「ほらほら、すごいでしょ。やーっとザガンの忌々《いまいま》しい制約の魔術が解けたんだ。さすがに僕も心臓に〈天燐《てんりん》〉なんてぶち込まれたら、死んじゃうからね！　あはははははっ」

どうやら、その魔術が解けたのがこの上機嫌の理由らしい。

それからまたくるりと一回転すると、背中を向けたまま肩越《かたご》しに振り返る、

「まあ、そんなわけで僕もそろそろおいとましようかと思ってね。といっても、ここも一応僕の家なんだけど……」

「おいとまって、あなたはシアカーンさまと同盟を結んだんじゃなかったの……じゃないんですか？」

「うん！　同盟を結んだし、いっぱい協力してあげたよ。そして用が済んだからこれから破棄《はき》するんだよ。魔術師なんだから当然だろう？」

なにが当然なのか、デクスィアには理解できなかった。

「ただまあ、僕の出費も大きかったしね。それにキミの片割れにはなかなか楽しませてもらった。だから、ちょっとだけキミを助けてあげようかと思ってね」

「――ッ、片割れって、アリステラはどうなったの？」

さっきからこの〈魔王〉は一度もデクスィアの疑問に答えてくれていない。それでも、問いかけずにはいられなかった。

ビフロンスはニコニコしながら、デクスィアの背後を指さした。

背後で蠢く、不気味な肉塊を、だ。

「ひひひっ、なに言ってるんだい。彼女なら、ずっ、とそこ、に、い、る、じゃないか」

なにを言われたのか、理解できなかった。

理解、したくなかった。

頰を、冷たい滴《しずく》が伝っていく。

情けないことに、はらはらと涙《なみだ》がこぼれて止まらなかった。

振り返ることもできずにいると、ビフロンスは懐《なつ》かしそうに語る。

「いやあ、あれを見たシアカーンの喜びようはすごかったよ。数百年越《ご》しの夢が叶《かな》ったみたいにはしゃいで、子供みたいだった。魔術師たるもの、やっぱり初心って大切なんだなって改めて思ったよ」

茫然自失《ぼうぜんじしつ》としていると、不意にビフロンスの顔から笑みが消える。

「キミの妹《いもうと》は大したものだったよ。僕はキミたちがふたりとも消されると思ったのに、あの子はキミを逃がした。そんな技量も度胸もなかったはずなのに。ほんの少しではあるけれど、アリステラは僕の想像を超《こ》えたんだ。尊敬に値《あたい》するよ」

信じがたいほどに率直《そっちょく》な〈魔王〉からの賛美。

それでいて、デクスィアに向けられたのは汚物《おぶつ》でも見るような冷たいものだった。

「彼女が繋いだ可能性だから、僕はキミにチャンスを与える。キミに待っているのは次のそれになることだ。シアカーンにとっては大切なアリステラの予備だからね。一か月の間、ここに大切に保管されていたわけだ」

そう語ると、真《ま》っ直《す》ぐ出口とおぼしき方向を指さす。

「シアカーンは、新しいおもちゃに夢中でね。いまなら気付かれずに出られるだろう」

ここから逃げられるということだ。

――でも、逃げてどうしたらいいの？

それに、このアリステラを置いていっていいのか？

ビフロンスが関心を持っているのはアリステラであって、デクスィアではない。すでに存在そのものを忘れたように、ゆらりと暗闇《くらやみ》の中に消えていった。

どうしたらいいのかわからなくて立ち尽《つ》くして、ふと足下《あしもと》に目を留める。

そこには、ボロボロのリボンが一枚落ちていた。

青いリボン。

デクスィアのものではない。これは、アリステラが使っていたものだ。

拾いあげて、ギュッと抱きしめる。

そして、一度だけ後ろを振り返る。

大切な妹の、いまの姿を目に焼きつけるように。

「……待ってて、アリステラ。必ず、助けに戻るから」

光の見えない真っ暗な道を、デクスィアはひとりで進んでいった。

あとがき

皆さまご無沙汰しております。前巻から少し時間が空いてしまいましたが『魔王の俺が奴隷エルフを嫁にしたんだが、どう愛でればいい？』十一巻をお届けに参りました手島史詞でございます。

衝撃のラストから前回の一転、シアカーンとビフロンスは姿を消したまま沈黙していた。その行方を追うザガンは〈アザゼル〉への対抗手段も講じる必要もあって、ちっともネフィとイチャイチャできない。そんなとき――ついにザガン家、家族会議が勃発する。疲れたザガンに恩返しがしたいリリスの、夢で逢いましょう作戦編（意味深）！

はい。というわけで今回の舞台は夢の中です。

なので表紙は、がんばってくれた本作屈指の一般人リリスとセルフィが表紙です。このふたりの間にあるのって結局友情なんでしょうか、それとも……（私は百合は大好物なんですが、中でもこれくらいの距離感がエモいと思うのです）。

他には以前から少し名前が出てた〈魔王〉ナベリウスが登場したわけですが、作者の思惑に反してリリスがラブコメ始めちゃったもので、思ったほど活躍させてあげられませんでした。反省。まあ例の契約があるので次の巻で暴れてくれるでしょう。

それにしても夢の中となると、普段できない設定の話とかもやれますよね。というわけで執筆前にＣＯＭＴＡさんと板垣ハコさんにもご相談したりしてみました。制服はＣＯＭＴＡさんの、ふたりの衣装取り替えっこは板垣さんのアイディアだったりします。

いや学園魔奴愛とかやってみたかったんですが、番外編過ぎて絶対無理だろうと思考放棄しちゃってたんですよね。なので相談してみてよかった！　おふたりに感謝です。


さて、珍しくあとがきにページの余裕があるので――九巻ほど分厚くなってなければよいのですが――たまには設定関連の話でも。

まず本編では時間に『一刻』という単位を使っております。この一刻の定義には諸説あるのですが、本作では一刻＝三十分で描写しています。一日は四十八刻ということになりますね。数刻だと一時間ちょっとくらいになります。

次に一巻のころのネフィの首輪ですが、そもそもあれを付けたのは誰なのか。そのあたりちゃんと説明する機会を逃しちゃったのでちょこっと補足です。

オークションの時点で最後に所有権を持っていたのはマルコシアスですが、ネフィの隠れ里を襲ったのはビフロンス（その手下）です。実はここで後手に回ったものの、マルコシアスがネフィの身柄を横取りしたという経緯があります。

しかし相手は若くとも〈魔王〉。しかもマルコシアスは余命いくばくもなく、力も弱まっていました。そこで魔力を絶つ首輪でネフィの身柄を隠してしまうことにしました。つまり、あの首輪はどちらかというとネフィを守るためのものだったのですね。

ただ、そのタイミングでマルコシアスはオロバスと共に最後の戦いに赴いてしまいました。先代聖騎士団長を始め、教会からも多数の死者を出したこの戦いで、大陸には少なからず混乱が起きます。結果ネフィの身柄がマルコシアスの下に届けられるのも遅れ、首輪を外すことができなくなってしまったという背景でした。

最後にラーファエルが答えなかった恋バナですが、実はこれ結構いろんな人のターニングポイントになった事件で、軽くアルシエラとかも関わっていたりします。

なのですが、魔奴愛本編に関わりがあるかと言ったら……ないんですよね。

この物語はあくまでザガンとネフィのラブコメですので、あまり本筋から外れた話は盛り込めないという。現段階で関係者がほぼほぼ死んでしまっているため、キメリエスとゴメリの馴れ初めみたいに触れるのも難しい。もちろんあとがきで書ける量でもない。

なので、これに関しては個人で短編でも書いてみようと思ってます。この巻が刊行されるころには公開できてるといいんですが。他にもキメリエスの話とか、本編の進み具合を見てアルシエラのお話とかも書いていけたらいいですね。どれもプロットはあるので。

最後にコミック版魔奴愛第五巻も八月二十七日発売になります！　本編三巻の夜会編に突入し、ザガンやネフィたちもますます生き生きしておりますのでお楽しみにです。


それでは今回もお世話になりました各方面へ謝辞。

ページ数やべえのにさらに枚数増やしてごめんなさい担当Kさま。今回のコスも最高に可愛かったですイラストレーターＣＯＭＴＡさま。毎度細かいネタまで拾ってくださるコミカライズ板垣ハコさま。コミック担当さま。他、カバーデザイン、校正、広報等に携わってくださいましたみなさま。父の日にオムライス焼いてくれた娘。そして本書を手に取ってくださいましたあなたさま。ありがとうございました！

二〇二〇年七月　太陽系惑星直列の夕方に　手島史詞
Twitter：https://twitter.com/ironimuf8

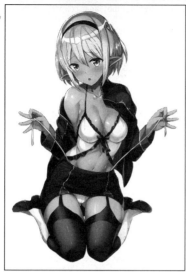

HJ文庫 http://www.hobbyjapan.co.jp/hjbunko/
884

魔王の俺が奴隷エルフを嫁にしたんだが、どう愛でればいい？11

2020年8月1日　初版発行

著者——手島史詞

発行者—松下大介
発行所—株式会社ホビージャパン

〒151-0053
東京都渋谷区代々木2-15-8
電話　03(5304)7604（編集）
　　　03(5304)9112（営業）

印刷所——大日本印刷株式会社

装丁——世古口敦志（coil）／株式会社エストール

ISBN978-4-7986-2230-9　C0193

ファンレター、作品のご感想お待ちしております

〒151-0053　東京都渋谷区代々木2-15-8
(株)ホビージャパン HJ文庫編集部 気付
手島史詞 先生／ COMTA 先生